U0123905

2021

黑龙江省广东省
对口合作工作报告

黑龙江省发展和改革委员会 　编
广东省发展和改革委员会

经济管理出版社
ECONOMY & MANAGEMENT PUBLISHING HOUSE

图书在版编目（CIP）数据

黑龙江省广东省对口合作工作报告.2021/黑龙江省发展和改革委员会，广东省发展和改革委员会
编.—北京：经济管理出版社，2022.7
ISBN 978-7-5096-8617-1

Ⅰ.①黑…　Ⅱ.①黑…②广…　Ⅲ.①区域经济合作—工作报告—黑龙江省、广东—2021
Ⅳ.①F127.35②F127.65

中国版本图书馆 CIP 数据核字（2022）第 129729 号

组稿编辑：白　毅
责任编辑：杨国强　白　毅
责任印制：黄章平
责任校对：王淑卿

出版发行：经济管理出版社
　　　　　（北京市海淀区北蜂窝 8 号中雅大厦 A 座 11 层　100038）
网　　址：www.E-mp.com.cn
电　　话：（010）51915602
印　　刷：唐山昊达印刷有限公司
经　　销：新华书店
开　　本：787mm×1092mm/16
印　　张：16.5
字　　数：329 千字
版　　次：2022 年 8 月第 1 版　　2022 年 8 月第 1 次印刷
书　　号：ISBN 978-7-5096-8617-1
定　　价：98.00 元

·版权所有　翻印必究·
凡购本社图书，如有印装错误，由本社发行部负责调换。
联系地址：北京市海淀区北蜂窝 8 号中雅大厦 11 层
电话：（010）68022974　　邮编：100038

编 委 会

编委会主任

　　张亚中　　艾学峰

编委会副主任

　　白祥和　　孙景春　　魏国臣　　肖　鹏　　石剑飞　　芦玉春　　马新辉
　　于基祥　　辛敏超　　张松滨　　鲁　峰　　于明海　　王伟东　　李　荣
　　孙力扬

　　朱　伟　　吴道闻　　韩建清　　林吉乔　　黄恕明　　黄华东　　秦黎明
　　祝永辉　　钟　明　　谢　端　　蔡木灵　　张祖林　　袁立春

主编

　　王伟东　　秦黎明

编辑

　　王希君　　王　峰　　张　莉　　宋　兵　　王　磊　　伊　蒙　　李以帅
　　温雅琦

　　冯光其　　尤洪文　　马世斌　　胡德强　　陈晓聪　　欧江波

编撰单位

中共黑龙江省委组织部 　　　　　　　　　中共广东省委组织部

中共黑龙江省委机构编制委员会办公室 　　中共广东省委机构编制委员会办公室

黑龙江省发展和改革委员会 　　　　　　　广东省发展和改革委员会

黑龙江省营商环境建设监督局

黑龙江省教育厅 　　　　　　　　　　　　广东省教育厅

黑龙江省科学技术厅 　　　　　　　　　　广东省科学技术厅

黑龙江省工业和信息化厅 　　　　　　　　广东省工业和信息化厅

黑龙江省人力资源和社会保障厅 　　　　　广东省人力资源和社会保障厅

黑龙江省住房和城乡建设厅 　　　　　　　广东省住房和城乡建设厅

黑龙江省生态环境厅 　　　　　　　　　　广东省生态环境厅

黑龙江省农业农村厅 　　　　　　　　　　广东省农业农村厅

黑龙江省商务厅 　　　　　　　　　　　　广东省商务厅

黑龙江省文化和旅游厅 　　　　　　　　　广东省文化和旅游厅

黑龙江省卫生健康委员会 　　　　　　　　广东省卫生健康委员会

黑龙江省人民政府国有资产监督管理委员会　广东省人民政府国有资产监督管理委员会

黑龙江省广播电视局 　　　　　　　　　　广东省广播电视局

黑龙江省地方金融监督管理局 　　　　　　广东省地方金融监督管理局

黑龙江省人民政府外事办公室 　　　　　　广东省人民政府外事办公室

黑龙江省粮食局 　　　　　　　　　　　　广东省粮食和物资储备局

黑龙江省社会科学院（省政府发展研究中心）广东省人民政府发展研究中心

黑龙江省工商业联合会 　　　　　　　　　广东省工商业联合会

哈尔滨市发展和改革委员会 　　　　　　　深圳市乡村振兴和协作交流局

齐齐哈尔市经济合作促进局	广州市对口支援协作和帮扶合作工作领导小组办公室
鸡西市发展和改革委员会	肇庆市发展和改革局
鹤岗市发展和改革委员会	汕头市发展和改革局
双鸭山市发展和改革委员会	佛山市发展和改革局
大庆市发展和改革委员会	惠州市发展和改革局
伊春市发展和改革委员会	茂名市发展和改革局
佳木斯市发展和改革委员会	中山市发展和改革局
七台河市发展和改革委员会	江门市发展和改革局
牡丹江市经济合作促进局	东莞市发展和改革局
黑河市发展和改革委员会	珠海市发展和改革局
绥化市发展和改革委员会	湛江市发展和改革局
大兴安岭地区行政公署发展和改革委员会	揭阳市发展和改革局
中国（黑龙江）自由贸易试验区哈尔滨片区管理委员会	中国（广东）自贸试验区深圳前海蛇口片区前海管理局
中国（黑龙江）自由贸易试验区绥芬河片区管理委员会	中国（广东）自贸试验区广州南沙新区片区管理委员会
中国（黑龙江）自由贸易试验区黑河片区管理委员会	中国（广东）自贸试验区珠海横琴新区片区管理委员会

目　录

第一部分　总报告

黑龙江省与广东省对口合作 2021 年工作情况和 2022 年工作要点 ………………………… 3

第二部分　领域篇

第一章　行政管理体制改革对口合作 ………………………… 21

第二章　国有企业改革对口合作 ………………………… 28

第三章　民营经济发展对口合作 ………………………… 33

第四章　对内对外开放合作 ………………………… 38

第五章　工业和信息化对口合作 ………………………… 43

第六章　农业和绿色食品产业对口合作 ………………………… 47

第七章　粮食对口合作 ………………………… 51

第八章　金融对口合作 ………………………… 55

第九章　文化和旅游对口合作 ………………………… 58

第十章　卫生健康对口合作 ………………………… 61

第十一章　科技对口合作 ………………………… 65

第十二章　教育对口合作 ………………………… 70

第十三章　人力资源交流合作 ………………………… 73

第十四章　生态环境对口交流合作 ………………………… 76

第十五章　营商环境优化合作 ………………………… 79

第十六章　广电合作 ………………………… 82

第十七章　黑龙江自贸区与广东自贸区合作 ……………………………………… 85

第十八章　对俄外事交流合作 ………………………………………………………… 96

第三部分　地域篇

第一章　哈尔滨市与深圳市对口合作 ……………………………………………… 101

第二章　齐齐哈尔市与广州市对口合作 …………………………………………… 106

第三章　鸡西市与肇庆市对口合作 ………………………………………………… 111

第四章　鹤岗市与汕头市对口合作 ………………………………………………… 115

第五章　双鸭山市与佛山市对口合作 ……………………………………………… 119

第六章　大庆市与惠州市对口合作 ………………………………………………… 126

第七章　伊春市与茂名市对口合作 ………………………………………………… 132

第八章　佳木斯市与中山市对口合作 ……………………………………………… 137

第九章　七台河市与江门市对口合作 ……………………………………………… 144

第十章　牡丹江市与东莞市对口合作 ……………………………………………… 151

第十一章　黑河市与珠海市对口合作 ……………………………………………… 157

第十二章　绥化市与湛江市对口合作 ……………………………………………… 164

第十三章　大兴安岭地区与揭阳市对口合作 ……………………………………… 168

第四部分　案例篇

第一章　打造万鑫石墨谷　助推哈尔滨新区产业发展 …………………………… 175

第二章　共建红土创投基金　助力高新企业成长 ………………………………… 179

第三章　启动强区放权改革　激发市区振兴发展新动能 ………………………… 182

第四章　打造百亿示范项目　擦亮克山马铃薯金字招牌 ………………………… 187

第五章　深化开发区对口合作　提升鸡西园区建设水平 ………………………… 192

第六章　抓好干部交流培训　积蓄转型发展动力 ………………………………… 196

第七章　多渠道深化对接　开拓农产品产销合作新局面 ………………………… 199

第八章　深入实施"综合窗"改革　切实提升政务服务效能 …………………… 202

第九章　拓展金融领域合作　助力企业平稳发展 ………………………………… 206

第十章　携手华润集团　推动佳木斯高质量发展 ………………………………… 209

第十一章　依托双方优势强化项目合作　促进绿色低碳发展 …………………… 212

第十二章 建设境内外木业加工园区 打造产业合作新模式 …………………… 216

第十三章 依托重点合作项目 推动绿色农业发展 ………………………………… 220

第五部分 政策篇

中共中央、国务院及部委的相关政策文件 ………………………………………… 225

黑龙江省和广东省的相关政策文件 ………………………………………………… 227

第六部分 资料篇

黑龙江省情概况（2021） …………………………………………………………… 237

广东省情概况（2021） ……………………………………………………………… 239

黑龙江省与广东省对口合作工作大事记 …………………………………………… 241

第一部分 总报告

黑龙江省与广东省对口合作 2021 年工作情况和 2022 年工作要点

黑龙江省发展和改革委员会　广东省发展和改革委员会

2021 年，黑龙江省与广东省深入贯彻习近平总书记关于两省的重要讲话、重要指示批示精神，全面落实中共中央、国务院关于东北振兴的各项决策部署，按照"政府搭台、社会参与，优势互补、合作共赢，市场运作、法制保障"的合作原则，立足双方要素禀赋与比较优势，以深化拓展各领域务实合作为基础，全面推动对口合作工作迈上新台阶，取得了一系列重要实质性成果。

一、对口合作工作进展及成效

（一）高位推动，从发展全局认识对口合作

1. 高层互访，进一步明确合作方向。龙粤对口合作是以习近平同志为核心的党中央作出的重大决策部署，是支持新一轮东北振兴的重要实践举措。黑龙江、广东省委省政府始终把对口合作作为乘势而上谋发展的重要支撑，将其纳入重要工作日程中统筹推进。黑龙江省委书记许勤高度关注合作工作，履职之初便前往肇东星湖科技、深哈产业园等合作项目基地考察调研、了解情况，对下一步工作做出部署。2021 年 9 月，时任广东省省长马兴瑞第三次带队赴黑龙江省考察调研，推动合作进一步深入。黑龙江省省长胡昌升将广东省作为首次出访的目的地，与广东省主要领导共同召开两省对口合作工作座谈会，深度凝聚合作共识，引领两省合作持续良性开展。此外，还联合召开龙、粤、俄三方省州长视频会议，与会各方就建立定期交流机制、发挥各自禀赋优势深化合作、加强人文交流传承

中俄友谊等话题深入交换了意见，确定了下一步重点合作领域和合作项目。

2. 密切交流，不断夯实合作基础。广泛开展各领域互鉴交流活动，多层次、宽范围、广领域的合作体系更加完善。13 对市（地）、30 对省直部门、58 对县区、14 对院校、42 个市县工商联、20 余家商（协）会总计开展挂职锻炼、培训学习、经贸协商等对接交流活动 272 次，共 7000 余人参与。持续实施"南来北往，寒来暑往"省际旅游工程，推出两省互游优惠政策，旅游客源互送人数近 500 万。通过俄罗斯油画展、哈尔滨国际音乐节、哈尔滨国际马拉松比赛、大湾区文化艺术节和岭南风华·广东文艺精品展示季等平台，积极开展多方面的文化交流活动，为两省全方位合作奠定了情感和人文共识基础。七台河市在江门市设立大湾区招商处。牡丹江市市县两级坚持选派优秀干部赴粤港澳大湾区开展驻点工作。广州—齐齐哈尔、黑河—珠海、大兴安岭—揭阳三条航线稳定运行，打造了南北、中外便捷往来空中通道。

3. 协同聚力，进一步完善工作机制。2021 年，两省对口合作工作机制运转顺畅，各项合作工作有序推进。编撰出版的《广东省黑龙江省对口合作工作报告（2020）》全面总结了合作工作；联合印发《黑龙江省与广东省对口合作 2021 年工作要点》，确定了年度重点任务，指导领导小组成员单位全面推进落实。两省进一步完善非结对城市合作机制，推动非结对城市企业、商协会、民间组织等社会团体，按照市场运作原则开展各种形式合作，推进结对关系继续向基层延伸；落实工作台账管理制度，每月跟踪调度对口合作项目建设情况；落实经常性工作会商制度，密切协同配合，有效支撑年度各类大项工作和阶段性重点工作顺利完成。

（二）深化改革经验交流，理念和机制创新不断深入

4. 共享改革创新经验。两省在提升政务服务质效、改善营商环境、提高社会治理水平等方面深入交流经验，取得一系列成果。黑龙江省在深入学习研究《广东省数字经济促进条例》《广东省公共数据管理办法》《深圳经济特区数据条例》等大数据领域政策文件的基础上，研究制定了《黑龙江省促进大数据发展应用条例》。同时，参照广东政务服务网和"粤省事"移动端运行模式，完成黑龙江"全省事"移动端改版升级，实现公安、社保、企业开办等政务高频事项进驻"全省事"App。大庆市学习、借鉴广东"数字政府"先进经验做法，不断深化"放管服"改革，推进"互联网+政务"建设，推广"马上办、就近办、一次办、网上办"。双鸭山市借鉴佛山市"一门式一网式"政务服务经验，制定了《双鸭山市 2021 年度政务服务效能提升专项攻坚行动工作实施方案》，不断优化"一站式"服务能力，实现非涉密政务服务事项 97.6% 网上可办。牡丹江市和东莞市共同开展"数字政府"建设经验和城市精细化管理双向学习交流。

5. 国有企业合作。继续加强两省在深化国有企业改革方面的经验交流，加快推进黑龙江省国企改革进程。黑龙江省交易集团与广东省交易控股集团有限公司签署《战略合作框架协议》，共同搭建了龙粤两省国有资产交易信息对接平台和产业合作操作实施平台，重点推介两地国有企业混改项目、产业对口合作项目和重大资产交易项目，实现信息同步发布和资源共享。龙建路桥股份有限公司承建潮州大桥荣获"鲁班奖"，工程质量及企业品牌得到潮州市政府充分认可。黑龙江省建工集团参建碧桂园高品质住宅惠州市天骄公馆、海德尚园、汕尾市岭峰山庄、中山古镇大型商业综合体中山六坊商业广场等项目，中标额约 13.7 亿元。

6. 民营经济合作。黑龙江省以广东省民营经济培育方式为模板，鼓励、支持、引导非公有制经济发展，为非公有制经济营造良好环境，为企业健康成长、实现创新发展提供更多机会。两省各级政府深入开展工作对接，积极帮助各类民营企业、商（协）会寻找合作线索，捕捉合作契机。黑龙江省组织招商主体采取上门招商、精准招商、线上"云招商"等多种手段生成项目，牵头促成黑龙江省民营企业与广东省优质目标企业双向充分对接 500 余次，向双方发布、推送招商信息和投资线索 800 余条，指导合作各方为项目签约进行充分的前期准备，黑龙江省面向广东省的招商引资工作取得重大突破。先后举办黑龙江（广州）重点产业合作交流推进会和黑龙江省与广东省对口合作项目签约仪式两次大规模集中签约活动，签约项目 133 个，总签约额 1902 亿元，创造了两省单一年度新增合作项目数和投资额的历史纪录。其中，民企合作项目 113 个，投资额 1261.87 亿元，占比分别为 84.9% 和 66.3%。

7. 对内对外开放合作。黑龙江省围绕规划定位，结合两省的资源互补性，积极探索龙粤联合开展对俄合作机制、拓展合作领域，与广东省共同融入中、蒙、俄经济走廊建设，提升对外开放层次和水平。为进一步夯实三方合作基础，黑龙江省起草形成了《关于龙粤联手推进对俄合作高质量发展的报告》，黑龙江、广东两省外事部门主要负责人签署了《关于建立外事部门间对口协作关系的备忘录》，并共同确认了 2021 年两省联合开展对俄合作计划，为两省开展外事协作提供了政策依据。2021 年，黑龙江省倡议举办了以"营造良好法治环境、助推中俄地方合作发展"为主题的黑龙江省—广东省—俄罗斯友好省州地方立法机构合作视频会议，帮助两国企业更好了解彼此国家发展状况、熟悉相关法律法规，确保双方经贸合作依法有序推进。中俄三省（州）校外教育联盟正式成立，基于三方政府合作机制，开展高等教育与科研合作。

（三）聚焦产业合作，项目建设稳步推进

8. 装备制造业合作。继续推动黑龙江省装备制造能力优势与广东省开放型经济和市场的发展优势相对接，促进装备制造产业互动发展，带动产用结合、产需对接和产业链上下游整合，深化工业和信息化领域的合作，推动黑龙江省装备制造业转型升级。哈电集团积极助力粤港澳大湾区"双碳"目标实现，国内单机容量最大抽蓄机组——广东阳江 1 号40 万千瓦抽蓄机组首次发电并网成功，同时获得广东能源惠州、深圳能源光明两个 H 级燃机项目共计 5 台机组订单，取得中广核集团防城港核电站三期工程核主泵订单，实现与中广核集团在核主泵领域的首次合作。中国一重与黄埔文冲船舶有限公司合作开展某型号特种钢研制项目，目前已研制出适用特定情况下的钢板和锻件，填补了国内相关领域的空白。

9. 新兴产业合作。充分发挥广东省在数字经济、生物产业、新材料和新能源等新兴产业领域的发展优势，推动黑龙江省新兴产业结构不断向多元化、优质化、功能化方向发展。佳木斯市和华润集团采取"风、光、储、氢"多能互补模式，以华润（佳木斯）新能源项目为主体，规模化引进风电装备、光伏单晶硅组件等产业落户，打造一体化新能源产业园区。牡丹江市积极参与正威集团新材料业务领域拓展，利用正威集团的技术、市场资源，建设石墨烯精深加工产业园，加快牡丹江市新兴产业发展。七台河万锂泰电材有限公司与深圳首通、深圳欣旺、惠州亿纬锂能等公司签订了长期的石墨烯负极材料供货协议，并与比亚迪公司在新能源汽车电池领域联合开展技术研发。2021 年七台河新增驰宝达再生资源反光材料、龙洋焦电烟道废气净化综合利用、龙洋焦电入炉精煤节能干燥、固废资源化利用煤矸石年产 15 万吨高岭土及 600 万平方米陶瓷四个环保领域合作项目，计划投资 4.46 亿元，截至 2021 年底已完成投资 0.79 亿元。

10. 农业和绿色食品产业合作。双方注重将黑龙江的绿色优质农业资源与广东的品牌设计和加工能力优势充分对接，建立了更多的产销直供渠道，不断提升"寒地黑土、绿色有机、非转基因"农产品在广东市场的影响力。"北薯南种"持续推进，带动周边 200余户农民就业，年人均增收 3 万余元。广东海纳农业与黑龙江碧野农业合作的林甸县碧野有机肥项目在 2021 年完成收储秸秆、牛粪原料 7 万余吨，生产、销售水稻育苗基质 3000余吨。黑河嘉兴现代农机专业合作社与珠海粤琪公司达成 10 万亩大豆原料生产种植基地协议，前者每年向粤琪公司供应大豆 20 万吨。齐齐哈尔市工商联与广州市工商联合作，推荐齐齐哈尔市优质农副产品走进广州商超，实现农超对接直采。牡丹江康之源公司在广州天河区设立办事处，开设高端定制展示店。黑河绿农集团与珠海"香溢浓"集团、"菜篮子"公司合作建设的"极境寒养"黑河绿色物产线下体验中心遍布珠海、北京、哈尔滨等城市，与之配套的"黑河绿色物产网"电商平台累计上线 73 家企业的 214 款产品，线上、线下合计年销售额达 4500 万元。

11. 粮食合作。两省各市（地）、县通过开展线上营销、举办各类推介活动、产地直销和建立品牌直营店等方式促进双方特色优质农产品销售。大庆鲶鱼沟有机大米、杂粮、有机河蟹等农产品进入惠州中石化易捷便利店进行销售，年销售额1000万元以上。伊春市金海粮米业有限公司与广东省茂名市金信粮油贸易有限公司签订3万吨大米购销合同。鹤岗市企业黑龙江迦泰丰粮油食品有限公司在汕头市销售东北大米1007吨。广东省在黑龙江省的51.6万吨异地储备粮轮转工作顺利完成。黑龙江省农投集团与广东省供销集团签署战略合作框架协议，在冷链物流、粮食产销区合作、农业大数据、农业产业园建设、粮油水果渠道合作、鲜食玉米及大米优质品牌打造等领域开展合作。

12. 金融和生产性服务业合作。引导广东省金融机构、基金公司通过市场化方式发展创业投资基金、天使基金、股权投资基金，支持广东省银行、证券、保险等金融机构在黑龙江省开展业务。哈尔滨银行与广东省金融机构累计开展质押式正回购业务596.92亿元、质押式逆回购业务1871.88亿元、买断式回购业务3.1亿元。龙江银行与广东省金融机构开展线上回购、投资理财、定向资产管理等业务，涉及金额101.94亿元。广东省金融机构认购龙江银行同业存单和二级资本债0.78亿元。招商银行哈尔滨分行与广东省非银行金融机构在托管业务领域深入合作，涉及金额155亿元。广发银行哈尔滨分行为深圳（哈尔滨）产业园投资开发有限公司批复敞口用信额度8.4亿元人民币，用于"哈尔滨深圳产业园区科创总部"一期项目开发建设。大庆市借鉴惠州TCL"简单汇"供应链金融平台的先进经验，自主研发"龙票易信供应链金融综合服务平台"，该平台累计入驻核心企业28家，实现融资3.42亿元，惠及128家链上中小微企业。惠州市协助大庆市高新区企业在广州注册设立中元商业保理（广州）有限公司和庆新融资租赁（广州）有限公司，为中小微企业提供融资服务，已对高新城投、海国龙油等核心企业授信3.72亿元，为上游企业落实供应链融资24笔、金额8507万元。

13. 文化合作。两省大规模开展岭南文化和黑土文化互鉴交流活动，增进两地民间感情和文化认同。2021年暑假期间，黑龙江省组织黑河中俄少儿艺术团赴广东珠海进行文化艺术学习交流活动，加深两地青少年文化交流。广东省博物馆在哈尔滨举办"不辞长作岭南人——荔枝文化展"，开创了两省流动博物馆省外展览合作的新范式。深圳交响乐团40余位音乐家赴黑龙江参加第35届哈尔滨之夏音乐会，并与哈尔滨交响乐团合作演奏了大型交响套曲《我的祖国》。黑龙江省第四届旅游发展大会聘请深圳华侨城旅投集团担任总策划，将《红灯记》《智取威虎山》《渤海古国情》三部沉浸式情景剧植入景区，助力旅发大会提档升级。

14. 旅游合作。继续实施"南来北往，寒来暑往"省际旅游工程，充分挖掘黑龙江冰雪、森林、湿地等原生态旅游资源，通过打造旅游联盟、组织推介活动、加大广告投放等多种方式针对广东省游客打造特色旅游品牌和线路，推出两省互游优惠政策，年均旅游客源互送人数稳定在500万人次。黑龙江省文旅厅在广州市举办2021年冬季旅游产品发布会，会上发布了《中国·黑龙江冰雪旅游产业发展指数报告（2021）》，哈尔滨、牡丹江、大庆、伊春等地市分别作了冬季旅游产品线路推介，30余家广州主流媒体代表参加了发布会。黑龙江省文旅厅参加2021年广东旅游产业投融资对接会，现场发放《黑龙江省文化和旅游招商项目册》，展示重点文旅招商项目109个，计划投资总额570亿元，其中森林康养基地试点建设项目、虎头旅游景区二期等6个项目纳入广东投融资对接会项目库并编入项目册。广东着力引导线上、线下旅行商将黑龙江作为重点线路进行推介营销，各旅行社通过组织跟团游、定制游、自驾游以及买断机位、组织旅游专列等多种方式促进送客入黑龙江。广东铁青旅行社2021年牵头组织黑龙江旅游专列12次、游客人数6066人。两省广播电视台合作建立优秀文化资源共享机制，共同合作开发"冰雪嗨翻天"旅游产品，并在广东省内各大合作旅行社推出销售。

15. 中医药和健康产业合作。华润集团投资5亿元在黑龙江省建设中医药产业园区，打造种植、加工、销售一体化中草药产业链条。齐齐哈尔市第一医院与南方医科大学建立南北5G远程手术指导协作系统平台，与南方医科大学合作"建立颅内最常见胶质瘤的重点实验室等基础和临床转化科研平台"，按计划定期开展远程会诊、手术帮扶、疑难病例讨论、学术讲座等临床交流。广州市福利协会、广州市养老产业协会与齐齐哈尔市养老产业创新联盟对接合作，大力宣传推广齐齐哈尔市候鸟养老资源，逐步将齐齐哈尔市打造成广州老人"候鸟式"异地养老游主要目的地。黑河·珠海中医药产业园建设范围拓宽至自贸片区，先后吸引6家进口中药材加工企业落户，目前已有4家企业通过GMP认证获得药品生产许可。

（四）着力推动科研合作，科技成果转化潜能加速释放

16. 科技研发转化和创新创业合作。坚持以科技创新作为经济增长的主要驱动力，整合两省科技资源，不断深化科技创新合作。佳木斯高新技术创业服务中心分别与广东省6家国家级科技孵化器开展双向孵化合作，在粤拓展为黑龙江省企业服务的科技孵化空间2万平方米，开创了南北科技资源共享新模式。哈工大机器人（中山）研究院助力中山市引进国家级重点实验室2个，建成研究所5个。齐重数控与广州数控合作研发的搭载国产数控系统的7台重型机床成功进入市场，实现销售收入2400万元。建龙北满与华南理工大学合作开展"高品质模具钢关键技术研发及应用研究"项目，小批量试制产品实物质量达到北美压铸协会标准要求。

17. 职业教育和人力资源交流合作。两省19所职业院校组建龙粤职业教育协同发展联盟，构建政府、职业院校、行业企业、研究机构和其他社会力量广泛参与的职业教育合作体系，共建示范专业点3个，共享精品在线开放课程20门、教学资源库1个，新建专业实训基地2个。广东科学技术职业学院与黑龙江旅游职业技术学院共同举办的"东西部职教协作实验班"在2021年新增四个专业、招生216人，37名空乘班学生到广东进行为期两年的学习和实习，同时两校共同承办了中央电视台"我的家乡我代言"暨"乡村互联网营销师孵化计划"融媒体公益助农项目直播活动。广州番禺职业技术学院助力黑龙江建筑职业技术学院获国家级课程思政示范名师1人、课程思政示范课程1门、课程思政示范团队1个。

（五）突出平台载体建设，合作层次不断拓展

18. 产业园区合作。两省将共建园区作为吸引要素集聚、形成策源功能、产生经济辐射、实现高质量发展的重要载体，黑龙江省学习广东省的经验做法，突出产城融合导向，培育结构完整、肌体健康、落位得当的优质产业平台。2021年，深哈产业园科创总部完成投资5.4亿元，已正式投入使用，注册企业达到328家，注册资本104.76亿元，签约入驻企业27家，投资额30.76亿元，"飞地经济"样板工程效应正在进一步释放。正威新材料产业园3毫米以下铜线生产线调试完毕，进入试运行阶段，月产能达到3000吨。江河产业园入驻企业26家，实现产值36亿元，重点项目联顺制药已累计完成投资66亿元。下诺夫哥罗德境外木业加工园区入驻企业6家，通过中欧班列和铁海联运的方式进行木材回运，每月回运量达300多个标准箱，年采伐体量达20万立方米。

19. 自由贸易试验区合作。哈尔滨片区学习借鉴前海38项创新实践案例，带土移植23项深圳创新制度和政策经验，证照分离等改革经验在黑龙江省复制推广。在深圳市辟建了哈尔滨新区（自贸区哈尔滨片区）展示服务中心，设立行政审批服务窗口，为企业提供跨域注册等一体化服务。黑河片区建立了黑河—横琴创新产业研究院，与珠海横琴片区合作开展跨省政务服务，建立合作清单，由横琴自贸片区综合服务中心提供技术支持和系统改造，第一批通办事项已于2021年底上线。绥芬河片区和南沙新区片区就进一步开展互动合作、资源共享、先行先试展开深入交流，并在人才交流合作、政务系统合作、经贸领域合作、金融领域合作等方面达成共识。目前正在积极推进全球优品分拨中心与中俄互市贸易及中俄跨境电商合作项目、木业家具企业与原材料供应及木业合作项目。

二、2022年工作要点

2022年是对口合作进入深化阶段的关键之年。按照国家阶段性工作要求，结合两省

实际情况，制定本工作要点。

（一）总体要求

以习近平新时代中国特色社会主义思想为指导，深入学习贯彻党的十九大和十九届历次全会精神，全面落实习近平总书记关于东北全面振兴的重要论述，全面落实《中共中央 国务院关于支持东北地区深化改革创新推动高质量发展的意见》和《东北全面振兴"十四五"实施方案》，深入推进东北振兴与粤港澳大湾区建设战略对接，在立足新发展阶段中抓住合作机遇，在全面贯彻新发展理念中找准定位，在服务和构建新发展格局中深度融合双方比较优势，以创新发展为动力，以项目合作为载体，推进合作成果落地见效，推动高质量发展，以实际行动迎接党的二十大胜利召开。

（二）深化重点领域合作

1. 提升交流质效，共促营商环境优化

（1）加强高层互动交流。做好省领导互访开展学习交流、考察调研、招商引资等活动的工作。组织召开对口合作会议，共同编制"十四五"时期对口合作实施方案。组织好"中俄博览会""哈洽会""两国三地"高层会晤等重大活动。结对城市和有关部门根据实际制定专项实施方案或签署深化合作协议。

（2）强化干部人才交流。优化干部人才交流培训机制，拓展交流渠道，创新交流方式，扩大交流规模。重点安排有关部门及地方党政负责同志、企事业单位高级管理人员、骨干专业技术人员开展交流和培训学习。推广深哈干部人才交流培训合作模式，广泛开展省直部门、结对城市对应领域、社团间"点对点"式的交流学习活动。提升商会、行业协会、产业联盟、产教联盟间的交流合作层次和规模。加强森林防灭火人才领域交流对接，探索建立森林特别防护期"北兵南调"森林防灭火联防联控工作机制。深化数字经济、生物经济等领域人才资源互动交流，为产业结构转型升级提供智力支持。举办高层次人才国情研修班、产学研交流合作等活动，鼓励高层次人才通过技术转移、成果转化等形式加强交流合作。发挥"哈洽会""广交会""高交会""文博会""中俄博览会"等会展平台的作用，丰富、创新参与形式，提升交流合作实效。

（3）加强改革经验互学互鉴。重点推进在"数字政府"建设、政务服务能力提升、商事制度改革、社会信用体系建设等领域的合作、学习和交流，推进营商环境法规制度建设，打造市场化、法治化、国际化营商环境。深化政务服务合作，通过线上跨省通办服务专区、政务服务大厅代收代办等渠道，推动异地高频政务服务事项实现"一网通办、一次办成"，提升跨省服务能力和水平。加强自贸区建设经营管理经验互鉴，推动对外开放水平提升。深化国企改革、促进民营经济发展等方面的合作。共同开展营商环境宣传，激发投资兴业合作的信心和热情。借鉴东北虎豹国家公园的经验做法，研究制定南岭国家公园管理机构组建方案。

2. 充分发挥农业优势，促进农业现代化

（4）合力发展高效优质农业。深度融合两省农业优势资源，深化在科技农业、绿色农业、质量农业、品牌农业等方面的合作。深化数字农业合作，积极引进广东数字农业龙头企业，建设智慧农场，完善数字农业服务平台，推进数字农业试点示范县建设。推动克山云鹰马铃薯全产业链项目实现年产全粉2.8万吨。推进齐齐哈尔上熙现代农业产业园、黑龙江红兴隆农垦深粮产业园、大庆新晟牧业6000头奶牛牧场、"全回收"高性能增产地膜（高堡膜）加工及回收再利用、双佛合作饶河县农业产业链投建项目等在建项目建设。推广望奎"北薯南种"种植模式，逐步扩大种植规模。组织开展"万企兴万村"活动，共同推进乡村振兴。

（5）着力打造农产品供应链。深度挖掘、对接南北优质特色农产品供给和需求潜力，畅通营销和物流渠道，打造稳定供应链。充分发挥体验店、展销店、线上店功能，打好"寒地黑土、绿色有机、非转基因"的"金字招牌"，助力更多的黑龙江省农产品进入广东省乃至大湾区市场。推动拓展广东省荔枝、菠萝等特色水果在黑龙江省的市场销售渠道。鼓励广东省大型餐饮集团在预制菜制作方面加强与黑龙江省市场的合作。鼓励广东省农业龙头企业到黑龙江省建设农产品加工基地，推进水稻、玉米等重点农产品和人参、木耳等林下产品精深加工，夯实长期产销合作关系。

（6）夯实粮食产销和储备合作。巩固粮食合作长效机制，发挥"粮交会""绿博会""大米节"等展销平台的作用，推进"黑龙江好粮油"广东直销渠道建设，提升"龙粮入粤"规模和质量。深化异地储备合作，进一步改进异地储备管理模式，持续加强异地储备监管，确保异地储备粮数量真实、质量良好、储存安全、管理规范。

3. 推动产业合作升级，推进项目实施

（7）提升先进制造业合作水平。夯实先进制造业合作基础，推动双方产业基础高级化和产业链现代化。推动哈电集团阳江抽蓄项目、宝清米高农业科技有限公司年产8万吨高效钾肥项目（三期）建设。推进中国一重与黄埔文冲船舶有限公司特种钢研制产业化。提高齐重数控和广州数控联合研发的装备国产"大脑"的自主品牌GSK重型数控立式车床市场占有率。推进绥化通用航空项目尽快完成开工前准备工作。组织广东省工业设计企业与黑龙江省制造业企业开展对接合作，助力黑龙江省制造业转型升级。

（8）着力推动数字经济合作。重点推进在机器人、智能制造、"智慧+产业"等领域开展合作，促进数字技术与实体经济深度嫁接融合，推动数字产业化和产业数字化。深化与华为、腾讯、中兴等数字头部企业的合作，推进哈电集团与广州中望软件合作的发电设备智能制造中心、大庆腾讯云工业云基地、哈尔滨华为鲲鹏生态创新中心等项目建设。推动哈尔滨北方电竞产业中心、黑河华为上海车 BU 寒区测试场、牡丹江丰农数字农业及农业生产托管等项目落地实施。

（9）着力推动生物经济合作。深度对接融合两省在生物医药、生物农业、生物制造、生物环保、生物能源等领域的要素资源，推动生物科技创新和产业化应用。推动肇东星湖科技核苷酸释放产能。推进绥化生物大健康基地、华润三九中草药产业综合一体化、黑河国际中药材交易中心、佳木斯北方寒地微生物研发应用、鸡西 20 万吨生物质秸秆固化成型燃料、大兴安岭天草药业改扩建、齐齐哈尔秸秆热解气化综合处理示范项目等落地实施。

（10）加强创意设计产业合作。融合两省创意设计服务业优势资源，围绕高端装备、绿色食品、冰雪运动休闲产品、服装服饰等产业，重点发展工业设计、时尚设计、数字媒体艺术设计、传统工艺设计、城市规划和建筑设计，合作搭建产品展示平台，共同孵化一批创意设计品牌，推动创意设计基地（园区）合作共建，开展人才培养交流，做优"设计+"产业链，探索"数字+创意"新模式，共同推动创意设计产业高质量发展。

（11）深化冰雪经济合作。将广东省文旅设计强、旅游服务好、消费市场大、融资能力强的优势与黑龙江省冰雪资源匹配对接，积极引进广东省战略投资者，重点在冰雪体育、冰雪文化、冰雪装备、冰雪旅游等领域开展深度合作，推动南北旅游产业要素合理流动，着力培育新的经济增长点，实现共赢发展。

（12）推动新产业合作扩量升级。加强在高端石墨产品、铜基材料、新型陶瓷、半导体等新材料领域的合作。深化与宝安集团、贝特瑞公司、正威集团、福美集团等新材料龙头企业的合作。推动哈尔滨科友碳化硅半导体项目量产和七台河固废资源化利用煤矸石制备高岭土及陶瓷项目建设。推进广东华兴智能绿色轻量化玻璃瓶生产基地、中山哈工大昂腾光电氟化物人工晶体材料、中山和超高装超导腔等项目尽早达产。推动牡丹江玄武岩新材料等项目落地实施。推进军民融合深度发展，促进国防工业科技成果向民用领域转化应用。支持粤商投资农业、冰雪、森林等特色产业。

（13）深化金融和物流业合作。推动两省金融机构互设分支机构，扩大业务范围和规模。充分发挥深圳证券交易所黑龙江省基地作用，重点推动龙江元盛、森鹰窗业、正业设计、敷尔佳在深交所上市。深化在创投基金、天使基金、股权投资基金等新型融资工具开发领域的合作，提升深哈红土基金、深圳新兴产业投资基金的投资效能和培育效果。推动深哈产业园战略性新兴产业基金和天使投资基金、哈尔滨高新技术成果转化专项基金、广东—黑龙江科技创新母基金设立。加强金融风险防控合作。加强现代商贸流通系统建设合作，吸引广东物流头部企业赴黑龙江建设北方快运基地、航空运输基地。提升哈尔滨乾龙电商物流信息产业园、俄速通对俄供应链服务项目经营水平。推进哈尔滨重症急救药物供应储备物流项目建设。

（14）稳步推进文旅康养产业合作。持续打造"南来北往，寒来暑往"营销品牌，强化推广两地文化旅游资源产品，提升品牌知名度。依托"广交会""文博会""哈洽会""广东国际旅游产业博览会"等平台，鼓励更多社会资本参与开发文化旅游项目，提高文化旅游产业资源互通水平。策划跨区域旅游连线产品，发动旅行社等积极组织客源互送。支持推动龙版传媒、广东南传私募基金管理有限公司等合作企业发展壮大。深化南方医科大学与齐齐哈尔市第一医院合作。推动粤商在黑龙江建立药材种植及加工基地。深化旅居养老合作，探索省际"养老+旅居+N"产业协同发展。

4. 深入实施创新发展战略，协力培育发展新动能

（15）促进科技成果高质量转化。深度对接融合技术、资金、市场、人才等资源，推动科技成果就地转化。发布科技成果转化投资机会清单，落实技术合同奖补政策，提升技术合作成交质量和规模。推动在科技成果处置权、收益权、股权激励方面互鉴共进，健全优质高效科研政策环境。推动佳木斯双创基地、牡丹江高新区与深圳大学合作平台、中开院双鸭山孵化中心等各类共建孵化器提升科技成果转化效果。推进"哈尔滨的大学大所+深哈产业园+深圳的高新技术企业"的"1+1+1"机制落地见效，打造深哈产业科技成果就地转化创新基地。

（16）大力推动科研合作。深化高等院校、科研院所、企业在产学研用方面的合作。加强关键技术联合攻关，推动开展数字技术、机器人、智能装备、碳达峰碳中和、生物技术等领域的研发合作。推动建龙北满与华南理工大学联合研发的高品质模具钢量产。推进齐重数控与广州数控研发的高端智能机床及数控系统等核心关键部件国产化。推进中国一重与黄埔文冲船舶有限公司合作开展的特种钢研制项目的实施，解决"卡脖子"技术难题。

（17）联合培养创新人才。提升哈工大深圳研究生院办学质量，输送更多高端科技人才。深入推进龙粤职业教育协同发展联盟建设。推动高职院校信息化建设，依托广东科学技术职业学院与华为共同打造的"云中高职"，探索创新人才培养方式方法。深化国家自主创新示范区、高新技术产业开发区等创新平台合作，培养创新型经营管理人才。

5. 打造平台载体，发挥引领示范功效

（18）统筹规划合作平台载体建设。各市（地）统筹资源禀赋等产业发展要素，因地制宜设立优势互补、互为配套、互利共赢的对口合作园区等平台载体。加快推进齐齐哈尔梅里斯达斡尔族区农业科技园区、中佳产业园区建设。深入对接石油化工、石墨深加工、

生物发酵等领域互补优势资源，推进大庆—惠州、鸡西—肇庆、绥化—湛江等结对城市打造专业产业园区。充分利用俄罗斯木材和中药资源，大力推动牡丹江—东莞木材物流加工园区、黑河国际中药材交易中心等外向型园区建设。推动各结对城市共建合作园区。

（19）强化平台载体引领功能。充分发挥各类合作平台载体的前沿阵地和示范基地作用，把合作园区打造成为产业发展的新引擎、科技创新的试验田、政策创新的策源地、开放合作的新高地。吸引更多广东企业入驻深哈产业园，打造创新创业、科技成果转化的重要基地。推进园区共建，引入江门先进理念和管理经验，合力招商引资，提升七台河江河产业园入园企业数量和质量，培育产业集群发展。强化中开院双鸭山孵化中心培育功能，推动双佛经济合作园区走实走深。定期发布热点信息和解读最新政策，展示合作重大成果，宣传营商环境改善，推介投资潜力和投资机会，营造良好合作氛围。

（20）做好合作平台载体服务保障工作。结合本地产业规划，统筹考虑制定一揽子优惠政策。完善园区配套设施和服务，落实引入人才、教育医疗、生活保障等各方面待遇，打造宜业宜居的良好环境。

（21）深化功能区合作。深化国家级新区、国家自主创新示范区、自贸区、沿边开发开放试验区、经济技术开发区、高新技术产业开发区、边境经济合作区、互市贸易区等功能区的合作，深入推广自贸区发展理念、政策创新、经营管理、项目建设等先进经验和典型举措，进一步协同推进制度创新，推动自贸区高质量发展。

6. 深化"双碳"合作，携手推进绿色低碳发展

（22）推进产业结构绿色低碳转型。深入挖掘互补优势，共同落实国家生态优先、绿色低碳战略，推动转型发展。以数字、生物技术赋能现代农业，推进科学施肥、合理用药，提高秸秆利用率，促进农业固碳增效。利用广东先进技术、绿色融资、成熟模式对重点行业进行改造升级，推进传统产业绿色改造和数字化转型。借鉴大湾区经验，发展文化创意设计、跨境电商、信息咨询等低碳行业，激发绿色市场活力。加强绿色低碳科技攻关和推广应用合作，联手遏制"两高"项目盲目发展。深化华润集团、三峡集团深圳公司、华为等企业在黑龙江省建设中的源网荷储一体化、生态光伏、能源外送通道、智慧能源等领域的合作。推动佳木斯新能源产业园、齐齐哈尔金齐环保设施生产加工项目、哈尔滨深水海纳水务高端环保装备研发制造中心等项目落地实施。

（23）提升碳汇能力和交易水平。开展以森林、草原、湿地、土壤、冻土为主的碳汇方法学研究与实践，提升生态系统碳汇能力。抓住国家建立统一碳排放权交易市场时机，按照国家部署推进开发黑龙江省丰富碳汇资源，加强黑龙江省企业低碳联盟与广东省低碳发展促进会间的交流，支持重点排放企业参与碳排放权交易。加强黑龙江省产权交易集团碳排放权交易中心与广州、深圳碳排放权交易机构在碳市场交易管理、低碳试点示范、绿色金融、碳普惠机制等领域的交流合作，研究借鉴广东碳普惠机制做法经验，共同探索实现低碳发展的有效路径。开展双碳领域人员交流培训，推动低碳服务企业开展业务合作。

（24）深化"双碳"政策保障合作。抓住"碳达峰""碳中和"的关键期和窗口期，加强在规划设计、政策支撑、标准计量、统计检测、投资政策、绿色金融等领域互学互鉴、充分对接合作，全面贯彻国家"碳达峰""碳中和"决策部署，两省协同力争走在全国前列。

7. 提升招商质效，完善项目建设推进机制

（25）完善招商引资机制。深度匹配对接广东省产业溢出和黑龙江省产业吸纳能力，抓好重点领域招商引资。发挥黑龙江省现代农业、装备制造、科教资源、对俄合作等优势，突出数字、生物等新产业，突出发展高技术高成长高附加值产业，突出稳链、补链、延链，吸引广东省头部企业投资兴业，培育形成新的产业集群。统筹考虑项目谋划生成、产业链设计和产业集群培育，强化项目协同配套，着力提高招商项目吸引力。完善政策支持体系，健全涵盖审批、建设、经营等项目全周期的相互配套的普惠政策，针对特定目标企业制定"一企一策"特惠政策。加强招商工作统筹设计，强化组织领导，丰富招商模式，切实提高招商实效。

（26）打造高效招商平台。构建常态化招商引资联席工作平台，充分发挥黑龙江省驻深圳（广州）办事处、黑龙江大湾区协同服务中心、结对城市政府和省直部门派驻机构作用，推广哈尔滨新区展示服务中心招商引资服务经验。发挥商协会、乡贤会、校友会、企业联盟等各类社会组织招商引资的桥梁纽带作用。用好"哈洽会""中俄博览会""绿博会""新博会""广交会""高交会"等大型会展平台，发挥好"亚布力论坛"优势，谋划好龙商回归、校友回归、金融助振兴等多种主题招商活动，扩大招商引资成果。推动哈尔滨新区精准承接深圳市产业转移。深入落实国资委战略合作框架协议，拓展国企合作的广度和深度。配合做好第六届中国国际新材料产业博览会主宾省相关筹备工作，打造企业洽谈对接平台，推动两省企业交流合作。

（27）抓好签约项目落地。强化服务保障，扎实做好签约项目"后半篇文章"，全力推动项目早开工、早建成、早达产、早见效。成立项目推进专班，明确分工任务，压实责任，建立签约项目清单台账，制定推进项目的时间表、施工图、责任书，挂图作战，按时调度。落实各项建设条件，及时帮助合作企业解决项目推进中遇到的困难和问题。研究建立推进项目的监管、检查、考评机制。

8. 促进区位优势互补，融入"一带一路"建设

（28）深化"两国三地"交流互动。利用第七届中俄博览会、第十二届中俄文化大集和地方合作理事会成立 25 周年庆祝活动等各类平台载体，坚持人文交流先行，厚植合作

基础。深化龙粤俄三方省州长会晤机制，举办黑龙江省—广东省—俄罗斯哈巴罗夫斯克边区省州长视频会晤，深化合作共识。充分发挥中俄三省（州）校外教育联盟作用，开展两国三地青少年活动。发挥结对城市合作优势，举办龙粤俄城市交流合作与发展论坛系列活动。深化立法领域交流合作，举办黑龙江省—广东省—俄罗斯地方立法机构会议。

（29）务实推动两省对俄经贸合作。充分利用黑龙江省"打造一个窗口、建设四个区"对外开放格局，发挥广东省资金、技术、市场等优势，积极参与"中蒙俄经济走廊"建设。抓住黑河公路大桥、同江铁路大桥开通机遇，引导广东省企业依托"四区"，共同打造外贸加工产业链，建设木材、煤炭、粮食、中药等资源型产品进口加工产业集群，发展轻工、电子、纺织等出口型制造业。提升东莞—穆棱市—下诺夫哥罗德州境外木业加工园区木材生产量和入境量。加快推进碧桂园在俄"无人化"现代综合体项目落地建设。推动与俄滨海边区签署的《地方政府间大豆领域合作协议》的落实，开展大豆种、加、储运全产业链合作。推动黑河市—珠海市对俄绿色食品和中医药产业园、绥芬河木材加工园、饶河县俄罗斯进口林业资源及黑龙江省林业资源联合采购项目建设。

（30）共同参与"海上丝绸之路经济带"建设。充分利用"广交会""高交会"等会展平台，扩大黑龙江产品出口市场，推动黑龙江省企业在大湾区投资兴业。以广东省为纽带，密切黑龙江省与我国香港、澳门特别行政区的经贸和人文关系。推动企业携手开拓东南亚等国际市场。

（三）加强服务保障

1. 强化督促落实

对照国家对口合作评估意见，加强和完善对口合作各项工作。主动对标对口合作典型经验做法，加强互学互鉴、取长补短，创新工作方式方法，有效改进工作。坚持目标导向和问题导向，针对评估意见中指出的不足，提出有针对性、可操作性、能见效的整改措施，确保问题整改取得实效。加强对口合作项目跟踪督导，健全签约项目清单台账，及时协调解决存在的困难和问题，全力推动各项工作落实见效。高标准制定"十四五"时期对口合作实施方案，签署对口合作框架协议。

2. 优化合作环境

充分发挥对口合作领导小组及办公室的统筹协调作用，召开省对口合作工作领导小组会议，总结2021年工作情况，研究部署2022年工作任务。健全各层次沟通对接机制，压实各有关部门和地方工作责任。强化对重大问题、重点领域的协同研究，促进重点合作任务的落实。

3. 完善合作机制

深入拓展城市间合作，巩固深化 13 对结对城市合作成果，动员更多社会资本积极参与对口合作。鼓励非结对城市间开展以产业合作为重点的合作交流，推动结对关系向基层延伸。深化工商联、商会、行业协会等单位组织的合作，夯实各类社会力量广泛参与的合作体系。

4. 强化宣传效应

加大对口合作工作宣传力度，通过专题报道、融媒视频直播等形式，积极宣传两省合作交流成果。继续依托"南方+"，打造"黑龙江招商"南方号平台，强化对口合作典型案例宣传，发挥典型引领示范效应，吸引更多的社会力量参与对口合作，带动更好的合作项目落地生根。编辑出版年度对口合作白皮书（《黑龙江省广东省对口合作工作报告（2021）》），集中展现合作成果，形成支持参与合作的良好氛围。

（撰稿人：王希君、陈晓聪）

第二部分　领域篇

第一章　行政管理体制改革对口合作

中共黑龙江省委机构编制委员会办公室
中共广东省委机构编制委员会办公室

根据黑龙江省与广东省对口合作框架协议内容，2021年黑龙江省委编办与广东省委编办按照两省省委、省政府统一部署要求，结合部门职能职责，积极围绕体制改革和机构编制管理开展深入交流和务实合作，取得明显成效。

一、2021年对口合作工作情况

（一）不断深化事业单位改革，促进新时代公益事业平衡充分高质量发展

2020年4月中央编委确定黑龙江省、广东省为全国深化事业单位改革试点省份，黑龙江省委编办与广东省委编办加强交流沟通，相互学习借鉴，推动事业单位改革向纵深发展。

黑龙江省委编办坚决扛起政治责任，切实履行牵头抓总职责，集中全办力量，组建工作专班，定期调度，跟踪督办，与有关方面对接沟通累计千余次。截至2021年6月底，超额完成了改革任务，达到了预期效果。中央编办李章泽副主任在改革之初到黑龙江省进行专题调研时给予充分肯定。一是制定完善政策体系。科学制定全省改革方案，细化52条任务举措，第一个上报并获中央首批批复。出台配套文件，形成"1+28"政策体系，涵盖市县事业单位总量和限额管理、事业编制总量和层级管理、优化全省中小学教职工编制资源配置、规范各级事业单位领导职数管理、推行内设机构"大处（科）制"、指导市县建立事业编制周转池等方面的管理举措和具体标准，为改革立柱架梁，提供全方位精准

政策支撑。二是全部印发改革方案和相关规范性文件。中省直 56 个、市县 3981 个涉改部门（单位）深化改革方案，分别由本级机构编制部门批复印发。中省直 51 个、市县 4221 个试点单位相关的政事权限清单、机构职能编制规定、管理章程"三个抓手"规范性文件，均按权限批复到位。强化了机构编制管理刚性约束，为深入推进制度机制创新打下了坚实基础。三是统筹推进专项改革。如期完成从事生产经营活动事业单位改革，中省直 70 个、市县 498 个经营类单位全部销号，退出事业单位序列，进一步推动解决了事企不分、体制不顺、机制不活等突出矛盾和问题。加快推进重点行业领域改革，省事改领导小组审定批复了科研、技工教育、检验检测、数据信息 4 个行业领域事业单位深化资源整合的意见、工作方案，着力打破条块分割，推动做大、做优、做强。

通过改革，实现了"五个优化、五个新突破"。一是优化了领导体制，在加强党对事业单位全面领导方面实现新突破。完善了党对事业单位全面领导的体制机制，制定事业单位党组织领导职数核定标准，党委部门所属及具有政治管理性质的事业单位普遍得到了加强。强化基层党的机构建设，独立设置乡镇（街道）党群服务中心。实行"县编乡用""乡（街道）编村（社区）用"，推动机构编制资源向基层下沉，夯实执政根基，特别是通过"三个抓手"，进一步明确了党组织的地位和作用。二是优化了资源配置，在事业编制总量控制方面实现新突破。重新核定市县编制总量，跨区域、跨层级调整编制，重点区域和基层一线用编需求得到保障。三是优化了布局结构，在保障民生等重点领域方面实现新突破。重新核定了全省中小学教师编制，助推义务教育均衡发展。加强公立卫生机构建设，完善重大疫情防控体制机制，为"大民生"提供机构编制保障。四是优化了制度机制，在提升事业单位治理效能方面实现新突破。探索实行"三个抓手"管理，理顺政事管办关系，明晰功能定位，健全治理机制，加强对事业单位的绩效考核评价。省直对涉及无线电监测、水文水资源监测、林草调查规划设计等领域的 66 个单位实行分支机构或一体化管理模式，促进优质服务资源公平可及、普惠共享。五是优化了职能定位，在助力打造一流营商环境方面实现新突破。推进政事分开、事企分开、管办分离，强化公益属性，破除逐利机制，今后不再批准设立承担行政职能和从事生产经营活动的事业单位。

广东省委编办在推进改革试点工作中统筹抓好事业单位布局优化和建章立制。2021 年 4 月中央编办李章泽副主任赴粤调研时对广东省事业单位改革管理工作给予充分肯定。一是持续优化事业单位布局结构。省本级围绕加快推进政事分开、事企分开、管办分离，推动"10+1"个重点领域和系统事业单位进行布局重构、功能重塑、资源重组，强化公益属性、提高治理效能，促进公益事业平衡充分高质量发展。省属事业单位精简率达 46%，核减收回事业编制 15000 余名，4 个试点市县事业单位总体精简率达 32%。二是不断创新事业单位治理体系。研究拟定《关于推动事业单位完善章程管理的指导意见》，制定下发广东省人民医院等 5 家单位政事权限清单，指导制定印发 7 个厅级事业单位"三定"规定，起草《广东省登记设立事业单位登记管理办法（稿）》，印发省广播电视技术中心和省监狱局、戒毒局警务保障中心实行一个机构多个分支运营模式方案。三是协同推进行业体制改革和有关专项改革。基本完成省属经营类和公益三类事业单位改革。深化省直机关后勤服务机构改革，整合组建省接待办公室、省机关事务管理局。精简优化省政府驻外办事机构，撤销驻沈阳等 5 个办事处。推动农业技术推广机构改革，整合组建省农业技术推广中心。推进地质系统改革，整合组建新的省地质局。推动建立国家公园管理体制，研究提出南岭国家公园机构组建初步方案。优化调整省实验动物监测机构、动物卫生检疫机构、野生动物救护机构有关职能和编制。撤销省城镇集体企业联社。

（二）持续完善党政机构职能体系，为推动实现高效能治理奠定坚实基础

黑龙江省委编办以加强党的全面领导为统领，不断健全系统完备、科学规范、运行高效的党政机构职能体系，扎实做好党政机构改革"后半篇文章"。一是落实加强党的全面领导的制度安排。印发《关于加强党政部门机构职能体系建设推动完善相关制度机制的函》，推动完善归口管理的工作机制和方式。二是助力乡村振兴等重点领域高质量发展。完成全省各级扶贫工作机构调整，组建乡村振兴局；完成教育、民政、住房城乡建设、卫生健康、文化旅游、商务等部门机构编制调整，进一步加强和完善政府经济调节、市场监管、社会管理、公共服务、生态环境保护职能，促进政府效能提升。三是加强全省开发区机构编制管理。印发《关于规范开发区管理机构促进开发区创新发展的实施方案》，统一规范开发区管理机构性质，开发区内设机构实行限额管理，领导职数实行总量管理，批复 12 个市（地）开发区管理机构调整方案。四是持续深化乡镇（街道）机构改革。围绕构建简约高效、富有活力的基层治理体系，研究起草《黑龙江省关于推行乡镇（街道）职责任务清单的指导意见（试行）》，经 2021 年 12 月 1 日省委编委会议审议并原则通过，将以省委文件印发，并尽快开展试点。五是配合做好政法领域改革等工作。落实司法体制改革等要求，分别对省法院、省检察院、省司法厅及监狱系统的职能、编制、内设机构、领导职数等事宜进行调整和优化。

广东省委编办坚持和运用系统观念巩固深化党和国家机构改革成果，推动党政机构改革不断实现从"物理变化"到"化学反应"。一是不断健全党的全面领导的制度安排。优化调整省委宣传部、政法委、网信办等部门机构设置和职能配置，制定印发巡视办"三定"规定，规范省市县三级党委农村工作部门设置，设立或调整人才工作等重点领域党委系统议事协调机构。二是优化完善政府机构职能体系和管理运行机制。优化调整省政务服务数据管理局机构设置，整合组建省疾病预防控制机构。优化省自然资源厅等 10 多个省直部门内设机构设置和职能配置，推动理顺海洋综合执法机构职能定位，进一步明确55个单位安全生产工作职责，调整组建省市县三级乡村振兴工作机构。大力规范优化省级议事协调机构，整合涉及自然灾害、事故灾难应急管理的9个议事协调机构，推动成立公共卫生与重大疾病防治、"双减"工作等重点领域议事协调机构。三是持续深化乡镇街道体制改革。系统总结改革情况，呈报给省委主要领导。起草《关于完善乡镇街道指挥协调机制促进基层共建共治共享的若干意见》，进一步强化镇街党（工）委领导。四是纵深推进政法领域和综合行政执法体制改革。完成省行政复议体制改革以及全省森林公安、法院、检察院、监狱等系统机构编制调整事宜。考核评估各地市场监管等5个综合行政执法领域改革任务落实情况，推动完善应急管理综合行政执法体制改革。五是聚力打造新发展格局战略支点。健全完善涉及"双区"、两个合作区相关改革和编制管理事项"绿色通道"机制。推动设立深圳市委互联网企业党工委，支持深圳市深化强区放权改革。成立省推进横琴粤澳深度合作区建设领导小组，设立省委横琴工委、省政府横琴办。全面清理规范全省开发区管理机构，减少厅级管理机构5个，精简率22.7%。强化省域副中心建设，按程序赋予汕头、湛江市部分副处级机构编制审批权限。

（三）围绕中心，突出重点，不断提升机构编制工作服务保障高质量发展的能力和水平

黑龙江省委编办围绕加快推进机构编制法定化、统筹优化机构编制资源配置、推动机构编制管理监督提质增效等方面，加大工作推进力度，更好服务黑龙江高质量发展需要。在加快推进机构编制法定化方面，一是加大机构编制法规制度建设工作力度。依据《中国共产党机构编制工作条例》等党内法规制度，结合实际，牵头组织起草《黑龙江省机构编制工作规定》（以下简称《规定》），把加强党的全面领导贯彻到机构编制工作各方面和全过程，着力填补黑龙江省机构编制法规制度建设的短板空白，为构建"1+X"法规制度体系立柱架梁，为今后制定完善"X"项法规制度留下拓展空间。《规定》经2021年12月1日省委编委会议审议并原则通过，将报请省委常委会审定后印发实施。与《规定》相衔接，同步修订了《中共黑龙江省委机构编制委员会工作规则》，进一步优化机构编制审批权限、程序等事宜。二是组织编印《机构编制工作文件选编（2011—2021）》。全面梳理2011年以来中央和黑龙江省机构编制的政策法规文件，收集整理中央、省重要政策法规文件近700份，成书2册，供省直单位和市县编办工作学习参考。在统筹优化机构编制资源配置方面，一是保障公益事业重点领域发展需要。结合深化事业单位改革试点，市县为党建、综合治理、农业、教育、人才等重点领域2000余个单位增编2.3万余人，推动编制资源向重大民生、基层一线和艰苦边远地区倾斜。继续严控行政执法队伍锁定的事业编制，确保总量只减不增。二是创新机构编制管理方式。探索打破层级领域壁垒，加大编制跨部门跨层级跨区域调配力度，指导市县实行事业编制层级管理和县（市、区）事业单位"县编乡用""乡（街道）编村（社区）用"并下发指导意见，提高基层治理效能。三是推动研究成果转化。深入开展科技创新、金融监管、疾病防控、应急管理、新区自贸区建设等方面优化资源配置专题调查研究，确定17项调研课题，研究提出务实管用的工作意见建议。在推动机构编制管理监督提质增效方面，一是推进标准化窗口建设。结合"我为群众办实事"实践活动，实行实名制业务全流程网上办公，优化业务办理流程，完善全流程网上办公和不见面业务办理模式，在省委编办门户网站公示业务流程图和一次性告知单，服务对象满意度达100%。二是健全和完善统计工作制度。加强数据基础管理，制定工作方案，指导市地自检自查，提高平台数据准确性。起草与组织、人社、财政部门机构编制数据比对工作方案（试行），建立数据共享比对机制。三是加大监督检查力度。协调省委办公厅印发《学习贯彻〈"三定"规定制定和实施办法〉〈机构编制监督检查工作办法〉的通知》。对各地各部门落实《中国共产党机构编制工作条例》及配套法规制度落实情况进行调研，形成情况报告报中央编办。制定印发《机构编制核查工作实施方案》。开展省直部门"条条干预"问题自查自纠，对黑龙江农业经济职业学院进行"飞行检查"。

广东省委编办深入贯彻落实习近平法治思想，以机构编制法定化为牵引，统筹优化机构编制资源配置，持续提升机构编制工作科学化、规范化、精细化管理水平。在加快推进机构编制法定化方面，一是及时抓好重大政策宣贯。推动在省委常委会会议、省委编委会会议上传达学习中央《"三定"规定制定和实施办法》等重大政策文件。举办全省机构编制信息员、省属事业单位新任法定代表人、机构编制法规纪律等专题培训班。二是大力加强规范化建设。制定广东省"十四五"时期机构编制工作规划，组织全省编报2020年度机构编制重要事项报告，办理各地各部门规范性文件备案审查等200余件，完成省级机构编制规范性文件清理，承办中央编办事业单位行业分类指标调整和机构编制工作用语释义修订等工作，形成一批在全国范围内可复制可推广的经验成果。在统筹优化机构编制资源配置方面，一是加大重点民生领域保障。增加省级疾控体系、文物保护、药品安全等领域事业编制200余人。建立中小学教师省级统筹周转编制池。助力建设粤港澳大湾区高水平人才高地，向省属6所高校下达151名高层次人才专项编制。二是加强机构编制创新管理。承担中央编办关于乡镇街道开展统筹使用各类编制资源试点任务。推动12所高职院校实行集团化办学，指导制定印发7所集团化办学高校"三定"规定。在推动机构编制管理监督提质增效方面，一是加快"数字编办"建设。牵头建立组织、编制、人社和财政四部门数据共享应用机制，起草《广东省机构编制实名制管理办法》，组织地市开展电子政务外网非敏感数据迁移，利用现代信息技术手段实现机构编制的集约利用。二是扎实开展

专项考核评估。严密组织《中国共产党机构编制工作条例》及配套法规制度落实情况自查，精心抓好机构编制执行情况和使用效益评估试点，两项工作均得到中央编办邹铭副主任充分肯定。完成 2020 年行政审批和政务服务效能考核评价。三是严格落实机构编制纪律。组织开展全省第二次机构编制核查，部署开展条条干预问题自查自纠，梳理典型案例，印发情况通报，全年督促省直部门纠正涉条条干预问题 13 起，向中央编办反映国家机关条条干预问题线索 4 条，办理"12310"举报投诉和信访 20 余件。

二、2022 年对口合作计划

2022 年，根据两省对口合作框架协议，两省省委编办将进一步加强沟通交流，推动对口合作各项工作不断迈上新台阶。

（一）优化完善党对重大工作的领导体制和运行机制

围绕优化完善党对重大工作的领导体制和运行机制互相学习借鉴。加强党对相关领域、行业、系统工作的领导，推动强化省委议事协调机构职能作用。

（二）健全完善党政机构职能体系

围绕健全完善党政机构职能体系互相学习借鉴。加强双方在开发区管理体制改革方面的经验交流，持续助推开发区创新发展。配合有关部门做好疾病防控、国防动员、国家安全和乡村振兴等方面体制机制改革，提供机构编制保障。

（三）持续深化事业单位改革

围绕深化事业单位改革试点工作互相学习借鉴。巩固深化改革成果，继续深入探索"三个抓手"管理、一个机构多个分支和多个机构一体运行等创新管理举措，总结经验，不断完善。

（四）探索统筹使用编制资源

围绕探索统筹使用编制资源互相学习借鉴。坚持问题导向，破除编制"一核定终身"的观念和做法，加大跨部门、跨地区、跨层级统筹调配力度，盘活现有机构编制资源，推动编制资源向重点领域、艰苦边远地区和基层一线倾斜，提升编制资源使用效益。

（五）健全对口合作工作机制

根据形势任务需要，进一步细化完善对接沟通措施，充分利用新媒体等技术手段，拓展交流合作载体，推动相关重大课题联合攻关，加强干部交流合作，不断提升对口合作质量效益。

（撰稿人：武文斌、卢亚伟）

第二章　国有企业改革对口合作

黑龙江省人民政府国有资产监督管理委员会

广东省人民政府国有资产监督管理委员会

近年来，黑龙江省与广东省国资委及省属国有企业秉持平等互利、合作共赢的精神，立足两省经济实际，按照两省对口合作总体战略部署，积极创新合作机制，加快推动相关项目落地。两省国资国企保持了良好的合作关系，互惠互利合作共赢的战略合作新局面初步形成。

一、2021 年对口合作工作情况

（一）推动合作交流活动走深走实

在 2017 年两省国资委《战略合作框架协议》基础上，双方持续开展对接，有力推动两省企业间交流合作。2021 年 5 月 14~16 日，广东省国资委党委书记、主任李成带队赴黑龙江省开展国资国企对口合作交流活动，参观粤海国家水中心和农投食品旗舰店，两省国资委召开"龙粤两省国资国企对口合作座谈交流会"，广东省广新控股集团、广东粤海控股集团及子公司等 4 家企业参会，黑龙江省国资委出资企业森工、龙煤、建投、交投、产投、农投、旅投、航运、交易集团及哈尔滨供水集团 10 家企业参会，初步达成 22 个合作意向，并在会后建立企业联系渠道，为 9 月签约打下良好基础。2021 年 7 月 13~16 日，黑龙江省国资委党委书记、主任王智奎率哈尔滨市、大庆市国资委及 8 家省属企业和 3 家地方国有企业主要负责人 30 余人赴广东省国资委、深圳市国资委开展学习考察。参观了深圳智慧国资管理展示中心，实地调研广新控股集团、粤海控股集团、深圳市深粮控股、深高速公司，并共同召开"龙深国企对接交流座谈会""龙粤国企对接交流座谈会"，活动期间两省企业达成 27 个合作意向，其中 14 个具备签约条件，得到黑龙江省胡昌升省长和李海涛副省长批示肯定。9 月 12 日，在"黑龙江省与广东省对口合作项目签约仪式"上，在黑龙江省省长胡昌升、时任广东省省长马兴瑞的共同见证下，黑龙江省国资委出资企业建投、农投、交投、交易集团及哈尔滨市属企业与广东省属企业签约项目 8 个，会下签约项目 6 个，签约额共计 85 亿元，涉及基础设施建设、北药产业、森林绿色食品、旅游、酒店管理、供应链管理、农业现代产业园区、基金、新能源、智慧交通、国企数字化服务平台、环保等领域。

（二）推动重点领域合作取得实质性进展

2020 年 6 月，黑龙江省交通投资集团（以下简称省交投集团）与华为技术有限公司联合成立了"龙江交投与华为联合创新中心"，签署了《共建龙江交投与华为联合创新中心合作框架协议》，在智慧园区、数字物流、智慧高速、车路协同、行业数字化转型等方面开展广泛合作。2021 年，省交投集团选取"龙运哈东综保税区物流园"等物流园区作为智慧园区载体，与华为在联创中心的框架下，探索建设全省智慧物流平台，已初步形成平台技术方案，并根据方案完成了成本核算和盈利指标预估。

2020 年 9 月，省交投集团与深圳赛格集团共同出资成立黑龙江省交投赛格新能源科技有限公司（以下简称交投赛格公司），建设高速公路光伏发电项目，开展光伏组件销售、施工、运营等业务。目前，交投赛格公司依托绥大高速在建工程，已分别向集团和省厅申报了光纤传感技术研究可研课题；参与哈肇智慧高速设计，提供光纤传感示范应用内容；与黑龙江边防委及部分边境城市地方政府建立了联系，正推进城市智慧边防管控示范应用。

黑龙江省建设投资集团（以下简称省建投集团）积极在基础设施建设、生态环保、文化旅游等领域扩大合作。2021 年以来，省建投集团与广东建工集团、广东环保集团、广东旅控集团、深圳特区建工集团分别签署战略合作协议，在重大基础设施建设、文旅康养、科技创新、酒店运营管理、智慧景区、旅游、项目投建营全过程等领域开展务实合作。权属企业龙建路桥股份有限公司与潮州市政府开展合作，潮州大桥荣获"鲁班奖"，工程质量及企业品牌得到潮州市政府充分认可。权属企业黑龙江省建工集团与广州开发区管理委员会签订战略框架合作协议，在房屋建设、市政公用工程、公路工程等基础设施建设领域开展战略合作。权属企业黑龙江省水利水电集团与广东省河源市水务投资运营有限公司签订合作框架协议，共同成立广东省隆跃工程有限公司，并成立黑龙江省水利水电集团第三工程有限公司河源分公司，积极参与河源市水利工程项目投标。省建投集团与广东骏德建设发展有限公司在公路、市政领域达成合作意向。省建投集团与广东省房建及市政领域具有较高知名度的广东鸿高建设集团有限公司在高速公路等公路建设领域完成初步战略合作。2021年9月，省建投集团与广东省环保集团有限公司签订战略合作协议，在环保技术研发、环境服务技术咨询、环境工程建设、生态环境治理修复、环保装备制造等领域开展合作。权属企业黑龙江省旅游投资集团与深圳华侨城资本签订"黑龙江省文旅产业发展投资基金合作协议"，制定"基金组建方案"，建立黑龙江省文旅重点项目库，对重点项目进行现场踏查，完成引导基金的尽调等工作。权属企业黑龙江省建筑安装集团与广州大学城投资经营管理有限公司签订1100万元大学城区域管网系统工程项目合同，为广州大学提供优质服务。权属企业黑龙江省建工集团参建碧桂园高品质住宅惠州市天骄公馆、海德尚园、汕尾市岭峰山庄、中山古镇大型商业综合体中山六坊商业广场等项目，中标额约13.7亿元，为项目建设深化合作奠定基础。

2021年9月，黑龙江省农业投资集团（以下简称省农投集团）与广东省供销集团签署战略合作框架协议，在冷链物流、粮食产销区合作、农业大数据、农业产业园建设、粮油水果渠道合作、鲜食玉米及大米优质品牌打造等领域开展合作。权属企业黑龙江省农投资本管理有限公司与广东省农业供给侧改革基金签署战略合作框架协议，共同推动两省在农作物育种、生猪养殖、鲜食玉米、大数据等领域的合作。权属企业黑龙江省农投食品集团有限公司（以下简称农投食品公司）与广东省储备粮管理总公司顺德直属库签订项目合作协议，农投食品公司作为"黑龙江好粮油"广东市场渠道项目建设及运营主体，建设内容包括大米自动分装分拣生产线、质量检验中心、恒温仓储、物流配送车辆等，项目总投资1382万元。权属企业黑龙江省粮食产业集团与广东储备粮管理总公司2020年达成政策性粮食异地储备合作意向，并签订《广东省省级储备粮（黑龙江）异地储备稻谷合作协议》，目前已储备广东省异地储备指标35万吨。

农投集团受黑龙江省政府及省农业农村厅委托，管理和运营广东省东西部扶贫协作产品交易市场黑龙江馆，展馆于2019年9月28日正式营业。展馆位于广州市荔湾区花卉博览园馆区，面积1025平方米，黑龙江省省直单位及13个地市农业农村局组织相关企业共计82家企业进驻，其中自主经营企业35家。黑龙江馆主要经营黑龙江省绿色食品种类共计314种，包括农投食品公司旗下"金谷农场"系列产品和黑龙江各县（市）特色粮油、山珍和饮品等。开馆以来，产品获得了来自大湾区各级政府部门、消费者、生产商、供应商的认可和支持，并与哈尔滨大米节、绿博会形成推广联动，推动黑龙江农产品走进粤港澳大湾区等销区市场。

2021年9月，黑龙江省交易集团（原黑龙江省产权交易集团，以下简称省交易集团）与广东省交易控股集团有限公司签署《战略合作框架协议》，在国有资产交易信息对接、国资国企数字化服务平台建设、公共资源交易市场改革、数据要素流通、智库建设和人才培养等领域开展合作。省交易集团与广东省交易控股集团有限公司共同搭建了龙粤两省国有资产交易信息对接平台和产业合作操作实施平台，重点推介两地国有企业混改项目、产业对口合作项目和重大资产交易项目，实现信息同步发布和两省资源共享。截至目前，已在两省信息平台同步发布广东省盐业集团所持有的梅州广盐房地产开发有限公司 100% 股权和债权转让、牡丹江恒丰纸业集团有限责任公司 100% 股权转让、广东省石油化工物资有限公司 49 套房产等项目。

2021 年 9 月，广东省能源集团下属开发公司与北大荒农垦集团有限公司红兴隆分公司签订战略合作框架协议，双方在新能源产业领域的投资上达成合作共识。粤科金融集团与黑龙江省新产业投资集团签订战略合作框架协议，落实以基金方式推动两地产融结合，互相推介和引进重大项目的合作意向。

2019 年 7 月，广东省广新控股集团下属的星湖科技在黑龙江省开展的"肇东核苷、核苷酸类产品生物制造关键技术及产业化项目"（以下简称"肇东项目"）正式启动建设。该项目是《黑龙江省与广东省对口合作 2020 年重点工作计划》中的重点项目之一，2020 年 10 月底基本建成进入全面联动试产阶段。2021 年上半年，星湖科技聚焦肇东项目调试、试生产中的重点难点问题，从广东肇庆抽调技术骨干远赴黑龙江省肇东开展技术攻关，全力推进肇东项目建成投产。在两地政府的高度重视与支持下，肇东项目于 2021 年 5 月全面达标生产，呈味核苷酸二钠（I 加 G）产品成功上市。肇东项目自建设以来已招聘员工 576 人，对促进当地就业和社会稳定有一定积极作用。同时，项目已形成多项自主知识产权核心技术，基于项目组建的企业技术中心也被黑龙江省工业和信息化厅认定为 2021 年度黑龙江省企业技术中心，未来将进一步带动两省在科技创新方面的合作。

2020 年 7 月，广东省粤海控股集团下属的粤海水务以 6922 万元出资实现对哈尔滨工业大学水资源国家工程研究中心有限公司（以下简称"国家水中心"）的控股。粤海控股集团以国家水中心为载体，服务水务行业发展实际需求，助力黑龙江省推进产学研工作：一是依托哈尔滨工业大学科研力量，实行"揭榜归帅"制度，以水务行业工程应用需求和技术难点为导向，做好关键核心技术工作及科技成果转化。二是引进张杰院士入职国家水中心华南分公司，发挥领军团队人才优势，结合国家和行业发展战略需求，完成新型研发机构建设方案拟定。三是以国家水中心为平台，承办了"粤港澳大湾区水安全论坛"和"第一届城镇水务行业博士论坛"，加强技术交流合作，推动行业人才队伍建设。四是借助粤海水务行业影响力，为国家水中心开拓两省设计咨询业务，目前已在黑龙江省呼玛县、黑龙江省拜泉县、广东省云浮市、广东省开平市等地开展设计项目。五是开展国家水中心改造工程建设，全方位提升国家级平台软硬件实力。

二、下一步工作

两省国资委将按照黑龙江省与广东省对口合作总体部署，紧紧围绕《黑龙江省人民政府国有资产监督管理委员会广东省人民政府国有资产监督管理委员会战略合作框架协议》的相关内容，不断完善对口合作协调机制，深挖双方合作潜力，积极引导更多广东省属企业通过多种方式参与黑龙江省国有企业的改革发展，继续深化双方在产权交易市场建设、旅游养老、绿色农业等项目上的合作。

（撰稿人：于潜、盛波）

第三章　民营经济发展对口合作

黑龙江省工商业联合会　广东省工商业联合会

对口合作是以习近平同志为核心的党中央作出的重大战略部署，是党中央在深化区域合作、促进协调发展方面交给黑龙江省与广东省的一项重要政治任务。黑龙江省工商联、广东省工商联坚持以习近平新时代中国特色社会主义思想为指导，按照中共中央、国务院关于新一轮东北地区等老工业基地振兴战略的决策部署，围绕黑龙江省全面振兴、全方位振兴发展的奋斗目标，遵循《黑龙江省与广东省对口合作2021年工作要点》，统筹协调，积极开展多层次的高效对接，广泛开展经贸交流合作等活动，合作机制日趋完善，互学互鉴逐步深化，务实推进两省民营企业对口合作交流向纵深发展。

一、2021 年对口合作总体情况

（一）提高政治站位，强化工作部署

振兴东北老工业基地是重大国家战略，开创了以跨区域合作推动东北振兴的新路径，具有重大意义和深远影响。两省工商联提高政治站位，深入贯彻习近平总书记重要讲话、指示精神，坚决落实党中央和两省省委省政府决策部署，从讲政治的高度把两省对口合作工作列入重要工作议事日程，坚持新发展理念，强化工作部署，坚持商会搭台、企业参与、优势互补、合作共赢、市场运作的原则，切实把对口合作工作确定的重点任务落到实处，以高度的历史使命感、政治责任感扎实推动两省民营经济高质量发展。

（二）加强顶层设计，持续高位推动

广东省工商联、黑龙江省工商联进一步发挥对口合作工作领导小组成员单位的作用，加强顶层设计，密切高层往来，巩固合作机制，持续高位推进对口合作工作落实。2021年以来，两省工商联高层领导继续保持紧密交流。2021年初，黑龙江省工商联主席、省总商会会长张海华与广东省委统战部副部长、省工商联党组书记雷彪召开对口合作工作视频会议，就拓展合作空间、创新合作方式、夯实合作基础等进行安排部署，为深入开展对口合作工作指明了方向。2021年4月7日，广东省委统战部副部长、省工商联党组书记雷彪与黑龙江省委统战部副部长、省工商联党组书记张成林在广州会谈，双方就以高质量非公党建推动民营经济高质量发展、深入推进两省民营经济对口合作、提高服务"两个健康"水平进行座谈交流。2021年4月11~15日，齐齐哈尔市工商联主席、市总商会会长魏艳芹带队赴广州市考察，与广州市工商联共同召开对口合作对接座谈会，双方就进一步加强两地企业家培训学习、两地干部人才交流合作达成共识。

（三）立足合作重点，开展互访交流

两省工商联结合两地产业基础、资源禀赋、区位优势等实际，针对科技、农贸、商务、旅游、人才交流等具体合作重点事项加强交流合作，指导市（地）工商联帮助商会加强建设。牡丹江市工商联和东莞市工商联共同指导东莞市牡丹江商会开展换届工作，提升在莞牡丹江籍企业家形象，更好地促进"两个健康"，更好地服务当地经济社会发展和促进乡贤企业家回报家乡。2021年4月，大庆市调研组到深圳走访调研合鑫电子实业、华峰石化新材料、深圳市雨新电线电缆等企业，指导帮助筹建深圳市大庆商会。双鸭山市工商联推进"双山"商会合作，与佛山市工商联共同研究引导两地商会企业的对接合作，积极开展线上产业交流座谈，加强产业发展、公共服务、生态建设等领域的沟通交流。2021年6月，哈尔滨市工商联邀请深圳市大晟资产管理有限公司一行19人赴哈考察调研，就松北区大数据中心、深哈产业园等新兴产业园区建设，生物医药、干细胞项目研发及产业化项目合作可行性，与哈投集团、江海证券金融项目投资等合作事宜进行探讨研究。2021年9月，禅城区工商联（总商会）执委企业佛山市广龙供应链管理有限公司随佛山市政府考察团赴双鸭山市开展对口合作对接考察，参与农副产品合作项目签约，推动两市对口合作共赢发展。齐齐哈尔市工商联与广州市工商联、大庆市工商联与惠州市工商联分别开展对口合作工作对接，搭建两地企业家交流合作平台。两省各级工商联通过多种形式进行调研和交流，有力地推动了两省间民营企业的合作。

（四）注重培训学习，推动理念共享

两省工商联分别组织企业参加在黑龙江亚布力论坛永久会址举办的"民营企业纾困培训班"，就提高企业竞争能力、拓展多元化发展方向进行经验共享，同时加强交流。两省各级工商联努力推动商协会、企业间开展多种形式的学习交流活动，促进理念互融、信息互通、资源互享、合作互赢。深圳市工商联积极推进2021深哈合作发展论坛暨哈尔滨市深圳商会成立大会在哈尔滨新区召开。广州市工商联邀请齐齐哈尔市工商联到中天汇富基金管理有限公司、广州远信集团、广清农业众创空间、金发科技股份有限公司、广东欧派家居有限公司（清远市）等企业走访调研，就两地进一步深入开展对口合作工作进行交流和经验分享，为齐齐哈尔市在民办教育质量提升、电商直播人才培养、社会力量参与乡村振兴以及现代企业经营管理等方面提供了可借鉴的经验与模式。江门市工商联积极推进广东千色花化工有限公司与宝泰隆新材料有限公司在江门建设石墨烯研究院项目。通过两省工商联、商协会、民营企业多种形式的交流学习，有力地推动了发展理念的共享。

（五）开展对接活动，促进优势互补

两省各级工商联大力引导两地企业开展对接活动，助推经济社会发展。举办对接活动。哈尔滨市工商联与广州市工商联携手举办"哈尔滨市政府与广州企业家座谈会"，322位企业家参会，进一步推动哈尔滨与广州两地在绿色农产品深加工、先进装备制造、现代生物医药、特色文化旅游以及信息、新材料、金融、现代物流等产业领域的交流合作。大庆市工商联和惠州市工商联共同鼓励、支持两地企业合作，开设绿色农副产品销售中心、社区体验店、专营店等，促进民营经济共同发展。2021年3月，大庆市工商联组织会员企业赴惠州开展农业项目对接和农产品展销活动，推广肇源大米、杜蒙野生鱼、林甸杂粮杂豆等农业产业项目。牡丹江市工商联与东莞市工商联搭建扶贫平台，推介扶贫项目和优质农副产品，号召东莞市工商联会员企业参与牡丹江市消费帮扶，着重巩固拓展脱贫攻坚成果与乡村振兴有效衔接。2021年4月，中山市工商联团体会员汕尾商会组织60余位会员代表参加鸡西市投资合作促进局、密山市人民政府在珠海市举办的密山市招商引资资源推介会。密山市政府副市长王士强分别与中山市和正讯电子有限公司和中盛工贸有限公司签订新能源轻便交通工具高新产业园项目合作协议和红色通讯历史博物馆项目合作协议。由深圳市黑龙江商会协办的"哈尔滨市政府与深圳企业家恳谈会"成功召开，哈尔滨市政府代表团通过宣传推介、座谈交流等形式，围绕绿色食品、人工智能、生物医药、新材料和文化旅游等领域现场签订了19个合作项目，总签约额68亿元。哈尔滨市委副书记、市长孙喆出席会议，副市长栾志成主持会议，深圳市黑龙江商会30余家会员企

业代表参加恳谈会。黑龙江省工商联组织黑龙江众合鑫成新材料有限公司、黑龙江运兴建筑安装工程有限公司等企业参与"广交会"，帮助黑龙江原野食品有限公司、绥化市正大米业有限公司等企业与广东客商深化合作，拓展产品销售渠道。2021 年 9 月，齐齐哈尔市工商联与广州市工商联通力合作，共同帮助黑龙江和美泰富农业发展股份有限公司、黑龙江天锦食用菌有限公司、泰来县绿洲食品加工有限责任公司、黑龙江绿丰生态面业有限公司等企业与广州市商超合作，推荐齐齐哈尔市优质农副产品走进广州商超，实现农超对接直采。目前黑龙江和美泰富农业发展股份有限公司与广东金渝百货有限公司、广州市澳之星超市已达成合作，其余几家企业正在沟通协调中。黑龙江迦泰丰粮油食品有限公司在汕头市销售东北大米 1007 吨，金额 287 万元。其中，与汕头粮丰集团合作，销售大米 270 余吨，销售额 77 万元；向汕头市一家人食品有限公司销售大米 737 吨，销售额近 210 万元。

（六）打造旅游精品，挖掘特色资源

两省工商联积极引导广东省民营资本参与黑龙江全域旅游项目建设，围绕冰雪、森林、生态等一批优势明显、特色突出、潜力较大的旅游项目，推动企业参与跨境旅游合作区项目建设，打造智慧旅游城市，推进旅游企业标准化发展，提升旅游服务水平。大庆市工商联与惠州市工商联加大两地旅游"交换冬天"宣传推广力度，推动两市市场共享、游客互送，促进旅游消费。借助大庆市筹备第五届旅发大会之机，加大两地旅游联合营销力度，通过网站、公众号等不同载体大力宣传两地旅游形象、旅游产品线路等内容，联合打造"寒来暑往·南来北往"旅游合作品牌。积极促进两地旅游协会、旅游企业间的交流合作，实现两地企业在互换客源等多领域的深度合作。伊春市工商联和茂名市工商联针对伊春市旅游小镇建设开发、林区山特产品拓展供销渠道、北药、康养等重点产业项目进行招商引资推介，建立合作项目库。目前有 20 余个项目纳入项目库，梅花山温泉综合体建设、梅花山小镇康养旅游等项目正在积极对接中。

二、2022 年工作思路

2022 年，两省工商联将切实增强做好两省对口合作工作的责任感和使命感，按照两省对口合作重点工作计划和《黑龙江省、广东省对口合作实施方案》《黑龙江省工商联与广东省工商联对口合作框架协议》全面开展工作。

（一）加强交流合作

不定期组织两省商协会、民营企业走访交流，充分发掘两地特色资源，推动两省民营企业在管理理念、营销理念、市场理念等方面的经验交流，探索出一条南北联动、协同发展、互利共赢的新路径。

（二）大力推动两省民营经济高质量发展

努力搭建合作平台，引导广东省民营企业来黑龙江省投资兴业，积极服务黑龙江省赴粤投资企业，对企业在经贸洽谈、双方合作、经营生产过程中遇到的困难及时向有关部门反映，为民营企业排忧解难。

（三）落实好乡贤企业家项目招商工作

充分发挥各级外埠商会以商招商作用，注重以情招商，鼓励和支持乡贤企业家返乡投资兴业，促进两地交流合作，为家乡建设贡献力量。

（四）开展"万企兴万村"粤企进龙江活动

全面贯彻落实党中央国务院和省委省政府关于乡村振兴战略有关决策部署，在对口合作和全国工商联"万企兴万村"的总体框架下，遵循市场化原则，挖掘龙粤两省资源禀赋优势，打造"'万企兴万村'粤企进龙江"品牌，组织动员广东民营经济力量助力黑龙江巩固拓展脱贫攻坚成果，有效衔接乡村振兴。

（撰稿人：徐振华、黄平）

第四章　对内对外开放合作

黑龙江省商务厅　广东省商务厅

2021年，龙粤两省商务部门立足新发展阶段，全面贯彻新发展理念，助力构建新发展格局，全面贯彻落实两省对口合作工作座谈会精神，在全面巩固和提升现有合作成果的基础上，按照《关于印发〈黑龙江省与广东省对口合作2021年工作要点〉的通知》要求，积极推动两省商务领域对口合作工作，充分发挥经贸平台作用，助力两省经贸合作交流，拓展国内经济纵深，联通国外市场，扩大高水平对外开放。

一、对外经贸合作

两省商务部门携手开拓国际市场，广东省借助黑龙江省这个我国最大的对俄合作平台，积极拓展对俄贸易，推动广东灯具、照明装备、汽车电子、轻纺等优势产品出口俄罗斯市场，不断扩大对俄出口贸易规模和水平。黑龙江省充分借助广东省对接国际市场，拉动机电产品、农产品、纺织、服装等产品出口。2021年，广东省对俄罗斯进出口866.2亿元，增长24.5%。2021年黑龙江省实现外贸进出口1995.0亿元，增长29.6%，其中，出口447.7亿元，增长24.4%；进口1547.3亿元，增长31.2%。两省通过商务部门和企业的共同努力，克服新冠肺炎疫情对进出口企业带来的影响，取得了较好的成绩。

二、内贸流通合作

（一）利用重点展会加强经贸合作

2021 年 11 月 7 日，广东省商务厅在第四届"进博会"期间举办了广东省数字经济与绿色食品产业推介会，邀请黑龙江省伊春市商务局代表参会。在推介会上向参会企业代表发放了伊春市宣传推介资料，并由对口合作城市茂名市推介了伊春红松籽、伊春蓝莓、伊春黑木耳等国家地理标志产品，促进龙粤两省经贸交流合作。

（二）深化两省产业对口合作

2021 年 5 月 7 日，黑龙江省政府在广州举办黑龙江（广州）重点产业合作交流推介会。黑龙江省省长胡昌升、时任广东省常务副省长林克庆、广东省商务厅陈越华副厅长参加推介会。广东省商务厅协助黑龙江商务厅发动 9 家商协会近 80 家企业代表参加。推介会上举行了重点项目现场签约，签约投资额 787.2 亿元，涉及装备制造、农业、现代服务业、科技、文化旅游、新兴产业及能源等领域。2021 年 3 月 18 日，"小康龙江"广州市办事处启动仪式暨"小康龙江广州直营店开业"仪式在广州举行，广东省商务厅杨启凡二级巡视员出席活动，同日会见黑龙江省商务厅褚志辉二级巡视员一行，双方就两省对口合作工作开展座谈交流。"小康龙江"重点以广州直营店为依托，旨在将黑龙江特色、优质农产品推广至南方主销区，搭建龙粤农产品合作的桥梁，助力乡村振兴。

两省商务部门在做好新冠肺炎疫情防控工作的前提下，积极推进产业合作对接。据统计，2021 年广东省在黑龙江省新签约项目 74 个，实际到位资金 142.5 亿元，居全国各省市在黑龙江省投资排名第二位。哈工大机器人集团于 2020 年在深汕成立深圳深汕特别合作区哈工大机器人集团有限公司（以下简称"深汕哈工机器人"），作为哈工大机器人集团的项目平台公司，深汕哈工机器人工作小组 11 名工作人员已到岗并开展项目推进相关工作，深汕哈工机器人下属企业深圳市深汕特别合作区睿俊科创实业有限公司已于 2021 年 1 月取得深汕合作区项目用地，已开展动工前期准备。

（三）推动服务贸易领域交流合作

为促进两省在服务贸易领域的交流合作，2021 年 3 月广东省商务厅邀请黑龙江省商务厅王显华副厅长一行赴粤调研，双方就服务贸易创新发展开展深入交流，广东省商务厅介绍了广东服务贸易创新发展采取的新举措、取得的新成效、总结的新经验，王显华副厅长就黑龙江省如何发展服务贸易交流了意见。调研组先后赴华南生物材料出入境公共服务平台、广州金域医学检验集团股份有限公司、汇丰环球客户服务（广东）有限公司进行调研。调研活动建立了两省服务贸易交流纽带，为两省服务贸易对口合作打下良好基础。

（四）地市商务部门开展多方面对口合作

广州市举办了 2021 年广州市消费协作——全城欢乐购活动，通过线下促消费活动和线上直播带货等消费帮扶活动，动员广州市各大商超企业和电商平台采购和销售齐齐哈尔市农特产品。据不完全统计，广州各大商超、电商平台企业共采购、销售黑龙江齐齐哈尔农特产品的金额为 370 多万元。邀请齐齐哈尔参加第二届广州直播电商节，在当地开设消费帮扶分会场，利用直播方式销售齐齐哈尔市优质农特产品。

佛山市引导企业对口帮扶合作，经市商务局牵线搭桥，佛山小农丁农业科技有限公司与双鸭山市多家企业达成长期合作，在小农丁平台设立"黑龙江双鸭山特色馆"线上销售专区，主要销售产品有集贤县的大米、五谷杂粮，饶河县的黑蜂蜜等，在售产品多达 60 余种。企业对口帮扶起到了良好的带动作用，实现了对双鸭山市当地农产品的销售帮扶，同时也促进了"双鸭山"品牌的宣传推广。近年来，小农丁平台还通过社区团购、企业团购等促销形式，实现规模化、批量化的线上线下联动销售模式，通过此类团购活动，双鸭山产品的年交易额超 300 万元，大大提高了对口帮扶的推广、销售力度。积极引导商贸流通龙头企业与双鸭山市对接，促成了佛山小农丁科技有限公司分别与双鸭山市饶河县黑龙江饶峰东北黑锋产品开发有限公司、集贤县黑龙江臻美农业科技有限公司在农产品产销方面各达成 2500 万元销售协议。

汕头市与鹤岗市联合在汕头市成立"汕鹤农特产品展销中心"，于 2021 年 11 月正式投入运营。"展销中心"位于汕头市最中心、最繁华的商圈，集商品展示、销售，商务洽谈，消费者互动、体验功能于一体。汕头市汕鹤商贸服务中心联合品牌策划公司，为"汕鹤优选"品牌进行了一系列品牌升级策划工作，打造各类鹤岗农特产品立足汕头，面向全国的连锁品牌。汕鹤两市商务部门组织近 30 家鹤岗市各区县优秀农特产品的生产、制造企业（商家）进行洽谈，产品类别包括大米、蜂蜜、蜜饯、木耳等，优中选优，入驻"展销中心"。对所有推荐企业（商家）的产品在"汕鹤优选"平台中进行销售，并在"展销中心"的滚动大屏幕上进行展示，形成线上、线下相互引流。

揭阳市和大兴安岭地区两地领导于 2021 年推动互访交流，召开对口合作工作座谈会，夯实对口合作机制，打造了协同推进的工作平台。两地商务部门、电子商务协会对接合作，依托揭阳营销网络和电商优势，加大大兴安岭地域品牌的建设推广力度，推动大兴安岭揭阳旗舰店和普宁旗舰店采取"线下体验+线上"的多渠道模式，两店累计销售大兴安岭绿色产品 2000 多万元，其中新零售销售 1200 多万元。两地商务部门围绕"潮人北上、北货南下"签订《电子商务领域战略合作框架协议》，进一步加强两地电子商务产业交流合作，加快两地电商物流企业融合发展。

三、自贸试验区交流合作

2021 年，两省商务部门继续落实两地自贸试验区战略合作框架协议。一是加强产业合作。南沙片区和绥芬河片区共同商议南沙港与符拉迪沃斯托克港货物运输合作、全球优品分拨中心与中俄互市贸易及中俄跨境电商合作项目、木业家具企业与原材料供应及木业合作项目等事宜。深圳前海片区对哈尔滨自贸片区、临空经济区、综保区以及国际内陆港联动发展进行深入研究，共同推进哈尔滨协同发展先导区发展。截至 2021 年底，深哈双方累计投资企业 182 家，注册资本合计 306.69 亿元，投资总额合计 183.92 亿元。珠海横琴片区和黑河片区依托俄罗斯阿穆尔州、鞑靼斯坦共和国富集的中药资源，确定中医药产业合作的最佳路径，计划通过黑河对俄合作全方位桥梁渠道，促进我国澳门葡语系与俄斯拉夫语系群体在中成药、保健品等方面的交流对接。二是深化政务合作。绥芬河片区学习借鉴南沙片区在营商环境改革、商事登记、法律服务、片区统计工作等方面的经验做法，大幅提高了绥芬河片区政务服务工作的效率。深圳前海片区根据哈尔滨市开展创新工作实际需要，将改革创新经验提供给哈尔滨自贸片区管委会，强化制度创新交流互鉴。珠海横琴片区利用在政务服务领域方面的先进管理经验，积极提供投资、贸易和通关便利化方面的创新举措，促进黑河片区全面提升投资透明化、贸易便利化、政务服务公开化水平。

四、与"一带一路"沿线国家开展经贸合作

在黑龙江省商务厅牵头联系和协调下，广东省商务厅与黑龙江省商务厅、俄罗斯滨海边疆区农业厅达成大豆结对子意向，三方经商讨确定后已签署大豆结对子合作协议。2021年 12 月 8 日，广东省商务厅邀请广东省企业参加由黑龙江省商务厅牵头组织的俄罗斯远

东能源矿产推介会，与黑龙江和俄罗斯远东地区能源矿产企业开展交流对接，广东省商务厅积极宣传推介俄罗斯远东地区经贸发展情况。2021年9月10日，广东省商务厅在"广东省走出去公共服务平台"上设立了"聚焦俄罗斯远东地区"专栏，详细介绍俄罗斯远东各州（区）经贸投资情况，并与黑龙江省商务厅建立工作联系，共享了部分经贸信息和商情动态。截至2021年底，专栏发布信息超过120条，帮助广东企业进一步加深对俄罗斯远东地区经贸情况的了解。两省商务部门目前正在讨论共同举办木材、农产品等若干行业对俄罗斯经贸交流活动的可行性。

五、2022 年主要工作安排

2022年，两省商务部门将认真贯彻落实两省对口合作工作部署，多层次、宽领域、全方位地推动两省商务领域对口合作。一是积极组织参加龙粤两省双方举办的重点经贸展会。二是携手参与"一带一路"建设，强化对俄经贸合作。三是加强自贸试验区合作，通过线上开展双方企业服务、招商引资、制度创新等方面的交流。四是积极参与国内大循环，组织两省优质农产品产销对接，提升两省消费能力。

（撰稿人：王磊、袁嘉辉）

第五章　工业和信息化对口合作

黑龙江省工业和信息化厅　广东省工业和信息化厅

2021 年是实施"十四五"规划、开启全面建设社会主义现代化国家新征程的起步之年，也是两省对口合作进入新一阶段的开局之年，两省对口合作迎来新的重大机遇。2021 年初以来，黑龙江、广东两省工业和信息化厅全面贯彻落实两省对口合作工作座谈会精神，在全面巩固和提升现有合作成果的基础上，紧紧围绕黑龙江省"五个要发展""五头五尾"和广东省 20 个战略性产业集群发展目标，以互利共赢为产业合作的出发点和落脚点，不断拓展合作领域深度和广度，取得了较好成效。

一、2021 年对口合作工作情况

（一）深入开展对口合作交流

2021 年 5 月上旬，组织企业参加黑龙江（广州）重点产业合作交流推介会、黑龙江（深圳）重点产业合作交流恳谈会等重大招商活动。对接两省在先进制造业中的比较优势，促进装备产业互动发展，带动产用结合、产需对接和产业链上下游整合，进一步推动双方产业基础高级化和产业链现代化；利用广东省资金、技术、市场，促进新材料、生物医药和新一代信息技术产业对接，培育壮大新兴产业集群。在龙广合作推介会上现场签约的 57 个项目中，工业领域项目有 24 个，签约额 296 亿元。

2021 年 9 月中旬，组织企业参加在广州举办的第十七届中国国际中小企业博览会。以绿色食品及农产品行业为组展方向，组织黑龙江省 30 家企业和单位参展，其中秋林格瓦斯饮料公司、翠花集团、九三食品公司等省级"专精特新"中小企业 15 家，集中展示黑龙江省绿色有机农产品、山特绿色食品、特色饮料、肉制品等优势特色产品，涉及 8 大类 78 个品种，共签订产品购销意向合同 12 个，合同金额 335 万元。黑龙江省分管省领导带队参加了第十七届中国国际中小企业博览会开幕式以及首届中小企业国际合作高峰论坛，与工信部、广东省政府及其他省区市领导就中小企业健康发展、龙广对口合作、第六届新博会筹备等工作进行了深入交流。

（二）加快推进项目签约和开工建设

围绕黑龙江省与广东省对口合作 2021 年工作要点以及已签约的 24 个重点工业项目，建立月跟踪、季调度工作机制，完善工作台账，加大已签约项目跟踪服务工作力度，推动项目尽快开工建设。截至 2021 年底，已有齐齐哈尔北鸥卫浴智能化转型升级项目、牡莞智能家居产业园项目、大庆智陶瓷业有限公司先进陶瓷产业园、中国南海麦克巴泥浆有限公司大庆高端油服产业基地、大庆发电装备舱罩生产项目、大兴安岭天草药业改扩建项目、大兴安岭大一广公司林下资源精深加工项目、绥化安达年产 30 万吨颗粒钾肥项目、双鸭山年产 4 万吨高效钾肥项目 9 个项目按计划开工，项目总投资 24.1 亿元。

支持各市地工信局结合本地资源禀赋和产业基础，进一步深化两省对口城市的合作。齐齐哈尔、牡丹江、大庆、鸡西、大兴安岭等市地分别与广州、东莞、惠州、肇庆、揭阳围绕装备、食品、家具、林下资源等行业签订了 13 个对口合作项目，项目总投资达 23 亿元。同时，各市地积极推进近年来已签约项目加快建设，哈尔滨军民两用高精度变速箱生产基地项目完成三期建设，四期主体建设中，五期正在建设基础；总投资规模 12 亿元人民币的哈尔滨市智能绿色轻量化玻璃瓶生产基地建设项目哈尔滨华兴玻璃有限公司 HR1# 炉已成功点火；齐重数控与广州数控合作建立"重型数控机床系统国产化及智能化重点实验室"；黄埔造船厂与中国一重合作签约的 14 台（套）设备采购项目，已交货 11 台，其余设备正按合约生产；中国长城在哈尔滨新区投资建设的黑龙江长城自主创新计算机整机生产基地适配中心项目已投产运营。

（三）不断拓展对口合作领域

依托中国国际新材料产业博览会（简称"新博会"）平台，邀请广东省组成代表团作为主宾省参会，在两省工信厅的合力推动下，广东省工业新材料协会与黑龙江省新材料产业协会结合龙粤两省新材料产业发展状况，围绕新材料、新技术的最新成果，筹划召开"龙粤两省新材料新技术协同发展产业论坛"，并围绕新材料供应链上下游配套企业开展项目对接、采购对接、招商推介等一系列活动。尽管受新冠肺炎疫情影响，第六届"新博会"延期至 2022 年 6 月举办，但在前期筹备工作中，黑龙江省已有 5 个新材料项目与广东省企业达成合作意向，意向投资额 26.3 亿元。

2021 年 11 月下旬，黑龙江省工信厅参加全省现代服务业项目招商专班，赴深圳组织开展招商培训会、项目合作恳谈会、上门招商对接企业等系列招商活动。在项目合作恳谈会上，围绕黑龙江省石墨资源优势、现有产业基础和发展布局以及招商引资重点方向和领域，向华为、比亚迪、中国动力等世界、国内 100 强及部分行业龙头企业进行专题推介，得到了与会企业家的高度关注。

二、2022 年工作思路

（一）进一步加强合作交流

持续完善两省工信部门合作交流机制，保持密切沟通和联系，开展互邀互访，及时协调解决合作中遇到的实际问题。深入挖掘合作潜能，找准合作方向，拓展合作领域，努力打造产业优势互补、互利共赢的协同发展格局。落实"黑龙江省—广东省—俄罗斯三方地方立法机构合作视频会议"精神，梳理两省对俄合作优势，共同参与对外合作交流。

（二）积极谋划对口合作活动

借助中俄博览会、哈洽会、高交会等展洽会平台，特别是紧紧抓住第六届"新博会"这一有利时机，重点在新一代信息技术、高端装备、食品、医药、石墨新材料等领域开展广泛合作，实现一批科技含量高、质量效益优、示范作用强的项目签约落地。组织黑龙江省中小企业和服务机构参加第十八届"中博会"，展示推广黑龙江省"专精特新"中小企业品牌产品，组织中小企业开展洽谈、对接和交易活动。

（三）完善产业招商电子地图

在现有产业招商电子地图的基础上，与省商务厅等部门丰富产业招商地图内容，逐步补充完善平台经济、数字经济等产业链招商内容，及时更新投资机会清单，加大对产业招商电子地图宣传推介力度，利用数字信息技术提升招商引资效率和水平。

（四）围绕重点产业加强交流合作

结合黑龙江省正在大力实施的"百千万"工程建设，围绕 15 个千亿级重点产业开展对接合作。加强装备制造、平台经济、数字经济的交流合作。借助宝安集团在哈尔滨投资建设的哈尔滨万鑫石墨谷科技产业园、深圳市贝特瑞新能源材料有限公司在鸡西市投资建设的鸡西市贝特瑞石墨产业园等园区优势、企业在石墨行业的影响力，组织开展石墨产业链项目对接活动。

（五）强化项目跟踪服务

持续跟踪签约项目，符合条件的重点落地项目推荐列入"双百项目"项目库，积极推进，争取洽谈项目早签约、签约项目早落地、落地项目早开工、开工项目早投产、投产项目早达产，形成新的经济增长点。

（撰稿人：李玉江、代红兵）

第六章　农业和绿色食品产业对口合作

黑龙江省农业农村厅　广东省农业农村厅

2021 年，黑龙江与广东两省农业农村部门坚持以习近平新时代中国特色社会主义思想为指导，深入贯彻落实两省省委、省政府的总体部署，以"对口合作、优势互补、市场主导、共同发展、互利共赢"为原则，围绕现代农业高质量发展和当好"压舱石""排头兵"，强化运用市场化理念和信息化手段，全力应对新冠肺炎疫情带来的不利影响，坚持线上线下相结合，"走出去"与"请进来"并重，积极推动两省农业交流合作，提升两省现代农业质量与效益，着力探索机制创新、合作共赢模式，有效促进两省资源优化配置和农民增收。

一、对口合作工作情况

（一）加大招商引资力度，努力寻求多领域合作

2021 年，为进一步加强与广东省对口合作的力度，各市（地）坚持"走出去"与"请进来"并重，通过网络会议、线上交流、对接洽谈、实地考察等方式，与对口合作城市共同探讨研究，寻求合作。佳木斯市赴广东省中山市、广州市等地开展招商引资工作，与中山市东星食品有限公司深入洽谈，初步达成在汤原县建设广式腊肠等广东特产肉食品深加工项目的意向。双鸭山市饶河县与佛山康丰农业有限公司签署农业产业链项目投资意向性协议，该项目总投资 1.2 亿元，重点发展订单农业、农产品加工、生产设施建设、销售渠道建设、品牌化建设与推广、村企结合及品牌打造。嫩江市积极与广东阳江豆豉有限公司、广州英荣生物科技有限公司、李锦记（广州）食品有限公司、广东粤垦现代农业

产业发展有限公司等企业对接，进一步跟进和落实大豆豆豉加工、大豆纳豆加工、生物活性肽产品加工产业等招商项目。

（二）加大推广力度，继续推进农业种植合作

2021 年 3 月，由广东省农业农村厅、湛江市农业农村局、遂溪县农业农村局牵头，组织 200 多人参加龙薯联社马铃薯收获和播种现场观摩活动，重点推广"稻—稻—薯"成功经验。2021 年龙薯联社在遂溪城月"稻—稻—薯"基地种植马铃薯 760 亩，采用先进的管理技术，亩产达 4000 斤，与百事公司签订收购合同，按每斤 1.15 元的价格收购，毛收入达 350 万元，带动周边农民就业 200 余户，人均收入增加 3 万余元。黑龙江望奎县龙薯现代农业农民专业合作社联社规模经营土地面积发展到 1.3 万亩，每亩纯效益均在 2000 元以上，始终保持了稳定的经济效益。

（三）拓宽推广渠道，强化农产品营销合作

在新冠肺炎疫情持续的不利影响下，两省农业农村部门不断改变经营思路，开展线上线下融合营销，拓宽营销渠道，增加市场份额。一是开展线上农产品销售合作。通过组织开展县域结对直播活动，广东省从化区、惠来县分别与黑龙江省饶河县、宝清县结对，邀请县（区）领导做客直播间，为两地农产品代言，销售黑龙江大米、蜂蜜、广东荔枝、凤梨等农产品。二是举办展会推介活动。哈尔滨市在深圳举办 2021 中国·深圳（第 7届）国际现代绿色农业博览会，组织了 60 余家企业参展。牡丹江市农业农村局组织新型经营主体参加 2021 中国（广州）新时尚博览会暨广州直播电商选品交易会，现场销售和直播带货销售总额共计 45 万元。七台河市农业农村部门和 27 家企业参加了广东省江门市"第二届粤港澳大湾区（江门）名特优新农产品推介活动"，推介了七台河的自然环境、地理优势、特色农产品等。三是开展龙粤农产品直销。鲶鱼沟的有机绿色碱地大米、杂粮、有机河蟹等农产品已成功在惠州中石化易捷便利店销售，年销售额 1000 万元以上。伊春市金海粮米业有限公司与广东省茂名市金信粮油贸易有限公司签订 3 万吨大米购销合同。鹤岗市黑龙江迦泰丰粮油食品有限公司向汕头市销售东北大米总计 1007 吨，销售额为 287 万元。四是建立品牌直营店。大兴安岭在广东揭阳、普宁两地建立"大兴安岭绿色食品旗舰店"，采用新零售 O2O 体验式营销模式，通过线上开设抖音小店、建立微信群等方式，提高店铺网上销售额，扩大旗舰店在全网的影响力。牡丹江康之源公司的康记石板米入驻沃尔玛山姆会员店，2021 年 4 月在广州天河区设立了办事处，建立高端定制展示店，开展高端大米定制。黑河绿农集团与珠海"香溢浓"集团、"菜篮子"公司合作建设的"极境寒养"黑龙江黑河绿色物产体验中心建筑面积近 300 平方米，线上自建"黑

河绿色物产网"电商平台，上线 73 家企业 214 款产品，线下在珠海、北京、哈尔滨等城市建设"极境寒养"绿色物产体验中心 14 家，年销售收入达 4500 万元。

（四）加强宣传推介，促进产业项目投资合作

由广东海纳农业有限公司与黑龙江省林甸县碧野农业开发有限公司合作的林甸县碧野有机肥合作项目于 2021 年完成收储秸秆、牛粪原料 7 万余吨，生产销售水稻育苗基质 3000 余吨。黑河市借助黑龙江省与广东省农业领域对口合作契机，积极开展现代化农业合作，爱辉区嘉兴现代农机专业合作社与珠海市粤琪公司达成 10 万亩大豆原料生产种植基地协议，每年向粤琪公司供应大豆 20 万吨。

（五）加强沟通交流，强化政府部门合作

2021 年 4 月，黑龙江省农业农村厅承接了"舌尖上的菠萝·全球菠萝品鉴中国行"哈尔滨专场活动，广东省农业农村厅代表团参观调研了哈达果菜批发市场。哈尔滨市农业农村局及时对接对口合作城市深圳相关部门，持续推进"圳品"申报进程，加快推进哈尔滨市优质农产品进入深圳市场。目前，已有五常市乔府大院农业股份有限公司、黑龙江秋然米业有限公司、哈尔滨健康农牧业有限公司、黑龙江珍珠山绿色食品有限公司、黑龙江昊伟农庄食品股份有限公司 5 家优质农产品企业申报"圳品"。其中五常乔府大院"圳品"申报材料已通过审核，正在对接现场检验检测事宜，其他企业已提交"圳品"申报材料。同时对接深圳国信证券，积极推动大宗农产品采购活动。

二、2022 年工作计划

认真贯彻落实国家和省委、省政府关于两省合作的决策部署，紧紧围绕有关文件要求，着重做好以下几项工作：

（一）继续完善工作机制

发挥已建立起的合作机制作用，加强双方互邀互访及不定期工作会晤，进一步挖掘合作潜力，拓宽合作领域，提升合作层次和水平，不断完善合作工作机制。

（二）加强农产品营销合作

加强两地农产品产销对接，探索线上对接新模式，依托省级和市（地）级农产品展销中心辐射带动优势，加快直营店、连锁店、社区店建设，扩大黑龙江农产品营销网络。利用广东电子商务、营销网络等优势，提升黑龙江农产品品牌影响力。

（三）扩大农业投资合作

鼓励支持工商资本到黑龙江投资兴建农产品加工项目，延伸农业产业链，提高农产品附加值。引导工商资本投资黑龙江现代农业产业园、科技园及批发市场建设。

（四）加强农业科技交流

联合组织两省农业科研、推广机构开展农作物新品种、新技术的研究、引进、开发和试验示范，加快农业科技成果转化，实现科研成果共享，加强农业技术人员培训与交流。

（五）加强相关政策扶持

在龙粤两省建立农产品种植、营销基地，以及在配送中心、仓储物流设施建设及运费等方面，给予政策支持。

（撰稿人：何树国、杜宇、黄维华、张建成）

第七章 粮食对口合作

黑龙江省粮食局 广东省粮食和物资储备局

2021年，两省粮食行政管理部门坚持以习近平新时代中国特色社会主义思想为指导，深入贯彻落实两省省委、省政府总体部署，按照国务院办公厅《关于印发东北地区与东部地区部分省市对口合作工作方案的通知》（国办发〔2017〕22号）、国家发展改革委《关于印发黑龙江省与广东省对口合作实施方案的通知》（发改振兴〔2018〕434号）等文件要求，努力推动两省粮食对口合作工作落实，不断推进两省粮食异地储备合作创新发展，积极开展粮食产销合作，积极推动"龙粮入粤"，两省粮食对口合作取得了新成效。

一、2021年粮食对口合作工作情况

（一）持续加强两省各级交流互访

1. 召开两省粮食部门对口合作座谈会

2021年9月11~13日，广东省粮食和储备局肖晓光局长随同广东省政府代表团赴黑龙江省开展考察调研，并率队与黑龙江省粮食局对接粮食对口合作工作。其间，两省联合召开粮食对口合作协调小组会议，实地调研广东省省级储备粮（黑龙江）异地储备承储库点呼兰康金粮库，进一步强化两省产销合作事宜，系统谋划下一阶段工作，推动两省粮食对口合作再上新台阶。

2. 推动两省各市（地）交流互动

鹤岗市与汕头市设立粮食对口合作协调小组，建立常态化协调沟通机制，建立线上市场信息互通机制，定期交流粮食供需信息，协调推进双方合作进展和重点工作。伊春市与

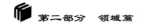

茂名市分别设立粮食对口合作协调办公室，加强两地粮食部门互访考察交流，加深彼此在粮食生产、粮食经营、市场需求等方面的了解。

（二）持续推进落实异地储备合作

1. 持续推进省级储备粮合作

一是落实了省级异地储备粮规模。目前，广东省省级储备粮异地储备规模在黑龙江省达35万吨，品种拓展至玉米、稻谷。二是优化了调整异地储备合作企业。按照《关于建立广东省省级储备粮（黑龙江）异地储备的合作协议》，结合广东省省级储备粮（黑龙江）异地储备合作情况及合作协议到期等实际，黑龙江省粮食局按要求推荐符合条件的企业，广东省遴选选定绥化象屿金谷农产有限责任公司为省级储备粮（黑龙江）异地储备合作企业。2021年2~4月，两省克服黑龙江绥化市新冠肺炎疫情影响，广东省储备粮管理总公司安全顺利地将6万吨玉米移库至绥化象屿金谷农产有限责任公司粮库储存。

2. 持续推进市级储备粮合作

两省各地积极探索开展粮食异地储备对口合作。深圳市在双鸭山市落实15万吨异地储备规模。鹤岗市与汕头市、绥化市与湛江市分别签订异地代储协议，汕头市在鹤岗市落实0.5万吨异地储备规模，湛江市在绥化市落实0.5万吨异地储备规模。中山、珠海市粮食和储备局分别组织粮食企业赴佳木斯市、嫩江市进行实地调研，深入当地粮食部门考察调研，共同探索研究异地储备模式。

3. 持续推进异地储备监管合作

一是完成异地储备审计任务。2021年4月初，广东省粮食和物资储备局委托第三方会计师事务所赴哈尔滨、大庆、富锦等市共9个代储库点对广东省级储备粮相关统计台账、粮油保管总账、明细账进行审核，完成了35万吨异地储备费用补贴审核工作。二是开展联合督导检查。按照《广东省省级储备粮（黑龙江）异地储备合作监管办法》，2021年4月上旬，广东省组成粮食执法督查专家组联合黑龙江省粮食局开展省级储备粮（黑龙江）异地储备监督检查。三是督促黑龙江省储备粮管理有限公司加强对广东省省级储备粮（黑龙江）异地储备粮月度实地监督检查，确保异地储备粮数量真实、质量良好、储存安全、管理规范。

（三）持续深化粮食产销合作

1. 加强市级产销战略合作

据不完全统计，2021年，牡丹江市与东莞市、佳木斯同江市与中山市、双鸭山市与佛山市、伊春市与茂名市、黑河市与珠海市、绥化市与湛江市、大兴安岭地区与揭阳市7

对对口合作城市粮食行政管理部门签订或重新签订对口合作协议。

2. 创新产销合作模式

在两省粮食部门指导下，黑龙江省农投集团与广东省储备粮管理总公司签订了《黑龙江好粮油广东市场渠道建设项目互利合作协议》，共同推进"黑龙江好粮油"广东直销渠道建设项目。黑龙江省农投集团选定广东省储备粮管理总公司顺德直属库作为"黑龙江好粮油广东市场渠道建设项目"具体对接库点，签订《黑龙江好粮油广东市场渠道建设项目合作合同》，开展成品大米分装、储存、销售业务，为黑龙江省粮油企业在广东市场销售提供低温仓储、大米分装分拣和质量检测等销售渠道服务，促进黑龙江好粮油进入广东市场满足广东消费者对优质粮油的需求。2021 年 11 月 24 日，黑龙江省粮食局与省农投集团赴广东省进行考察，会同广东省粮食和物资储备局，协调推进渠道项目建设。目前，该项目已经完工，将为"龙粮入粤"提供更加可靠的保障。

3. 搭建产销合作平台

哈尔滨市在深圳市举行了"五常大米走进大湾区"活动，采取线上直播和线下展示联动的方式，推进五常市优质绿色农产品走进深圳、走进广东，为黑龙江省粮食加工企业与广东食品企业建立稳定合作关系。双鸭山举办了"双鸭山好粮油"走进佛山专项推介活动，以市场需求为导向、提升质量效益为核心、绿色食品产业优势为依托，加快实施品牌战略，大力开展品牌营销。

4. 强化企业间贸易合作

广东省各地多元粮食企业积极开展与黑龙江省各地粮食企业粮食产销合作，从黑龙江省采购粮食，推动黑龙江省优质粮食进入广东省。其中，与黑河市绿农集团签订合作协议，致力于建立长期稳定的大豆产销合作关系，签订 2021～2025 年 5 年 5 万吨大豆采购协议；与伊春市南岔国家粮食储备库和铁力市金海粮米业有限公司分别签订 5 万吨稻谷贸易合同和 2 万吨大米购销合同，签约金额达 3.39 亿元。

5. 持续跟进合作项目落实

黑河市绿农集团与珠海农控集团达成合作，共同推进珠海—黑河农业产业合作平台建设项目落地建设。深圳市粮食集团有限公司与中信集团控股企业哈尔滨谷物交易所有限公司合作，成立了双鸭山深粮中信粮食基地有限公司，在双鸭山市宝清县五九七农场工业园区打造集粮食生产、收购、仓储、加工、研发、物流、配送、销售及服务于一体的粮油产业园，已建成钢结构平房仓 4 座，单仓仓容 5 万吨，合计仓容 20 万吨，并建成具有 1000吨/天处理能力的烘干塔 2 座及附属设施。

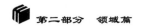
二、2022 年工作安排

（一）谋划"十四五"时期两省粮食对口合作方案

研究"十四五"期间进一步推动两省粮食对口合作发展的思路举措，拓展两省粮食对口合作空间。将对口合作工作纳入重要工作日程，科学谋划，精心部署，狠抓落实。继续积极组织开展两省各级粮食和储备部门的沟通交流，推动两省粮食系统加深相互了解，各个层面形成更加紧密的合作关系。

（二）继续强化两省粮食对口合作机制

积极发挥两省粮食部门在粮食对口合作中的引导作用，加强统筹规划，强化组织协调、引导和服务，巩固两省粮食对口合作长效机制，促进两省粮食企业建立长期稳定的合作关系。

（三）不断拓宽两省粮食对口合作领域

进一步加强两省粮食在异地储备、应急保供等方面的合作。搭建省级合作平台，加强两省各地互动，以优质粮食工程为契机，加快推进两省粮食对口合作领域向纵深方向发展。

（四）持续深化两省粮食对口产销合作

借助中国粮食交易大会、黑龙江金秋粮食交易暨产业合作洽谈会等产销合作平台，本着政府搭台、社会参与、优势互补、合作共赢的原则，开展"黑龙江好粮油走进广东"等系列活动，积极探索两省粮食产销合作模式。

（撰稿人：王发恭、刘佳宁）

第八章　金融对口合作

黑龙江省地方金融监督管理局　广东省地方金融监督管理局

一、2021年金融对口合作情况

（一）推动两省金融机构互设

2021年，招商银行信用卡中心在黑龙江设立哈尔滨分中心，招商银行在哈尔滨设立1家支行，广发银行信用卡中心在哈尔滨、牡丹江、齐齐哈尔、大庆设立分中心，阳光农业相互保险公司在广东省阳西县设立1家支公司。

（二）推动两省资本市场对接

一是推动黑龙江省优质企业在深圳证券交易所（以下简称"深交所"）申报上市。2021年，哈尔滨森鹰窗业股份有限公司、谷实生物集团股份有限公司、正业设计股份有限公司、哈尔滨敷尔佳科技股份有限公司等企业创业板股票发行上市已报"深交所"审核，龙江元盛和牛产业股份有限公司在"深交所"主板首次公开发行股票已报证监会审核。二是深化与"深交所"的合作。2021年6月，黑龙江省地方金融监管局拜访深圳证券交易所北方中心，研究对接金融促振兴活动、金融产业项目招商工作和企业上市等直接融资工作。经与"深交所"会商，拟定了黑龙江省政府与深交所合作协议（备忘录）文本，在"金融助振兴"活动上签订。三是推广使用黑龙江省资本市场服务信息系统。黑龙江省资本市场服务信息系统是由"深交所"开发、黑龙江省地方金融监管局与"深交所"共建的政府部门与上市后备企业之间日常业务办理、沟通交流的电子化信息平台。黑龙江省地方金融监管局印发了《关于推广使用黑龙江省资本市场服务信息系统有关事宜的通知》，启动首批各市（地）、县（市、区）金融局（办、中心）接入工作，并于2021年3月30日组织了黑龙江省资本市场服务信息系统专题培训会（视频会议），170名首批接入人员参加了培训。四是联合开展上市培训活动。2021 年 4 月 19 日，哈尔滨新区联合"深交所"举行"推动企业上市政策发布会暨签约仪式"，正式发布《哈尔滨新区暨自贸试验区哈尔滨片区关于推动企业进入资本市场实现高质量发展的十条政策措施》。会上，"深交所"专家就企业上市最新监管政策、上市常见问题以及经典案例作了细致讲解，与拟上市企业开展了充分的沟通交流。

（三）推动两省创投机构合作

深圳市天使一号创业投资合伙企业（有限合伙）（以下简称"天使一号直投基金"）于 2021 年 11 月 3 日正式启动，由深圳市投资控股有限公司（以下简称"深投控"）所属企业深圳市天使投资引导基金管理有限公司发起设立并担任基金管理人，总认缴规模 3 亿元，哈尔滨创业投资集团有限公司（以下简称"哈创投"）作为有限合伙人参与投资，认缴出资 1950 万元，占比为 6.50%。"天使一号直投基金"采取优中选优的方式遴选深圳市天使投资引导基金有限公司参股子基金已投或拟投项目，进行同轮次或后续轮次的投资；重点围绕新一代信息技术、生物医药、数字经济、新能源、新材料、高端制造等领域进行投资布局，投向符合国家发展战略、具有自主创新能力、能够解决产业链"卡脖子"问题的优质硬科技项目。

（四）推动两省地方金融监管部门交流互动

2021 年 5 月，哈尔滨市金融服务局拜访深圳市地方金融监管局，双方就"十四五"金融发展规划、金融服务小微企业、金融市场体系建设、加强地方法人金融机构管理及地方金融风险防范等主题进行了交流座谈。2021 年 11 月，哈尔滨市金融服务局赴广州市进行调研，双方围绕推进金融文化交流合作、防范和处置非法集资工作进行交流座谈。

（五）开展地方金融风险监测合作

哈尔滨、齐齐哈尔两市分别与广州金融风险监测防控中心签署合作协议，依托广州市建设的地方金融风险监测防控系统"金鹰系统"，提供地方金融风险监测和预警服务。2021 年，"金鹰系统"对哈尔滨市 10647 家类金融机构进行实时监测，其中包括 4825 家农民专业合作社、1255 家投资公司、188 家私募基金、121 家小额贷款公司、99 家典当行、98 家融资担保公司、76 家融资租赁公司、4 家商业保理公司及 3908 家其他从事金融活动的企业等，定期提供地区监测报告和舆情监测报告。同时，利用金鹰系统从海量数据中筛选出高风险信息，主动识别违法违规金融活动并持续监测，及时发出预警并提供深度分析，做到"周有小结、月有简报、专事专报"，实现"主动发现—精准预警—深度分析—协同处置—持续监测"的全链条金融风险防控机制和闭环管理。

二、2022 年工作思路

（一）继续推动金融机构互设

推动两省银行、证券、保险等金融机构互设分支机构及网点，吸引广东省金融机构赴黑龙江省设立分支机构，加大服务力度，提供国际化、综合化的高质量金融服务。

（二）进一步推进资本市场对接

引导推动黑龙江省优质企业利用深交所进行首次公开募股（IPO）融资、股权再融资，发行债券及资产证券化产品，加大对高端装备制造、医药健康、现代农业、新能源、新材料等产业金融的支持力度，助力企业实现上市目标，实现资本与产业的良好融合。加强拟上市公司培育，组织黑龙江省民营企业到资本市场学院开展上市专题培训。

（三）加强两省金融领域交流互动

一是进一步加强两省金融监管交流，加强地方政府金融工作部门互访互学，就加强地方金融监管、推动金融服务实体经济等方面进行研讨交流。二是继续推动深交所依托黑龙江基地开展上市培育活动，开展资本市场专题培训座谈，推动黑龙江省企业在深交所上市融资。三是组织黑龙江省金融监管部门和金融机构参与粤港澳大湾区金融发展论坛、中国（广州）国际金融交易·博览会、国际金融论坛（IFF）等金融交流平台的活动。

（四）继续推动金融风险防控合作

深化两省在地方金融风险监测防控、防范化解重大风险等方面的合作，支持哈尔滨市继续与广州市金融风险监测防控中心合作，利用"金鹰系统""非法集资风险监测防控平台"严密监测地方金融风险，建立和完善哈尔滨市非法集资风险防范和处置全链条治理体系。

（撰稿人：王兆财、李志鹏）

第九章　文化和旅游对口合作

黑龙江省文化和旅游厅　广东省文化和旅游厅

一、2021 年对口合作工作情况

2021 年，两省深入贯彻落实《黑龙江省与广东省对口合作 2021 年重点工作计划》，指导对口合作地市扎实推进落实《关于进一步巩固深化黑龙江与广东省城市合作的通知》要求，围绕建设粤港澳大湾区和新一轮东北振兴战略，加强两省文化和旅游部门的沟通交流，全力推进文化旅游产业合作，持续打造"寒来暑往，南来北往"旅游合作品牌，推进两省在文化和旅游对口合作工作取得实效。

（一）推动文化和旅游产业合作

黑龙江省文旅厅参加了 2021 年广东旅游产业投融资对接会，现场发放《黑龙江省文化和旅游招商项目册》，展示重点文旅招商项目 109 个，投资总额 570 亿元，其中，森林康养基地试点建设项目、虎头旅游景区二期等 6 个项目纳入广东投融资对接会项目库并编入项目册，两省文旅企业在旅游项目合作方面取得实质性进展。邀请广东省中国旅游集团投资运营有限公司到黑龙江省考察亚布力、雪乡、太阳岛风景区等冰雪旅游景区，并就项目合作等事宜进行洽谈。推动中旅集团北京风景公司与太阳岛风景区签订业态招商合作协议，已完成 80% 商户入驻。2021 年 12 月 1 日，哈尔滨市政府代表团赴深圳组织召开企业家恳谈会，签订文旅合作项目 5 个，签约额达 50.3 亿元。哈尔滨文旅集团与腾讯集团合作共同打造北方电竞产业中心园区项目，该项目是龙粤合作优选 57 个签约项目之一，总投资 58 亿元，于 2021 年 6 月 22 日正式启动，正全力推进项目建设。招商引进深圳海恒智能科技有限公司打造哈尔滨智慧图书馆。引进华侨城旅投集团赋能管理团队进驻伊春，就伊春景区赋能管理、城市品牌营销、旅游产品策划等方面开展合作。深圳华侨城旅投集团担任第四届黑龙江省旅游发展大会总策划，深圳华侨城演艺集团将《红灯记》《智取威虎山》《渤海古国情》三部沉浸式情景剧植入景区策划中，助力旅发大会提档升级。

（二）持续开展文化艺术交流

2021年6月，广东省博物馆策划的"不辞长作岭南人——荔枝文化展"在哈尔滨观光索道太阳城堡开展，展览以"高清图片+经典场景+多媒体"的展陈手段营造了一个"一湾溪水绿，两岸荔枝红"的展览空间，开创了两省流动博物馆省外展览合作的新范式。暑假期间，黑龙江省组织黑河中俄少儿艺术团团员赴广东珠海、澳门特别行政区进行文化艺术学习交流活动，加深两地青少年文化交流。2021年9月，深圳交响乐团40余位音乐家赴黑龙江省参加第35届哈尔滨之夏音乐会，并与哈尔滨交响乐团合作演奏了大型交响套曲《我的祖国》，演出取得圆满成功。

（三）加强宣传营销合作

两省文旅部门围绕推进"南来北往，寒来暑往"的主题旅游活动，继续加大宣传推广合作力度，利用两省各自文化旅游宣传平台进行营销推广。2021年11月29日，黑龙江省文旅厅在广州市举办了2021年冬季旅游产品发布会，会上发布了《中国·黑龙江冰雪旅游产业发展指数报告（2021）》，黑龙江省文旅厅携哈尔滨、牡丹江、大庆、伊春市等地市分别作了冬季旅游产品线路推介，30余家广州主流媒体代表参加了发布会。同时，指导地市文旅部门开展对口合作城市推广交流。东莞、惠州文广旅体局率领文旅企业代表在牡丹江市举办"活力广东·现代湾区"旅游联合推介会，东莞康辉国际旅行社与牡丹江狼图腾旅行社签订了合作框架协议。鸡西市赴海口、福州、大连参加广佛肇旅游联盟推介会，对特色旅游资源、产品及线路进行了主旨推介。伊春市在茂名市举办"山海并'茂'·'伊'见倾心"联合旅游推介会，启动了"山海并'茂'·'伊'见倾心"伊春旅游茂名首发团。大兴安岭地区在揭阳市举办"寻北漫游"文旅产品推介会。

（四）实现客源互送共享

广东省着力引导发动广之旅、广东中旅、广东铁青等旅行商的积极作用，把黑龙江省作为重点线路进行营销，并通过联合组织旅游专列、跟团游、定制游等方式，持续推动送客入黑工作。2021年，广东铁青牵头组织了黑龙江专列12趟，游客人数达到6066人。

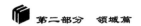

二、2022 年工作思路

（一）深入推进文化和旅游产业交流合作

借助深圳"文博会"、广东国际旅游产业博览会和"哈洽会"、黑龙江"文博会"等平台，提高两省文化和旅游产业资源互通，继续鼓励更多社会资本积极参与、共同开发两省文化和旅游项目，促进文化和旅游领域投资合作。

（二）持续打造"寒来暑往，南来北往"营销品牌

采取线下和线上宣传推广相结合的办法，以广东省和黑龙江省为目的地市场，不断强化推广两地文化和旅游资源产品，促进品牌营销工作取得实效。同时，充分利用媒体资源加强双方营销活动的宣传推广，提升品牌知名度。

（三）调动企业积极性实现客源互送

策划跨区域旅游连线产品，引导本地旅游景区、企业在特定时段为对方游客提供免费或优惠旅游产品，持续发动旅行社组织客源，实现两省客源互送。

（四）增进两省文化艺术交流

建立两省文化艺术交流机制，切实加强两省文化艺术互学互鉴、互动交流，推动两省在剧目创作、人才培养、交流演出、业务培训、专家聘请等方面进行务实合作，共同打造两省文化项目和产品，促进两省文化艺术资源共享和宣传推广。

（五）开展文化旅游市场综合执法合作

参照文化和旅游部实施东西部文化市场综合执法对口交流协作工作内容，以执法标准规范为基础，以网络案件、禁止内容类案件为重点，着力提升两省文化市场综合执法人员的政治敏锐性和判断力，通过现场培训学习、以案施训、案卷评查、联合执法办案等形式开展对口合作工作。

（撰稿人：张巍、许冬琦）

第十章 卫生健康对口合作

黑龙江省卫生健康委员会 广东省卫生健康委员会

2021 年，按照国家有关东北地区与东部地区部分省市对口合作工作部署和省委省政府有关工作要求，黑龙江省卫生健康委员会克服新冠肺炎疫情不利影响，在建立两省卫生健康对口合作双组长制领导小组工作机制的基础上，积极加强与广东省卫生健康系统的沟通衔接、相互学习和借鉴，持续推动落实年度工作计划，两省卫生健康领域对口合作有序推进。

一、对口合作总体情况

（一）新冠肺炎疫情防控和公共卫生领域深入交流合作

按照工作计划，两地卫生健康部门开展新冠肺炎等传染病防控合作和经验交流，加强信息互通，强化联防联控。为有效提升应对德尔塔变异株的处置能力，黑龙江省与广东省及时沟通新冠肺炎疫情信息和处置情况，形成《广州疫情发展初步分析》，报省委省政府供领导决策参考。参考《广东省新冠肺炎本地应急处置方案》，制定印发了《黑龙江省新冠肺炎疫情防控应急处置预案（第二版）》，进一步提升了黑龙江省新冠肺炎疫情应急处置能力。选派紧急医学救援人员赴广东省紧急医学救援指导中心（广东省第二人民医院）参加为期 2 个月的广东省紧急医学救援队长培训班，应用广东省提供的相关课件和视频资料，组织开展省级紧急医学救援培训班，打造了一支医、防、管融合的卫生应急人才队伍。

（二）南方医科大学与齐齐哈尔市第一医院合作成效显著

在 2019 年齐齐哈尔市第一医院挂牌南方医科大学非直属附属医院的基础上，双方在急危重症、创伤、疑难病、慢病等中心打造，名医工作室建立，专科医生进修学习、博硕导师申请、博士（博士后）等青年人才培养、SCI 学术论文等教学科研合作，远程医疗协作及医疗新技术、新项目开展等多方面进一步开拓合作空间，延伸合作领域，深化合作内容，真正实现资源共享，推动两地医疗事业高质量发展。2021 年 10 月，召开双方交流合作工作协调推进会，双方就合作进展情况进行总结交流，并对培训进修、科研合作、名医工作室的建立、远程诊疗平台、新技术等工作进行了对接，达成了初步共识。

（三）呼吸道病毒防控平台建设初见成效

2020 年，钟南山院士牵头成立了"国家呼吸系统疾病临床医学研究中心病毒诊断研究和推广区域平台"，哈尔滨医科大学附属第一医院和牡丹江医学院附属红旗医院成为首批建设单位。在国家呼吸系统疾病临床医学研究中心专家组指导下，依托黑龙江省重症医学科质量控制中心、黑龙江省外科重症医学专科联盟和医联体共建网络平台对省内各区域各级医院提供技术支持，推进呼吸道病毒检测技术的普及和应用，提升了基层医院实验室病毒检测能力和黑龙江省呼吸道病毒感染的整体诊疗水平。

（四）结核病防治交流合作深入开展

黑龙江省以引进广东省结核病防治信息化建设先进技术为切入点，在高发病地区开展应用结核病防治手机一体化管理系统（"微督导"系统）项目。2021 年 6 月 12 日，广东省组织开展"微督导"系统线上培训，由惠州市"微督导"系统编写工程师通过群课堂授课，黑龙江省组织鸡西市、鹤岗市、七台河市及所辖县（区）疾病预防控制中心（结核病防治所）、定点医院、综合医院、社区卫生服务中心（站）、乡镇卫生院及学校保健医生共计 260 人在线参加培训。推动掌握和利用现代网络即时通信技术，使肺结核患者转诊追踪、治疗管理、健康教育、校园管理等一系列工作实现全流程信息化，有效提高黑龙江省结核病防治工作管理质量，提高患者治疗依从性，为有效遏制结核病疫情发挥积极作用。

（五）中医药领域合作交流持续深化

一是广东省全力支持黑龙江省第三届中医药博览会。为加强在中医药方面的对口合作，由广东省中医药局局长徐庆锋带队，相关处室及工信厅、农业厅相关人员组成代表团参加黑龙江省第三届中医药博览会。二是黑龙江省中医药科学院与南方医科大学全方位合作。建立了研究生创新联合培养基地，双方互聘专家为兼职硕士研究生导师。共建药食同源发酵中药研发工程技术中心，依托岭南道地药食同源中药资源优势，突破发酵关键技术，构建药食同源发酵中药研发工程技术中心。共同推进孕妇产后调理产品的推广应用，在产后塑形、产后情绪调理、防止产后钙流失三个方面提供相应的食疗解决方案。

（六）医改经验交流与合作不断深化

强化两省医改进展情况交流，定期交流医改经验做法，及时互通医改工作信息，共同研究重点难点改革任务，探讨解决措施和路径，互相学习借鉴各自紧密型医共体建设、公立医院综合改革、药品耗材集中带量采购等方面好的经验做法，2021 年度两省交换《医改简报》16 期、《广东省深化医药卫生体制改革领导小组简报》32 期、《广东医改》杂志 12 期。双方试点医院通过多种形式和途径互相交流、借鉴、分享医院章程制定等工作的经验和做法。

（七）行政审批制度改革经验交流深入推进

黑龙江省学习借鉴广东省卫健委政务服务的先进经验，全力打造市场化法治化国际化一流营商环境。为进一步推动简政放权，使赋权工作依法合规和顺利开展，就委托执行方式、双方权利义务、责任划分、监管措施等内容与广东省卫生健康委进行了探讨，明晰了工作的责权利，完善了相关法律程序，顺利完成向黑龙江省自由贸易试验区各片区的赋权工作。

（八）科研和规范化培训合作持续深入

全年共聘请来自广东省的 38 名专家参与黑龙江省住培师资培训班授课和申报公共卫生医师规范化培训试点的认定工作，并对现行公共卫生培训工作进行政策解读，对广东培训经验进行详细介绍，对试点认定和建设工作给予帮助和指导。2021 年 10 月，由于新冠肺炎疫情突发，黑龙江省无法接收居住在外省的学员返回基地参加国家住培结业考核加试，经协商，广东省卫健委接收黑龙江省 20 名住培生于广东培训基地参加考试，圆满完成国家考核工作。

二、2022 年工作思路

（一）继续深化中医药合作

一是开展立法调研，《黑龙江省野生药材保护条例》已纳入省人大修订计划，黑龙江省将借鉴《广东省岭南中药材保护条例》相关思路，修订《黑龙江省野生药材保护条例》，使之能更好地发挥作用，促进黑龙江省中医药发展。二是开展对口招商，围绕黑龙江省中医药产业发展，聚焦第一、第二、第三产业及 2022 年黑龙江省中医药博览会，在粤港澳大湾区广泛开展招商及重点项目推介，完善黑龙江省中医药产业链。瞄准广东省中医药行业知名企业，积极开展"走出去"上门招商和"请进来"实地考察活动，对接洽谈项目，促成项目合作。

（二）继续加强医疗卫生、科研和教学机构合作

继续推动广东省医疗卫生机构参与黑龙江省富余医疗卫生资源改制工作，鼓励广东省医疗卫生机构赴黑龙江省设立分支机构或开展互利合作，增加黑龙江省医疗卫生资源供给。鼓励两省医学院校、医疗机构间加强学术交流、科学研究、人才培养、专科共建等方面的合作交流。

（三）持续强化医改工作交流

及时互通医改工作信息，定期通报重要改革工作进展。及时分享医改经验成果，相互学习借鉴。共同研究难点改革，在医改重点领域和环节改革政策文件起草过程中，交流思路想法。探索运用互联网等信息化手段进一步加强合作交流。

（四）进一步加强新冠肺炎疫情防控、卫生应急等交流合作

进一步加强在新冠肺炎疫情防控、卫生应急等方面的交流合作，完善信息互通互享机制。

（撰稿人：李东强、林振达）

第十一章　科技对口合作

黑龙江省科学技术厅　广东省科学技术厅

2021 年，黑龙江省科技厅与广东省科技厅以习近平新时代中国特色社会主义思想为指导，认真落实广东省与黑龙江省对口合作框架协议内容，根据《黑龙江省与广东省对口合作 2021 年重点工作计划》，两省在科技领域开展了务实有效的合作。

一、2021 年对口合作工作情况

（一）加强对口部门交流

哈尔滨市科技局与深圳市科创委、齐齐哈尔市科技局与广州市科技局、牡丹江市科技局与东莞市科技局、大庆市科技局与东莞科技局等地市科技管理部门由局领导带队开展了调研和互访。学习深圳科技金融方面经验做法，优化哈尔滨市科技金融服务平台功能。进一步加强齐齐哈尔与广州市合作，确定在科研项目合作、科研平台共建、产业链条对接等方面继续深入合作。大庆市科技局赴广州和深圳就科技成果转化工作进行专题调研，先后考察了广州创投小镇、易翔科技园、中乌（黄埔）国际创新研究院、深圳清华大学研究院等 16 家院所及科技企业，并与广州市科技局、深圳市科技创新委员会等科技管理部门开展座谈交流。黑河市科技局赴珠海市科技创新局进行对接洽谈，双方就加强科技合作、促进两市开展科技创新进行深入探讨，与广东—独联体国际科技合作联盟、珠海市小企业家行业协会进行对接。鸡西经济技术开发区与肇庆工信局、投促局等部门负责人就联合招商、互动交流学习、园区合作等方面进行专题会商。通过科技管理部门之间的对口交流，有效地推动了两省科技合作工作。

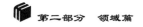

（二）开展科技企业孵化器合作

一是组织活动，开展学习交流。由深圳（哈尔滨）产业园、哈尔滨市国际科技合作交流协会、深圳市四方网盈孵化器管理有限公司·溢空间、黑龙江深哈协同创新企业服务有限公司联合主办的2021年南北企业家系列交流会在深圳召开，系列交流会对进一步探索"飞地经济"模式、厚植"深圳基因"进行了有益尝试，也为深入推进深哈科技企业孵化器建设起到良好推进作用。

二是务实合作，实现合作共赢。牡丹江市孵化器联盟积极与东莞市科技孵化协会开展对接，学习东莞市在高新技术成果转移转化、科技创新服务平台建设等领域的工作模式，为牡丹江市孵化器、众创空间提档升级提供经验借鉴。绥化市科技企业孵化器（众创空间）管理人员赴湛江市学习借鉴"政府引导、民企投资、市场化运作"的运营模式和管理经验。双鸭山市与佛山市积极推进合作协议内容落实，佛山市中科企业孵化器有限公司等广东企业协助双鸭山市筹备申报国家备案众创空间，中国科技开发院佛山分院与双鸭山市经开区科技合作新增入驻、入孵企业15家。2021年3月，佳木斯高新技术创业服务中心分别与广州金发科技孵化器有限公司、广州方圆现代科创发展有限公司、广州瑞粤科技孵化器有限公司、广州大智汇创业服务有限公司、佛山市中国科技开发院分院、中山火炬开发区创新创业中心6个广东省国家级科技孵化器签订《龙粤科技合作双向孵化基地合作》协议，双向孵化基地合作双方各提供500平方米以上空间为黑龙江省科技企业服务。2021年，黑龙江省共在穗新增科技孵化服务空间2万平方米，提升了科技服务能力，实现了南北科技资源共享。

（三）积极推进科研项目合作

齐齐哈尔市第一医院与南方医科大学持续深入合作，在人才联合培养、共建临床和科研合作平台等方面取得突破性进展。齐齐哈尔市第一医院与南方医科大学建立南北5G远程手术指导协作系统平台，开创了临床诊疗的新模式，实现了南北医疗合作的新突破。与南方医科大学皮肤病医院签订"南方医科大学皮肤病医院专科联盟"协议，与南方医科大学口腔医院（广东省口腔医院）签订"口腔专科联盟"协议，齐齐哈尔市第一医院正式挂牌成为"南方医科大学皮肤病医院专科联盟""南方医科大学口腔医院（广东省口腔医院）口腔专科联盟"的成员单位，有力推动了"南北"协作，实现口腔专科、皮肤专科的资源共享、优势整合。

齐重数控联合广州数控与相关高校院所合作组建黑龙江省智能机床研究院，整合科技创新资源，开展产业共性关键技术研发，突破高端智能机床及数控系统等核心关键部件依赖进口的瓶颈，广州市科技局将齐重数控和广州数控合作开展的"重型数控机床系统国产化"项目列入 2020 年广州市基础研究计划民生科技专项，财政支持 100 万元，黑龙江省在 2020 年"百千万"工程科技重大专项中设置了"基于 5G 通讯的智能机床开发"项目，齐重数控与广州数控合作开发高端机床获得专项支持资金 450 万元。2021 年 7 月，双方签订了《推动重型数控立式车床数控系统国产化及推广应用合作协议》，充分发挥各自优势。

此外，列入 2021 年广州市民生科技攻关计划的建龙北满与华南理工大学合作开展"高品质模具钢关键技术研发及应用研究"项目，按项目进度开展研究工作。中国第一重型机械股份公司与中船黄埔文冲船舶有限公司合作开展"船用高硬可焊特种钢研制"项目，列入齐齐哈尔市金属新材料产业发展专项扶持项目予以支持，依托中国一重的产业基地和广州文冲船舶公司的使用推广，实现研究成果的转化和推广并带来经济效益。七台河宝泰隆公司、江门千色花公司和北京石墨烯研究院共同签订了三方合作协议，推进新材料产业发展。

（四）举办科技交流活动

2021 年 6 月伊春市与茂名市有关领导和企业参加线上"哈洽会"，展示伊春市优势资源，深入探讨合作方向。在"高交会"前期，由赵立涛副市长带队，组织菁桦生物科技、铁力钼矿、伊春药业、金北药等企业参展参会，与茂名市在森林食品、绿色矿山、生物制药等领域进行深入探讨，支持和鼓励两地优势科技型企业开展科技对接合作和到对方投资创业。围绕伊春森林食品、茂名农产品、生物医药等领域向茂名市学习探讨共建科技创新平台，并实地调研科技园区建设，通过线上与茂名市进行沟通联系，双方就 2022 年计划开展的交流活动达成共识。

绥化市科技局与湛江市科技局进一步拓展马铃薯产业合作空间，努力推动马铃薯品种选育、机械化栽培技术的研发推广。绥化市龙薯现代农业合作社联社与湛江粤良种业有限公司合作，开展"稻—稻—薯"种植技术开发、推广和示范，带动了一批绥化马铃薯种植户到湛江发展。

（五）拓展科技招商引资深度、广度

华南理工大学教授、广东博士创新发展促进会会长、粤港澳大湾区金属新材料产业联盟理事长李烈军带队的粤港澳大湾区联盟"硫酸钙晶须"项目组赴齐齐哈尔市进行考察洽谈，通过交流互访为项目落地打下坚实基础。鸡西经济开发区管委会在肇庆高新区进行了考察对接和招商洽谈，双方就加强招商引资、科技创新、人才交流以及共建"园中园"

事宜达成了合作共识，并与肇庆国资委交流商讨了国企合作、企业融资事宜，与肇庆投促局洽谈了关于产业转移的具体实践等内容，同时还考察了广东优博瑞科技有限公司、广东嘉丹婷日用品有限公司、肇庆焕发生物科技有限公司、涞馨集团、广东得令酒业、广东臻凰农业发展有限公司等企业，认真了解企业的生产规模和投资意向，征询企业的投资诉求，重点洽谈了绿色食品产业、石墨新材料产业等方面的合作事宜，为下一步招商引资工作打下良好基础。黑河市政府与（深圳）恒大农牧集团加强对接，双方举行项目座谈会，签订了战略合作框架协议，与珠海黑龙江商会、珠海农控集团菜篮子有限公司、珠海台创园实业有限公司、新产业大健康（珠海）科技股份有限公司、珠海V12文化创意产业园、珠海众诚汽车贸易有限公司等企业进行对接，初步形成了市场化合作、优势互补、资源共享的良好开端。嫩江市政府与珠海市发改局、珠海市高新区进行了对口合作工作对接，其间重点对南粮北储项目进行了有效的对接。

二、2022 年工作思路

（一）继续巩固深化已有合作成果

巩固深化已有孵化器合作成果，加快复制推广广东省孵化器建设和管理先进经验，提升黑龙江省孵化器的管理水平与服务质量。

（二）推进科技成果转移转化

加快推进科技成果转移转化，加强两省在科技成果处置权、收益权、股权激励等方面的经验交流，鼓励科技成果产业化。

（三）持续推动已签约项目尽快实施

推动中开院双鸭山孵化中心、佳木斯天鸿孵化器科技有限公司与广州大智汇创业服务有限公司、佳木斯高新技术创业服务中心与广东大唐盛视科技产业有限公司等合作项目加快建设。

（四）探索设立省级科技合作项目

鼓励黑龙江省和广东省的高等院校、科研院所、企业及国际技术转移机构、国际创新服务机构共同引进国外智力资源，并在双方省份开展相应对接活动。梳理两省合作需求，推动合作项目实施，探索省级科技合作项目新模式。

（五）做好组织培训工作

与黑龙江省委组织部做好对接，组织各市（地）及国家级高新区科技管理部门等单位负责同志赴广东举办"高新技术企业培育赴广东专题研讨班"培训工作。

（撰稿人：孙金良、杨保志）

第十二章 教育对口合作

黑龙江省教育厅 广东省教育厅

一、2021 年工作情况

（一）跨省组建龙粤职教联盟

支持黑龙江旅游职业技术学院与广东科学技术职业学院牵头，联合黑龙江省、广东省 19 所职业院校组建龙粤职业教育协同发展联盟，构建政府、职业院校、行业企业、研究机构和其他社会力量广泛参与的多层次、宽范围、广领域的职业教育合作体系，构建技术技能人才联合培养和育训并举机制，共建两省职业教育高水平专业（群），共育全面发展人才，共营教学竞赛环境，共享优质科研资源，共提学校治理水平。

（二）办好"1+2"高职联培实验班

继续支持广东科学技术职业学院与黑龙江旅游职业技术学院共同举办"东西部职教协作实验班"，实施"1+2"模式培养。实验班 2021 年新增四个专业、招生 216 人。组织黑龙江旅游职业技术学院 37 名空乘班学生到广东科学技术职业学院旅游学院进行为期两年的学习和实习。充分发挥广东科学技术职业学院高水平专业群的示范引领和辐射带动作用，助力黑龙江旅游职业技术学院专业建设、人才培养进入新阶段。

（三）深入开展院校结对合作

广州番禺职业技术学院组织黑龙江建筑职业技术学院 25 名教师参加"教师职业发展与课程思政建设"线上培训班，助力黑龙江建筑职业技术学院获国家级课程思政示范名师 1 人，课程思政示范课程 1 门，课程思政示范团队 1 个。黑龙江省商务学校与广东省经济贸易职业技术学校开展了两次线上交流研讨，进一步巩固了在专业建设、学校管理、制度建设、考核机制、校园文化建设等方面的工作交流成果。黑龙江职业学院与顺德职业技术学院落实"双高计划"项目年度绩效管理工作，共同听取职教专家解读政策文件和数据采集、战略性设计工作要求，共同谋划"高、特、强"建设成果，顺利完成项目绩效管理填报。黑龙江旅游职业技术学院与广东科学技术职业学院共同承办中央电视台"我的家乡我代言"暨"乡村互联网营销师孵化计划"融媒体公益助农项目共计 5 期的直播活动。

（四）推动优质教育资源共建共享

推动两省院校共建示范专业点（联盟）3 个，共享精品在线开放课程 20 门、教学资源库 1 个，新建专业实训基地 2 个。黑龙江农业工程职业学院与广东农工商职业技术学院开展"与广东农工商共上一门课"主题活动，拓宽了南北两校酒店管理专业交流的广度和深度，促进了两校共同发展。齐齐哈尔市职业技术中心学校与佛山市顺德区中等专业学校共同开展网上教研、优秀课例点评、线上教学经验分享等活动。牡丹江市职业教育中心学校利用广东省优质的网络教学资源，双方师生访问教学网站丰富学习内容，通过网站论坛进行专业交流和研讨，合理地转化、重组、整合学校专业的课程结构和教学内容。

（五）深化产教融合校企合作

黑龙江职业学院在与顺德职业技术学院共同开展产业学院建设，推进现代学徒制建设项目。充分发挥顺德职业技术学院企业资源和技术力量，协助学校共建示范性实训基地、示范性虚拟仿真实训基地，构建实训教学新模式，提高机电类、经管类、旅游类专业中国特色学徒制建设和育人水平。牡丹江市职业教育中心学校依托广东的优质企业资源，积极突破省域限制，开展学徒制、双元培育学生培养探索，学校与广东英太、唯康、百达连新等 3 家企业初步达成合作意向。

（六）积极探索国际交流合作领域

依托黑龙江—广东—俄罗斯州区省州长会晤机制框架以及中国东北地区与俄罗斯远东西伯利亚地区大学联盟等平台，深入开展龙粤俄高等教育与科研合作。成立中俄三省（州）校外教育联盟，成员单位由黑龙江省黑河中俄青少年活动中心、广东省广州市番禺区星海青少年宫、俄罗斯阿穆尔州相关青少年活动机构组成。依托联盟平台，开展第二届"夏之梦"中俄艺术交流周等活动。

二、2022 年工作计划

（一）健全龙粤职教联盟机制

围绕两省重点产业发展需求，充分发挥两省在现代农业、先进制造、数字科技、基础工业等领域的优势，整合两省优质教育资源，优势互补推进龙粤职业教育协同发展联盟建设。

（二）促进教育交往交流

以专业建设为切入点，促进两省职业院校互相借鉴职业教育改革发展先进做法，互派教育管理人员和骨干教师跟岗学习，优势互补共同提升专业群建设水平，共同提高教师和管理人员业务能力。

（三）推动信息化建设

依托广东科学技术职业学院与华为共同打造的"云中高职"，推动两省高职院校信息化合作，共同开展教育信息化建设，共享智慧校园，共同推进两省职业院校教育信息化建设。

（四）继续携手推进中俄教育交流合作

在广东—黑龙江—俄罗斯州区省州长会晤机制框架下，充分发挥中国东北地区与俄罗斯远东西伯利亚地区大学联盟、中俄三省（州）校外教育联盟等平台作用，开展粤黑俄高等教育与科研合作及青少年中俄交流活动。

（撰稿人：郑怀东、石笑朋、翟秀梅、梅毅、李洁雯）

第十三章　人力资源交流合作

黑龙江省人力资源和社会保障厅　广东省人力资源和社会保障厅

一、工作进展情况

（一）深入推进两省技工院校合作

根据《黑龙江省与广东省技工院校对口合作实施方案》，两省技工院校在专业建设、校企合作、多元办学、实训基地、信息化建设等方面推进合作。

1. 加强互访交流，推动院校间合作

哈尔滨铁道技师学院与广东交通城建技师学院自开展对口合作以来，两校中高层互访活动达 5 轮 50 多人次。2021 年 4 月，由广东交通城建技师学院刘珺副院长带队与阮英勇主任、刘友儒主任一行 3 人赴哈尔滨铁道技师学院进行实地走访，并参加哈尔滨铁道技师学院的成立和揭牌仪式，双方充分利用公办民办院校的互补优势，互为依托、共谋发展。

2. 主动开展对接，深化互利合作

牡丹江技师学院学习借鉴东莞市技师学院学校建设与公共实训基地建设相融合的机制，共同培训实用型技能人才；研究对口院校间共建世赛（各类技能大赛）实训基地，共同打造大赛选手；双方针对烹饪、汽修、计算机广告、数控（智能制造）四个重点专业进行对接。牡丹江技师学院积极探索与对口院校联合开展"3+2"培养模式招生，并依托东莞技师学院与德国、英国的合作优势，拓宽培养渠道和就业途径。

3. 运用信息化手段，线上交流共拓合作

黑龙江技师学院与广东省机械技师学院是对口合作院校，经两校领导磋商，签订了机械专业技能大赛对口合作协议，以技能大赛的举办与选手的培养为主线，以数控车世赛基地建设为重点突破口，全面开展对接合作。两校通过网络线上平台，多次开展网络校际交流与培

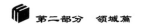

训。哈尔滨技师学院与对口院校进行线上对接交流，了解深圳技师学院办学优势和特色专业，并对以往的对接交流情况进行梳理提炼、总结归纳，努力将学习成果转化为办学成果。

（二）高层次人才互动交流

以国家级专家服务基层活动为载体，搭建人才交流对接平台。以人力资源和社会保障部专家服务基层示范活动走进抚远为契机，细致谋划，周密部署，事前征求相关单位项目需求，争取国家支持，邀请广州中医药大学第一附属医院脾胃病科主任刘凤斌教授深入抚远市开展为期一周的对接服务。组织哈尔滨医科大学专家与刘凤斌教授对接交流，学习借鉴广东省高超的临床水平、先进的临床思维能力和临床信息采集能力。刘凤斌教授结合对接单位实际，深入浅出开展《将量表测评方法引入中医临床疗效评价》专题学术讲座，有效提高了基层中医专业技术人员技术水平。刘凤斌教授赴抚远市中医院、抓吉镇卫生院开展会诊示教和义诊服务，疑难病症会诊 10 余人次、义诊 50 余人次，为基层百姓解决病痛。

（三）持续推动高级专业技术人才知识更新工程

以实施专业技术人才知识更新工程为抓手，聚焦高层次人才培养，广东省在培训项目上给予黑龙江省大力支持。2021 年，广东省举办"生物材料研修班"和"影响组学与人工智能技能提升研修班"等高研班，黑龙江省参加培训 6 人次，为龙江高层人才培训创造一流的学术交流环境。

二、2022 年工作安排

2022 年，按照党中央支持东北地区深化改革创新推动高质量发展的重要部署，进一步深刻领会习近平总书记在中央人才工作会议上的重要讲话精神，按照省委、省政府安排部署，贯彻落实《黑龙江省与广东省"十四五"对口合作实施方案》要求，主动对标对口合作典型经验做法，在技工院校合作、高层次人才互访、知识更新工程等方面吸收广东省经验做法，坚持目标导向、问题导向、结果导向，持续推动两省对口合作取得新成效。

（一）扎实推进技工院校对口合作

1．深入开展校企合作

利用深圳技师学院设计学院是世界技能大赛平面设计技术中国集训基地的有利条件，

哈尔滨技师学院拟选派优秀教师团队赴粤接受世界技能大赛平面设计技术项目中国首席专家裁判长、世界级裁判亲自指导，双方将就搭建校企合作事宜进行磋商。

2. 创建联合培养新模式

牡丹江技师学院拟与广东度才子集团有限公司采用"联合培养、专业共建"的方式，在产学研合作、专业建设、师资派遣、教学实施、项目实训、就业推荐和跟踪服务等方面深化合作。

3. 研究设立符合区域发展的特色专业

哈尔滨铁道技师学院新校区拟开设针对哈尔滨高新区产业对接的实用型专业，培养落地型技能人才。广东交通城建技师学院与哈尔滨铁道技师学院将在学院新校区建设方面开展指导性合作，提升学院新校区现代化、科学化、智能化建设水平，满足工学产研一体技工教育特色先进校园要求。

（二）加大两省高层次人才互动交流

围绕黑龙江省经济社会发展重要领域，如数字经济、生物经济专业开展合作交流、科技推广、技术合作，持续推进两省高层次人才资源互动交流，吸引集聚广东省高层次人才为黑龙江省产业结构转型升级提供智力支持。

（三）继续开展专业技术人才交流培训

继续组织黑龙江省专业技术人员赴广东省参加国家级知识更新工程高级研修班和省级知识更新工程高级研修班，进一步深化两省专业技术人才和高级管理人才的培训合作，培养高素质专业技术和高级管理人才。

（撰稿人：李宏、罗佳秋、常伟）

第十四章 生态环境对口交流合作

黑龙江省生态环境厅 广东省生态环境厅

2021 年，黑龙江省生态环境厅通过与广东省生态环境厅、碳排放权交易机构和低碳企业团体进行座谈交流、现场考察，学习借鉴了先进经验，对省内生态环境建设工作发挥了积极促进作用。

一、调研学习情况

2021 年 3 月，黑龙江省生态环境厅赴广东省学习调研。调研组与广东省生态环境厅进行了深入座谈，并实地参观了广州市第三资源热力电厂（广州福山循环经济产业园）、广州碳排放权交易所、状元谷电子商务园区、广东省应对气候变化研究中心等典型单位，全面了解当地在工作队伍建设、碳市场交易管理、低碳试点示范、统计核算体系建设、碳达峰研究等方面的工作进展，增进了对低碳发展的感性认识。

2021 年 5 月，黑龙江省生态环境厅、省产权集团碳排放权交易中心联合赴广东省进行碳市场机制和企业横向合作专题调研。调研组与广州碳排放权交易所、广东省低碳发展促进会进行了交流，进一步学习了当地在交易平台建设、绿色金融、碳普惠机制、低碳企业团体建设等方面的先进经验。

二、经验吸收转化情况

在调研学习的基础上，黑龙江省生态环境厅积极加强省内应对气候变化能力建设、机制建设，创新谋划工作思路，取得了阶段性进展。

（一）完善工作机制，加强统筹协作

学习碳达峰行动方案编制工作经验，将应对气候变化放在经济社会发展全局中进行统筹考虑，请示省政府重新组建黑龙江省应对气候变化及节能减排工作领导小组，加强应对气候变化工作统筹协调，充分调动各方力量。

（二）加大投入力度，完善技术保障

学习应对气候变化人才技术队伍建设经验，丰富人才储备，狠抓技术支撑队伍建设，在黑龙江省环科院组建应对气候变化研究所，为碳核查、碳中和、应对气候变化规划编制等工作提供技术服务。

（三）探索低碳路径，推进试点示范

学习近零碳排放区示范工程建设经验，积极推进农业、旅游业等具有黑龙江省特色的近零碳排放区试点建设，印发《近零碳排放区示范工程建设推进方案》，组织各市地开展试点申报工作，初步确定了试点名单。

（四）发挥市场作用，探索平台建设

学习低碳企业团体建设经验，依托省产权交易集团碳排放权交易中心，推动成立了黑龙江省低碳企业联盟，搭建了政府和企业沟通的桥梁，促进了企业低碳发展经验共享。学习碳市场建设和碳普惠工作经验，支持碳排放权交易中心研究推进黑龙江省碳汇交易平台建设，开展本地碳汇项目方法学研究，印发了《黑龙江省生态环境系统大型活动碳中和工作实施方案（试行）》，率先在系统内实施大型活动碳中和，为后续碳普惠工作积累了经验。

三、2022年工作思路

（一）加强试点示范交流

在近零碳排放示范区试点建设过程中，适时组织赴广东近零碳排放示范区调研学习，进一步学习好的经验与做法，推动黑龙江省试点示范建设取得实效。

（二）探索碳汇交易合作

待国家重新开放温室气体自愿减排项目备案后，积极组织黑龙江省林业碳汇等项目申报，加强与广东沟通，推动黑龙江省内符合条件的碳汇项目参与广东省碳市场交易。

（三）学习市场管理经验

鼓励交易机构在黑龙江省内碳汇平台建设和方法学开发过程中，积极借鉴广东省成熟经验，参考碳普惠等制度做法，高效推进黑龙江省碳汇交易机制建设。

（四）开展能力建设合作

适时邀请广东省相关主管部门、碳交易机构、技术服务机构和有关企业参与黑龙江省能力建设培训，交流先进做法，帮助黑龙江企业尽快熟悉碳市场业务，提升碳资产管理能力，更好地应对碳市场带来的机遇和挑战。

（撰稿人：田砚宇）

第十五章　营商环境优化合作

黑龙江省营商环境建设监督局　广东省发展和改革委员会

一、2021 年工作开展情况

2021 年，两省在深化"放管服"改革和优化营商环境方面加强交流，黑龙江省不断加深对广东省经验的学习借鉴，学以致用、成果转化，深入解析广东省案例和成熟经验，制定具有可操作性和实效性的改革措施，实现复制经验在黑龙江省"本土化移植"。

（一）抓好学习借鉴、强化顶层设计和制度建设

一是在研究制定《黑龙江省促进大数据发展应用条例》时，深入学习研究《广东省数字经济促进条例》《广东省公共数据管理办法》《广东省公共数据开放暂行办法》和《深圳经济特区数据条例》在体制机制、产业发展、数据资源、数据安全、保障措施等方面的制度设计，根据黑龙江省实际，积极参考借鉴，吸纳到黑龙江省的立法当中。二是高标准编制黑龙江省"十四五"数字政府总体规划。在深入调研广东等先进省份规划编制经验的基础上，联合国内知名智库机构，形成了黑龙江省"数字政府"建设总体框架。

（二）以广东为标杆，提升一体化政务服务能力水平

加强与广东省发改委和广东省政数局的工作交流，在提升一体化政务服务效能，打造政务服务的标准化、规范化、便利化方面，以广东政务服务网和"粤省事"移动端为学习载体和对照标杆。一是完成黑龙江"全省事"移动端改版升级，对照广东省，实现公安、社保、企业开办等政务高频事项进驻"全省事"App。建立办事不求人、伴您走流程、高考专题服务等 22 个特色服务专区、主题集成服务专区、热门服务专区及便民服务页面、一网通办、区域通办、跨省通办 4 个功能模块。二是对照目标，查找短板弱项。对

照广东省梳理形成黑龙江省高频公共服务事项清单。通过"网办率""减时限""减跑动"和"即办比"等要素进行比对，定期跟踪监测，以数据监控在线办理成效度。

（三）完善保障机制，做好招商引资项目服务保障工作

2021 年，黑龙江省与广东省的 47 个合作项目列入省级重大招商引资签约项目台账管理，给予全要素保障服务。项目主要分布在哈尔滨、佳木斯、大庆、黑河、齐齐哈尔，主要领域是制造，租赁和商务服务，房地产，文化、体育和娱乐，电力、热力、燃气及水生产和供应，居民服务，修理和其他服务，农、林、牧、渔业。截至目前，上述项目开工率为 76.70%，完成投资 485.07 亿元。

（四）各市（地）积极开展对口合作工作

哈尔滨市营商环境局受中央党校（国家行政学院）和广东省人民政府共同主办的 2021（第十六届）中国电子政务论坛暨首届数字政府建设峰会邀请，在数字政府专题论坛作《聚焦"点线面体"提高政务服务能力》主题演讲，交流政府服务和治理数字化创新举措。

大庆市营商环境局会同有关部门组成学习考察组，于 2021 年 3 月赴广东惠州，围绕政务服务、不动产登记、公共资源交易、获得电力等领域展开深度对接学习，复制建设了大庆市政务服务中介超市，着力解决当地中介服务资源不均、地方保护、中介垄断等问题，促进各级行政职权更加规范、高效、透明运行。

牡丹江市营商环境局加强与广东东莞对口合作。学习东莞"集中力量办大事"的经验，采取市级统建、县区共担模式，统筹完成牡丹江市一体化政务服务平台、政务信息资源共享交换平台建设工作，一次补齐短板，完成平台建设和各项与省对接任务。采用广东省"管运分离"和市场化运作概念，与浪潮集团签署《战略合作框架合同》，成立数字牡丹江投资发展有限公司，参与"数字政府"建设，构建"政府主导、政企合作"的"数字政府"改革新格局。

鸡西市营商环境局与广东肇庆共同推进政务服务"跨省通办"，为解决群众异地办事面临的"多地跑""折返跑"堵点、难点问题，拟定了合作协议，梳理"跨省通办"事项清单 167 项。

伊春市营商环境局与广东茂名市政务数据局就两地"跨省通办"工作召开会议，并邀请茂名相关领导来访指导。伊春市梳理与茂名政务服务"跨省通办"事项 33 项，涉及公积金、市监、人社等相关业务部门，为实现线上办理和线下异地代收、代办奠定基础。

二、2022 年工作计划

（一）深化经验交流，复制推广成熟经验

定期开展工作互访和座谈交流，就"放管服"改革、政务服务能力提升、"数字政府"建设、营商环境评价等工作邀请广东省专家和学者进行现场指导和线上授课，借鉴交流经验，推进两省共同开展高水平营商环境建设合作。

（二）共同开展营商环境宣传

在双方一体化在线政务服务平台、移动 App 及相关新媒体上开设专栏，及时发布双方"放管服"改革、优化营商环境工作成果，及时总结工作亮点和成效，携手打造一流营商环境文化氛围。

（三）持续优化民营经济发展环境

积极开展两省招商引资项目服务保障工作的交流互鉴，努力为广东省民营企业来黑龙江省投资兴业、交流合作提供服务。聚焦民营经济的难点、痛点、堵点，加快推进优化营商环境法规制度的建设，深入开展优化民营经济发展的合作。

（撰稿人：赵若潇、尤萱文）

第十六章　广电合作

黑龙江省广播电视局　广东省广播电视局

一、对口合作总体情况

（一）加强宣传报道

紧紧围绕对口合作工作，通过专题报道、短视频、融媒直播等形式，积极宣传两地的重大活动、丰硕成果、粤龙对俄合作交流等内容，为两省进一步合作发展营造良好的舆论氛围。2021年，黑龙江省与广东省开展了两地重点产业合作交流推介会、黑龙江省政府代表团赴广东考察交流、广东省政府代表团到黑龙江省考察调研等重大活动。两地派出记者全程采访，推出系列报道。采访两省知名企业家，围绕双方签约的农业和绿色食品、环保、装备制造、现代服务、金融等领域以及单体投资超百亿元的合作项目，讲故事、谈感受，展现双方合作的良好基础、成果和未来。报道有细节、有深度，让更多广东省企业增强了在黑龙江省投资发展的信心，进一步拓展了双方合作的领域。2021年以来，广东省—黑龙江省—俄罗斯阿穆尔州三方省州长视频会晤举行，广东省—黑龙江省—俄罗斯友好省州地方立法机构合作视频会议召开，宣传报道三方建立定期交流机制、发挥各自禀赋优势深化合作、用好跨境电商等各类平台、加强人文交流传承中俄友谊等方面的内容，推动三方进一步合作，促进国际交流。

（二）注重项目合作

一是继续打磨和研发合作旅游产品。利用新冠肺炎疫情空档期，两省广电部门共同研发和打磨合作新产品，其中，2021年上半年研发和打磨了"镜泊湖地质课堂""了解并采挖林下参文化之旅""朝鲜民俗村文化讲堂"等研学产品，"冬病夏治黑龙江避暑之旅"

"长白山温泉养生之旅"等康养产品，2021年下半年结合黑龙江特色，特别策划"冰雪嗨翻天"系列定制产品线路，包括"初遇哈尔滨线路体验雪地摩托车""冰雪野霸道线路带你感受无憾冰雪之旅""冰雪欢乐颂线路让大人小孩全家乐翻天"，相关产品自2021年11月起由广东省各大合作旅行社推出销售，两地往来沟通进一步加强。

二是利用中国电视旅游联盟的优势，黑龙江电视台都市频道与广东广播电视台合作建立优秀文化资源共享机制，给予节目资源的支持，通过广东广播电视台《一起旅游吧》栏目宣传和推广，真正促进了两省文化、旅游的交流与合作。

三是两地企业围绕智慧广电、智慧家庭、电商平台、技术共享、工程建设、宽带业务、政企业务运营等方面进行项目合作。

2015年以来，黑龙江广电网络集团与深圳市天威视讯股份有限公司开展深度合作，先后完成龙江广电各地市的网络技术督导工作，完成伊春、牡丹江、齐齐哈尔、大庆、绥化等市142项网络设计工作，完成大庆、齐齐哈尔共12个分中心机房的网络优化任务。2019年9月，黑龙江广电龙润通讯公司中标深圳市天威视讯股份有限公司的工程建设项目，参与了深圳市罗湖、福田、南山及龙岗区的有线电视工程建设，截至2021年底，已实施完成相关建设工程162项。

黑龙江广电网络与深圳市华阳悦客公司深度合作，通过线上和线下相结合的方式为广电网络客户提供包括主营业务服务和百姓生活相关产品的销售。自2019年12月系统上线以来，平台累计为龙江广电提升销售收入3.4亿元，开启了广电益家平台输出拓展创新、广电家庭用户市场创新发展模式。

黑龙江广电网络与深圳市同洲电子股份有限公司在多领域展开合作，主要包括数字电视机顶盒采购、数字电视和智能电视双向点播业务平台、龙江广电网络IPTV播出平台、元申智慧社区安防监控、集团客户酒店点播系统、七彩云手机App视频推流平台等项目，通过长期合作实现了互利共赢。

（三）健全对口工作协调机制

2021年以来，两省广电部门进一步健全沟通联络、交流互访、协调服务制度，互设联络办公室，指定联络部门与联络人，统筹抓好工作推进与落实。及时总结分析合作成果，了解存在的困难和问题，采取跟进措施，不断拓展双方合作的领域和内容，使双方合作更多地从政府间的意向向实际合作成果转化。

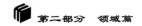

二、2022 年工作思路

2022 年，围绕两省对口合作总体框架和具体进展，广电部门继续发挥广播电视主流媒体和网络视听媒体的舆论主阵地、主渠道作用，特别是针对新冠肺炎疫情带来的影响，调整思路，力争两省广播电视行业对口合作取得更多实质性成果。

（一）加强宣传报道合作

围绕两省对口合作总体框架，共同宣传两省对口合作发展的政策和措施，共同报道两省经济社会发展取得的成就和进步。

（二）深化人才交流合作

进一步深化人才交流合作，组织双方技术、业务从业人员开展相互学习、经验交流等活动。

（三）加强技术创新交流合作

联合开展技术探索、创新研发、交流合作，在广电 5G、4K/8K 超高清、新数字家庭等领域开展全方位、深层次的战略合作，推进技术的综合应用、集成创新，加快技术研发向场景应用的转化，推动两省广播电视加速从数字化网络化向智慧化发展。

（撰稿人：刘钊、刘劲峰）

第十七章 黑龙江自贸区与广东自贸区合作

中国（黑龙江）自由贸易试验区哈尔滨片区管理委员会

中国（黑龙江）自由贸易试验区绥芬河片区管理委员会

中国（黑龙江）自由贸易试验区黑河片区管理委员会

中国（广东）自贸试验区深圳前海蛇口片区前海管理局

中国（广东）自贸试验区广州南沙新区片区管理委员会

中国（广东）自贸试验区珠海横琴新区片区管理委员会

一、哈尔滨片区与深圳前海蛇口片区对口合作

（一）进一步学习深圳打造一流营商环境

1. 在信用体系方面加快推进落实

哈尔滨新区（自贸区）进一步推动全面学习借鉴深圳优化营商环境经验，学习深圳市信用修复机制、营商环境监督检查机制、投诉处理机制和营商环境负面评价的应用。借鉴深圳经验，结合实际，构建以信用为基础的新型监管机制和以失信约束制度为基础的长效机制。印发《哈尔滨新区（江北一体发展区）守信联合激励和失信联合惩戒机制实施方案》和《哈尔滨新区暨中国（黑龙江）自由贸易试验区哈尔滨片区全面推行市场主体信用信息"共享即惩戒"工作实施细则》，加快建立体系完备、机制健全、运转有序、奖惩有度的社会信用体系，有效发挥社会信用体系建设在促进经济发展和加强社会治理中的作用，增强社会成员诚信意识，营造优良信用环境，提升哈尔滨新区（自贸区）整体竞争力。

2. 在产业园区率先探索新模式

一是设立深哈园区特区仲裁庭审服务中心。在深哈产业园内建立深圳国际仲裁院深圳

（哈尔滨）产业园区庭审服务中心，为深哈公司及入驻园区企业提供商事纠纷现场及远程庭审服务，定期为深哈公司、哈尔滨当地政府及相关企事业单位提供商事纠纷防范、风险管理、合同文本规范化、国际仲裁员培训、知识产权保护等培训和服务，着力将深哈产业园区建设成黑龙江省营商环境引领示范区。

二是在深哈产业园内设立哈尔滨市人力资源服务产业园新区分园。深哈人才园围绕促进公共人力资源服务和经营性人力资源服务深度融合的重点目标，开展全流程人才服务、全产业链人力资源产业集聚和全方位人才孵化，着力构建有特色、有规模、有活力、有效益的人力资源产业示范园区，为海内外高层次人才、产业人才、高技能人才等各类人才提供全方位的人力资源服务与保障。

（二）深入推进深圳（哈尔滨）产业园区开发建设

1. 项目开发建设方面

园区自 2019 年 9 月 1 日开工建设以来，已累计完成投资 35.35 亿元，460 天完成深哈·科创总部一期建设。两年来，国家及两省、两市领导多次到深哈产业园进行调研，对园区建设取得的成绩给予了充分肯定和高度赞扬。中央电视台《新闻联播》三次对园区进行报道，深哈产业园品牌效应不断彰显。深哈团队荣获"感动哈尔滨"2019 年度群体奖、2021 年黑龙江省"五一劳动奖状"等多项荣誉。

2. 产业招商方面

在推进园区建设的同时，聚焦园区产业发展，坚持"招大引强"，以龙头带动产业上下游集聚，建设产业生态圈，助推哈尔滨产业结构转型升级。截至 2021 年底，园区累计注册企业 328 家，注册资本金 104.76 亿元，引进了华为鲲鹏、苏州科达、北京思灵机器人、东软集团等产业项目，深哈·科创总部项目地块甫一签约入驻率即达 51.54%。园区从实体经济、科技创新、现代金融、人力资源等方面构建产业生态，致力打造成为黑龙江省数字经济产业基地和哈尔滨新兴产业发展新引擎。

3. 园区运营服务方面

积极推动深圳政策和深圳服务企业的理念与做法复制到深哈产业园，截至 2021 年底，共计完成 45 项政策复制，有力助推哈尔滨改革创新，增强发展活力。开创了黑龙江省第一例招投标"评定分离"和新型产业用地（M0），印发《哈尔滨新区深圳（哈尔滨）产业园区新型产业用地（M0）实施办法（试行）》；个人所得税超过应纳税所得额 15% 部分全额返还等很多做法已在哈尔滨新区、哈尔滨市推广。建立服务企业全生命周期的园区"1+1+3+X"运营服务体系，定制化的"园区政务服务中心"和"党群服务中心"，推进"秒批"和企业办事不出园区，为企业发展提供全要素服务保障。

4. 资本运作方面

积极推动深哈投资平台设立，已与深圳市基础设施基金管理公司、哈投股份、哈创投等合作方达成一致意见，完成了深哈产业园战略性新兴产业基金和天使投资基金组建方案，其中，战略性新兴产业基金规模10亿元，天使投资基金规模1亿元。在科技创新风险补偿、担保等方面，与中国银行、广发银行、招商银行等金融机构建立了良好合作关系，推动金融更好地服务实体经济。完成了深哈公司未来8年财务测算，公司中长期财务指标稳健，为可持续发展奠定了坚实基础。

5. "飞地经济"发展方面

梳理新区行政审批认可清单，形成清单初稿和《关于在深哈产业园区内推行行政审批"深圳许可，新区认可"的实施方案（征求意见稿）》。按世界一流园区标准高起点、高标准启动建设深圳（哈尔滨）产业园区，引入《深圳市城市规划标准与准则》《深圳市城市规划条例》《深圳市法定图则编制技术指引》及深圳相关园区管理先进经验，建立政企合作的园区运营服务模式，积极推进"智慧+园区"的开发模式，以实现园区信息基础设施智慧化、运营服务信息化、数据平台开放化，打造智慧园区典范。发布实施《哈尔滨片区建设实施方案》，与深圳市统计局对接，以书面形式调研了增量入统先进做法。

6. 经验复制推广方面

"评定分离"招标文件范本已编制完成并已在评定分离招标中使用。为梳理政府投资（含国有）项目定标工作流程，编制印发《哈尔滨新区江北一体发展区政府投资建设工程定标工作指引（试行）的通知》。

7. 丰富对口合作内涵方面

发挥深哈两地互补优势，推进哈尔滨绿色农产品产业高质量发展，哈尔滨新区与深圳市市场监督管理局签订《深圳国际食品谷哈尔滨产业园战略合作框架协议》，明确了双方共建深圳国际食品谷哈尔滨产业园，成立玉米基因组育种联盟，双方联合黑龙江涉农高校、科研机构、企业等开展科研合作，成果产业化、人才培养等工作内容，为深哈合作在现代农业领域创新发展奠定基础。

（三）扎实做好深圳产业转移承接工作

1. 坚持"产业为王"，实现园区产业招商取得阶段性成效

江北一体发展区深哈对口合作项目共43个，计划总投资1133.6亿元，完成投资108.4亿元。已建成深哈合作项目5个，总投资4.6亿元，如万鑫石墨谷石墨烯应用研发项目总投资1.5亿元，拟打造成中国石墨业的硅谷。在建深哈合作项目18个，总投资914.9亿元，已完成投资103.7亿元，其中，重点建设项目如深哈产业园（科创总部）项

目总投资 39.4 亿元，已完成 17.9 亿元。宝能国际经贸科技城项目总投资 210 亿元，已完成 26.4 亿元；深哈金融科技城项目总投资 200 亿元，已完成 19.3 亿元；协议及意向项目 20 个，总投资约 213.8 亿元。

2. 坚持"服务至上"，复制深圳经验

建立围绕企业发展的服务体系。以科创总部为核心，建立服务 1.53 平方千米、面向 26 平方千米、辐射哈尔滨新区的运营服务体系，将深圳服务企业的做法复制到哈尔滨。充分发挥深圳国际仲裁院、深哈人力资源产业园、深交所哈尔滨工作站的作用，再复制一批深圳的成功经验和政策在园区先行先试，并推广到更大的范围，发挥园区引领示范作用。龙岗产业园目前入驻企业 92 家，约占可出租面积的 91%。引进了 6 家众创空间，培育了 39 家国家高新技术企业，拥有各类自主知识产权 550 余项，会聚各类创新创业人才 1000 余人。

3. 坚持"质量为本"，进一步强化项目招商引资

为了更好地承接产业转移，吸引深圳基因到新区落地生根，新区积极赴深圳招商洽谈，并采取常驻招商模式，设立哈尔滨新区粤港澳大湾区招商代表处。2021 年粤港澳大湾区招商代表处详细梳理了粤企招商目录，储备产业项目 85 个，经过积极服务沟通，促成深圳市比科斯电子股份有限公司、深圳市深水海纳水务有限公司、深圳市乐心平江科技有限公司等签约落地项目 5 个。

2021 年以来，位于深圳市的哈尔滨新区展示服务中心通过招商窗口前移、主动对接、服务先行，拓宽了招商渠道，加快了项目洽谈的成果转化，进一步推进了招商引资的深哈合作。定期与商会和行业协会举办交流活动，针对行业龙头企业、国内百强企业开展精准招商，截至 2021 年底，新区展示服务中心共举办粤商会、行业协会经贸交流等活动 20 场，签约落地项目 5 个，招商储备项目 85 个，接待到访企业 180 余家、近 2000 余人次。

（四）下一步工作计划

1. 进一步转化先进经验做法

一是深化园区改革经验。进一步支持学习深圳（哈尔滨）产业园区全面复制深圳园区管理体制机制和政策体系，制定实施《关于支持深圳（哈尔滨）产业园区高质量发展若干措施》，强化对新一代信息技术产业、新材料、科技成果产业化、人才保障等方面的专项政策支持，建立系统的政策体系，形成可复制推广至其他园区的典型案例。二是对标学习深圳经验。探索新区全面对标深圳，全方位带土移植、离土移植深圳市优化营商环境、推动科技成果转化、培育产业发展新动能、自贸区发展等经济社会发展各个领域的体制机制和政策经验，形成全面对标深圳的新区管理体制机制和政策体系。

2. 进一步做好招商项目落地服务

进一步强化与粤港澳大湾区的对接合作，积极做好产业转移、承接，以点带面推进产业链建设，打造规模化、专业化、特色化产业集群，构建新业态，培育新动能。逐步完善投资的服务功能，将推进项目建设工作作为重点，实施项目推进的动态管理机制，将重点项目的每个节点都精确到日，实行倒排工期、挂图作战、按表推进、实时跟踪。对于重大项目，组建专班、超前谋划、制定专案，为项目如期开工提供保障。

3. 进一步推进深圳（哈尔滨）产业园区开发建设

一是做好项目服务。根据项目实施进度合理安排土地挂牌出让工作，确保项目供地的时效性，贯彻落实市、区"只跑一次"的工作要求，高效率为深哈园区项目提供各项审批服务。建立符合新区特点的"混合用地"标准，提高控详规划弹性，采取总量控制，合理兼容用地性质，满足招商引资项目需求，保障公共服务设施配套、集中布局、科学谋划、统一建设。二是积极抓好园区建设工作。推进园区党群服务中心、企业服务中心、规划展示中心运营；完成园区基础设施、学校、公园等配套建设；推进园区人才社区和智慧园区建设，建立园区大数据运营平台等。三是推进园区产业招商工作。做好 1.53 平方千米核心启动区的招商工作，引进 5~10 家战略性新兴产业项目；吸引哈尔滨高校院所科技成果到园区集中转化，打造国家级科技企业孵化器；组建园区产业发展基金，建立面向科技创新领域的风险补偿机制。四是制定支持产业高质量发展政策体系。颁布并实施《关于支持深圳（哈尔滨）产业园高质量发展若干措施》；将已在园区推行的新型产业用地政策（M0）、招投标评定分离等先进政策制度化、法定化；研究制定支持新一代信息技术、新材料、科技成果产业化、人才优先发展等方面的专项政策。

4. 进一步加强重点领域合作

一是推动产业升级发展。按照新区产业发展规划，在制造、新一代信息技术、新材料领域，在促项目落地、投产达效、技术攻关等方面有所突破。二是推动金融领域合作。通过积极推动对口合作，借鉴深圳市基金管理方式，吸引金融、投资机构和社会资本共同参与成立天使投资基金和哈深合作产业投资基金。研究专项工作方案，吸引深圳金融机构全面参与哈尔滨新区金融商务区建设。三是做好重大课题研究。结合自贸区机遇，对接粤港澳大湾区，开展重大课题研究，选准产业协同发展的突破口，实现互动发展。

5. 进一步探索建立产业转移精准对接长效机制

聚焦制造业，坚持市场化导向，与深圳建立产业转移结对机制。组建专业团队对产业互补合作进行深入研究，细分两市优势产业，绘制两市优势互补产业链图谱，深化合作层次，研究形成两市互为补充、互为发展的产业发展战略。

二、绥芬河片区与广州南沙新区片区对口合作

（一）工作成效

2021年，绥芬河片区与广州南沙新区片区全面落实创新发展战略合作框架协议的各项工作内容，探索创新经验相互复制推广的联动试验、互补试验、协同试验，发挥示范带动、服务全国的积极作用，双方进一步加强工作互动、资源共享，形成发展合力。

1. 建立常态机制

双方常态化、制度化开展对接交流，推进落实合作协议，海关、市场监管、司法等部分单位建立结对关系，构建起线上对接、线下互访、定期会商、运转高效的合作机制。2021年受新冠肺炎疫情影响，双方通过线上方式，保持常态化业务互动交流。

2. 开展互访对接

绥芬河片区先后实地考察了广州港南沙港区、全球优品分拨中心、明珠湾开发建设展览中心、云从信息科技有限公司、南沙区政务服务中心，并围绕全球优品分拨中心与中俄互市贸易及中俄跨境电商合作项目、木业家具企业与原材料供应及木业合作项目进行座谈交流，对有初步合作意向的企业进行实地调研。南沙片区赴绥芬河片区进行考察对接，双方就进一步开展互动合作、资源共享、先行先试展开深入交流，并在人才交流合作、政务系统合作、经贸领域合作、金融领域合作等方面达成合作共识。

3. 加强人才交流

绥芬河片区组织营商环境建设监督局、市场监督管理局、司法局、综合协调局5名干部到南沙片区相关职能部门跟班学习一周，学习广州南沙新区片区"放管服"改革经验，将"两城通办"业务、商事登记制度、证照分离以及服务窗口设置、容缺受理机制、"不见面"审批等先进做法，充分吸纳到绥芬河片区政务服务改革当中，带土移植实现本土化，进一步推进了绥芬河片区政务服务改革工作。

4. 搭建合作平台

双方为企业间友好交往、互学互鉴、挖掘商机搭建起区域联动合作平台，积极组织企业参加两省、两地举办承办的展会、推介会、对接会、研讨会等商务活动，在国际物流、陆海联运、木材加工、电子商务等领域寻求合作机会，围绕南沙港与符拉迪沃斯托克港货物运输合作事宜多次对接洽谈。

5. 强化龙粤合作

深圳盐田港集团与绥芬河市签署战略合作协议，在绥芬河市复制"一区一城一主体"模式，推进综保区共建，参与绥芬河自贸片区建设，助力绥芬河产业经济发展。利用"中外中"航线打造辐射日、韩及我国长三角、珠三角地区"借港出海"的桥头堡，构建绥芬河综保区与喀什综保区东西两翼齐飞，绥芬河综保区与赣州综保区、盐田港综保区南北优势互补的战略布局。

6. 共享创新经验

南沙自贸片区为绥芬河片区提供了《中国（广东）自由贸易试验区广州南沙新区片区制度创新案例汇编》，汇编涵盖了南沙自贸片区积累的大批创新经验，从投资便利化、贸易便利化、政府职能转变、金融开放创新、法治营商环境等方面精选了 182 个制度创新案例，供绥芬河自贸片区学习借鉴。绥芬河自贸片区对案例进行深入研究和学习，将其中符合绥芬河片区实际的重要创新举措纳入绥芬河市委、市政府未来重点工作方向，将"'照、章、银、税、金、保'6 个必办事项力争 1 天办结""项目审批多证合一、多审合一、多验合一、多图联审"等创新事项进行借鉴学习、复制推广、探索再创新。

（二）下一步工作计划

1. 进一步完善联络协调机制

加强业务层面联系沟通，统筹协调合作重点项目推进、合作过程中的有关重大问题，共同营造有利于协同发展的良好环境，实现优势互补、共赢发展。

2. 进一步协同推进制度创新

深化双方政府服务改革和制度创新经验交流与合作，探索推出一批高水平创新举措，构建和完善政府、智库机构、企业以及其他社会组织广泛参与的多层次、宽领域的改革创新协作模式。

3. 进一步推动优势产业合作发展

充分发挥南沙自贸片区在航运物流、先进制造、跨境电商、融资租赁等领域优势及绥芬河自贸片区木材加工、食品加工、电子商务、现代物流等领域优势，促进产业协同发展，积极探索企业对接联动、项目载体共建的深度合作，合力打造有重要影响力的产业链和产业集群。

4. 进一步加强金融领域合作

充分利用南沙自由贸易 FT 账户体系，拓展 FT 账户的应用，加强双方在融资租赁、商业保理、跨境投融资、跨境结算等领域的合作，进一步发挥金融服务实体经济作用，提升两地金融国际化水平。

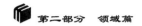

5. 加快共建国际贸易便利化服务体系

依托南沙自贸片区全球溯源中心实现外贸管理模式创新，推动形成两地一体化的生产、采购、出口全链条可追溯的商品溯源体系。发挥绥芬河自贸片区对俄贸易、互市贸易等优势以及南沙自贸片区在国际贸易、航运物流、仓储配送、全球分拨等方面的资源优势，加强两地外贸链条的配套协作，促进相关联的物流、仓储、供应链、金融等生产服务、外贸综合服务有序发展。

6. 进一步加强人才引进与交流合作

加快建立人才交流合作机制，开展双方互派干部交流学习，形成共建合力。同时，面向自贸试验区领域开展人才培训工作。

三、黑河片区与珠海横琴片区对口合作

（一）对口合作工作情况

黑河片区与珠海横琴片区已签订对口合作协议，两个片区在黑河、珠海作为对口合作城市的基础上进行深入对接，先后在政务服务平台建设、企业服务、诚信体系建设、跨省通办、跨境通办等工作领域进行深度尝试与探索，对口合作取得了良好成效。

1. 坚持贯彻顶层设计，全力推动对口合作工作开展

一是建立常态化交流机制，分享改革经验。建立黑河—横琴创新产业研究院，引进专业规划人员，共同探索"信息共享、创新共推、模式共建"制度，同时，互派干部挂职交流。黑河干部通过到横琴学习、考察、实践、交流，学到了经验，开阔了视野，得到了锻炼，促进了合作；珠海干部通过在黑河片区挂职，给黑河带来先进经验、管理方法，创新发展模式和运行机制。2021年，双方互访学习交流4次，黑河自贸片区赴珠海横琴新区自贸片区开展营商环境专题学习13人次。

二是政务服务"跨省通办"。在政务服务方面，黑河片区政务服务中心与珠海横琴自贸片区综合服务中心达成政务服务跨省合作并建立合作清单，根据清单，珠海市横琴自贸区综合服务中心提供技术支持和系统改造，包括两地国垂省垂系统的身份打通、集成两地通办事项到自助一体化设备机、统一建设政务网的"跨省通办专区"、采购自助一体化设备等。2021年1月，两地正式开通"跨省通办"业务，两个片区通过"一网跨省通办、一机跨省通办、一窗跨省通办"的方式搭建"跨省通办"服务平台，打造"跨省通办"

新模式，为两地企业投资兴业提供便利化服务。2021年2月3日，完成首单黑河—珠海"跨省通办"营业执照。

三是复制横琴营商环境先进做法。结合黑河自贸片区实际工作情况学习并复制珠海横琴新区自贸片区营商环境工作的先进做法。经过双方探讨交流，将珠海横琴新区自贸片区"企业专属网页"的先进做法作为黑河自贸片区优化营商环境的首批复制内容。以"持续优化营商环境、打造一流惠企平台"为目标，为企业提供无处不在、全程全时、精准主动的惠企服务。推出创新案例《"企业专属板块"打造黑龙江片区营商环境建设新高地》，推动建立"自贸试验联动创新区"。

四是结合地域特色合作创新。结合地域特色推出创新案例《四地跨境审批联动办理》，将黑河片区与俄罗斯的"跨境审批"创新举措和横琴片区与澳门的"跨境通办"创新举措很好地联结贯通，两个片区积极搭建企业专属网页双向跨境专区，计划专设"黑河—俄罗斯—横琴—澳门"跨境双向专区，通过跨省资源整合，带动跨境资源传递、互通，为跨境企业提供精准服务。

五是在贸易便利化方面实现自贸片区多元联动。围绕农业、中医药、能源、科技等产业进行资源互补。利用俄罗斯及黑河农产品、中药的资源优势，以及黑河口岸中药材试进口的创新政策，双方筹划合作建设"绿色有机农产品和中医药产业园"。利用俄电优势，拓展黑河现有园区规模，提升"俄电加工区"发展水平，推动两地经济深度融合。

2. 开展重点领域合作，加快形成合作成果

一是产业合作方面。珠海市工信局携广东知名医药企业代表团赴黑河开展政企对接活动，对黑河自贸片区开展进口中药材研发加工产业提出意见和建议，先后与当地宝康、维塔斯等多家企业达成合作意向，推进中草药种植、加工项目和集散服务平台建设，开展中药研发和综合利用等方面合作。

二是跨境产业合作方面。珠海横琴自贸片区利用黑河片区现有俄罗斯布拉戈维申斯克海外仓良好的基础设施，计划投资200万元与黑河共建以俄罗斯海外仓为平台的仓储中心、分销中心与线下产品展示中心以及结算中心，充分推介广东省优质产品和产能资源，把广东省产能资源通过黑河的对俄跨境电商优势向俄罗斯纵深销售，有效放大南北外贸出口合作优势。

三是加强金融领域合作方面。黑河自贸片区成立了黑河龙鑫股权投资有限公司，为两地企业以相互参股方式发起设立各类专项产业发展基金做好前期准备。

3. 不断深化园区交流合作，全面推动产业园区合作共建

一是共建绿色有机农产品和俄罗斯中药材交易中心。利用黑河当地农产品、中草药资源优势和黑河口岸中草药进口的政策优势，打造对俄进出口加工基地"绿色有机农产品

和俄罗斯中药材交易产业园"，发展中草药种植及共建园区，共同引入企业，推进中草药种植、加工项目和集散服务平台建设。

二是共建珠三角（珠海）对口合作示范园区。利用黑龙江大桥桥头区的地理优势，拟推动珠海市有实力的园区在桥头区设立对口合作示范园区，吸引电子信息、生物医药、装备制造、绿色食品加工等优势产业集聚。

三是共建产业项目合作"飞地园区"。利用黑河五秀山俄电加工区低廉电价优势，发展高载能项目，采取置换园区建设用地的模式，拓展现有园区规模，提升"俄电加工区"基础设施水平，共同开展招商工作，研究收益分配机制，筹划共建两地产业项目合作"飞地园区"，同时利用黑河天然气价格低廉的优势，结合珠海石化产业优势，探索利用俄气发展石化产业，承接珠海化工产业项目转移。

（二）下一步工作设想

1. 总体思路和空间布局

双方充分利用黑河对俄开放的区位、政策和资源能源优势，以及丰富优惠的生产要素资源，与珠海产业、技术、人才、管理和资金等优势对接，共同建设"飞地园区"或"园中园"。大力推进体制机制创新，突破行政区划，实现资源共享、优势互补、互利共赢，打造飞地经济新平台。在空间布局上，盘活五秀山俄电园区0.6平方千米闲置资产建设"园中园"；或设想在黑河市二公河园区西部置换部分建设用地，建设"园中园"。

2. 合作区模式和管理体制

合作模式：双方采取两市共建、委托经营、专业托管、股份合作或独资建设珠海"园中园"等多种合作形式开发建设。

管理体制：坚持"政府主导、市场运作、飞地招商、合作共建"原则，双方出资组建开发建设企业，实行"统一规划、统一管理、分期开发和滚动发展"，统一招商引资。

3. 开发建设内容和发展方向

拟在中药材、农副产品、精细化工三个产业方向开展重点对接合作。

一是依托俄罗斯远东地区丰富野生道地中药材资源及边民互市贸易政策支持，以防风、白鲜皮、红景天等15种药材为主，发展进口贸易和落地加工产业。引进广州知名医药研发和生产企业，以"飞地园区"为载体通过独资、合作等多种方式，参与黑河中医药产业发展，并依法享受自贸区投资优惠政策。

二是依托俄罗斯丰富多样的化工产品能源，引进和借鉴珠海化工先进管理经验，重点在氢能、氦能、LPG、化肥生产等领域开展合作，围绕进口高质量PP、PE资源，合作发展PPAT、车用塑料、高档管材建材等产业。

三是依托黑河及进口非转基因大豆资源，以及当地精炼油脂、高档腐竹、豆皮、豆粉等农副产品加工载量，引进珠海中高端食品加工企业开展多种形式的合资合作，形成合作双赢的可持续发展产业。

（撰稿人：杨丹、迟晓东、司学静）

第十八章　对俄外事交流合作

黑龙江省人民政府外事办公室　广东省人民政府外事办公室

2021 年，黑龙江省外办与广东省外办深入贯彻习近平新时代中国特色社会主义思想和习近平外交思想，认真落实黑龙江、广东两省省委、省政府对口合作工作部署，充分发挥黑龙江省与俄毗邻州（区）省州长定期会晤、中俄友好、和平与发展委员会地方合作理事会等机制和平台作用，深入推动两省联手对俄交流合作发展，取得积极进展和有效成果。

一、2021 年对俄外事交流合作情况

（一）强化政府间交流引领作用，举办龙粤俄三方省州长视频会晤

2021 年 6 月 24 日，黑龙江省倡议举办了黑龙江省—广东省—俄罗斯阿穆尔州省州长视频会晤。其间，黑龙江省省长胡昌升、时任广东省省长马兴瑞、阿穆尔州州长奥尔洛夫出席会晤，分别围绕引领带动中俄地方间合作，建立全方位交流机制；发挥各自资源禀赋优势，深化三方各领域务实合作；用好各类平台载体，培育合作新增长点；坚持人文先行，传承中俄传统友谊等议题作主旨发言，提出了诸多务实合作建议，明确了下一步三方合作的重点领域和项目。龙粤俄三方省州长视频会晤是在黑龙江省与俄罗斯远东毗邻州（区）省州长定期会晤机制、中国东北地区和东部地区对口合作机制框架内，对中俄地方间合作新模式的积极探索和有益尝试，得到了"两国三地"多家主流媒体的广泛宣传报道，取得了积极效果。

（二）发挥立法对交流合作保障作用，举办龙粤俄地方立法机构合作视频会议

2021 年 9 月 24 日，黑龙江省以中俄友好、和平与发展委员会地方合作理事会名义，倡议举办了"营造良好法治环境、助推中俄地方合作发展"黑龙江省—广东省—俄罗斯友好省州地方立法机构合作视频会议。黑龙江省人大常委会副主任范宏、时任广东省人大常委会副主任王衍诗与俄罗斯萨哈（雅库特）共和国国务委员会、斯维尔德洛夫斯克州立法会议代表就加强中俄地方立法机构交往、拓展地方间全方位交流和务实合作、进一步增进传统友谊进行了深入交流，并就进一步加强交往合作、助推地方合作高质量发展、推动会议成果落实达成一致意见。龙粤俄地方立法机构合作视频会议的成功举办是龙粤联手对俄合作领域的进一步拓展，得到了全国人大常委会领导的积极肯定。

（三）全力服从服务国家总体外交，举办系列中俄地方人文交流活动

2021 年是《中俄睦邻友好合作条约》签署的 20 周年。为配合国家总体外交、推进中俄两国民心相通、传承睦邻友好传统，黑龙江省以中俄友好、和平与发展委员会地方合作理事会中方主席单位名义，于 2021 年 3 月 15 日倡议举办了"彰显巾帼风采·共话中俄友谊"中俄妇女视频交流会，于 2021 年 4 月至 8 月牵头举办了《中俄睦邻友好合作条约》签署 20 周年系列活动——"共话中俄友谊·我们的故事"征文活动。作为地方合作理事会中方重要成员单位，广东省积极参与相关活动，广东省优秀女企业家代表与俄方各界优秀妇女代表线上分享中国抗疫经验和政府惠企政策，推动广东省社会各界人士踊跃参与征文活动。系列中俄地方人文交流活动为充分彰显妇女在中俄民间交往中的重要作用、主动讲好中国故事、加强国际传播能力建设、夯实中俄友好社会民意基础发挥了积极作用。

（四）建立外事对口协作机制，充分发挥省委省政府参谋助手职能

2021 年 4 月，时任广东省委外办主任陈秋彦率工作组赴黑龙江省进行工作对接，两省外事部门主要负责人签署了《关于建立外事部门间对口协作关系的备忘录》，并共同确认了 2021 年两省联合开展对俄合作计划，为两省开展外事协作提供了文件依据。在广东省外办的大力支持下，黑龙江省外办经综合调研起草形成了《关于龙粤联手推进对俄合作高质量发展的报告》，充分发挥好省委省政府参谋助手职能，为进一步推动龙粤联手对俄合作提出合理性意见建议。

二、下一步工作谋划

2022 年，两省外事部门将继续以推动龙粤对俄合作和两省经济社会高质量发展为目标，以中俄友好、和平与发展委员会地方合作理事会为平台，以谋划举办重要外事活动为载体，借助中俄友好、和平与发展委员会和地方合作理事会成立 25 周年、2022 北京冬奥会和 2022~2023 中俄体育交流年的有利契机，重点做好以下工作：一是持续深入推动龙粤俄三方省州长会晤机制建设，拟举办黑龙江省—广东省—俄罗斯哈巴罗夫斯克边区省州长视频会晤，推动三方优势互补，融合发展；二是发挥龙粤两省对口城市合作优势，激发对俄友城交往新活力，拟举办龙粤俄城市交流合作与发展论坛系列活动；三是持续深化立法领域交流合作，机制化举办黑龙江省—广东省—俄罗斯地方立法机构会议；四是继续以人文交流促进中俄民心相通，共同举办或邀请参加文化、体育、媒体、青年等领域的对俄交流活动。

（撰稿人：唐福波、鲁澎灏）

第三部分　地域篇

第一章　哈尔滨市与深圳市对口合作

哈尔滨市发展和改革委员会　深圳市乡村振兴和协作交流局

按照中共中央、国务院关于组织东北地区和东部部分省市对口合作的战略部署，在国家发改委和两省省委、省政府的正确领导下，深哈两市始终按照"短期见成效、长期可持续"的思路，共同谋划、精准对接、务实推进。

一、2021 年哈尔滨市与深圳市对口合作工作情况

（一）加强组织领导和顶层设计

1. 制定全年工作计划

哈尔滨市按照两市第五次联席会议工作部署，在与深圳市牵头部门多次沟通、数次征求双方各部门意见基础上，围绕体制机制复制、重点领域合作、深哈产业园建设、搭建合作平台载体 4 个方面，确定了 18 项对口合作重点工作，形成并印发了《哈尔滨市与深圳市对口合作 2021 年工作计划》。

2. 精心组织两市互访活动

哈尔滨市市长孙喆随省政府代表团赴广州市参加广东·黑龙江对口合作工作座谈会，促成哈尔滨市 11 个深哈合作项目在黑龙江（广州）重点产业合作交流推介会上签订合作协议。哈尔滨市常务副市长郑大泉、副市长栾志成率市政府代表团赴深圳市 22 户企业进行调研推进合作事项。

时任广东省省长马兴瑞率队赴黑龙江省进行考察交流，深圳市政府常务副市长黄敏赴哈工大、深哈产业园等地开展调研工作。

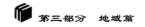

3. 召开深哈联席会议谋划下一步工作

深哈对口合作第六次联席会议于 11 月 30 日在深圳市召开，深圳市市长覃伟中，哈尔滨市市长孙喆、副市长栾志成及两市相关部门负责人出席会议，会议听取了 2021 年两市对口合作和深哈产业园工作情况汇报，重点对下一年度对口合作重点工作进行审议。

4. 做好对口合作评估工作

按照国家及省发改委对开展对口合作评估工作要求，组织市直各部门、区县（市）完善对口合作资料库，详细梳理对口合作以来工作内容，形成《深哈对口合作工作总结（2017–2020）》《哈尔滨市干部赴深圳市学习交流工作情况报告》等评估材料，全面、客观地展示了深哈对口合作成果。行政管理体制改革、新兴产业、生产性服务业、高校院所交流合作、合作园区共建 5 方面内容被国家发改委评为对口合作的典型经验做法，并进行了通报表扬。

（二）推动干部挂职和交流培训

1. 做好哈尔滨对口部门赴深跟岗学习工作

按照 2021 年初工作计划，组织市发改委、市财政局、市商务局、哈尔滨新区等 27 家单位 51 名干部分三批次赴深开展跟岗学习工作，根据赴深学员学习方向，与深圳市牵头部门共同制定学习方案，保证每一位学员能够带着问题去，带着学习成果回。

2. 做好哈尔滨干部赴深集中培训工作

在深圳市合作办支持下，依托深圳市培训机构，会同哈尔滨市委组织部，举办第一批赴深集中培训班暨哈尔滨市优化营商环境与服务型政府建设专题培训班，组织哈尔滨市委办公厅、市发改委、道里区、道外区等 21 家单位 49 名干部参加了为期一周的培训学习。按照惯例，培训期间采取"五个收获、三个措施、一个落实"的"531"教学模式，保证了学习成效。

3. 做好企业家培训工作

依托深圳市培训机构举办 2021 年哈尔滨市企业家综合能力提升培训班，来自哈尔滨市近 50 名优秀工业企业家、相关行业协会、市属工业企业主管部门主管负责同志参加了此次培训，对提升哈尔滨市企业家的战略思考能力、研发创新能力、现代企业管理能力和市场拓展能力起到了积极作用。

（三）复制推广深圳经验和创新理念

哈尔滨市坚持"能复制皆复制，宜创新皆创新"，全方位对标深圳市，2021 年度带土移植、离土移植深圳政策 28 项。

在借鉴深圳市产业创新发展经验方面，制定出台《哈尔滨市人民政府印发关于加快推动哈尔滨市制造业高质量发展实现工业强市若干政策措施的通知》（哈政规〔2021〕10号）、《哈尔滨市开发区高质量发展三年行动计划（2021-2023年）》、《关于进一步加快推进增量配电业务改革试点工作的通知》（哈发改能交〔2021〕72号）。

在借鉴深圳市重点领域改革经验方面，制定出台《关于加快哈尔滨市人力资源服务业发展的实施意见》（哈政规〔2021〕6号）、《哈尔滨市房屋建筑和市政基础设施工程项目评定分离招标投标管理办法（试行）》、《全市城中村改造工作流程（试行）》。

在借鉴深圳市战略经验方面，聘请深圳前海创新研究院在哈尔滨市研究"三区一港"发展期间提供智力服务和支撑，结合深圳市先进经验，助力哈尔滨市出台《自贸区哈尔滨片区（新区）、哈尔滨综合保税区、哈尔滨临空经济区、哈尔滨内陆港联动发展方案》《中国（黑龙江）自由贸易试验区哈尔滨协同发展先导区建设实施方案》。

在借鉴深圳市网站平台功能方面，利用深圳市国资委自主研发的整套在线监管系统进行本地化移植，深入学习、移植深圳市国资国企先进管理经验。通过学习深圳市南山区科技金融在线平台的成熟做法，优化哈尔滨市科技金融服务平台功能，调整优化了平台网站布局并增加了第三方金融产品、平台统计分析模块。

（四）推进产业项目合作

深哈合作以来，两市合作项目共143个，计划总投资2123亿元，已完成投资350亿元。从已竣工投产项目看，已竣工项目53个，完成投资170亿元。

从在建项目看，总投资超100亿元的项目有6个，占总数的4.2%，计划总投资1025亿元，完成投资71.8亿元，分别是黑龙江恒大中央商务城、宝能国际经贸科技城项目、正威哈尔滨新一代材料技术产业园、深哈金融科技城、哈尔滨新区万科中俄产业园、恒大桃花源小镇项目。10亿~100亿元的项目有13个，总投资298亿元，完成投资78.3亿元。

从签约招商情况来看，2021年新签约项目28个，总签约额达305.9亿元。其中，签约额在100亿元以上的项目有1个，为御能新能源产业一体化项目；签约额在10亿元以上的项目有6个，分别是北方电竞产业中心、哈尔滨市增量配电网项目、哈尔滨商业大学大健康产业园区投资项目、宜康康养小镇项目、深水海纳高端水务环保装备研发制造中心与新区水务环保一体化投资运营项目、深哈创业投资基金。

（五）推进重点领域交流合作

1. 经贸交流活动方面

一是哈尔滨市政府代表团赴深圳市组织召开了哈尔滨市政府与深圳企业家恳谈会，60

余家深圳企业负责人参加了会议，通过宣传推介、座谈交流等形式，围绕绿色食品、人工智能、生物医药、新材料和文化旅游等领域现场签订了 19 个合作项目，总签约额 68 亿元。二是积极组织 50 多家老字号、地方特色食品企业赴深圳市举办"哈尔滨美食品鉴"活动，组织秋林里道斯、李氏汤圆等企业参加经贸对接洽谈，哈尔滨市企业签订正式供销合同 1 份，初步达成合作意向 45 个。三是联合深圳等国内城市，与俄罗斯通过视频连线的方式召开了"开放式创新"论坛暨中俄智能制造对接会。会上，涉及汽车零部件、无人机系统、自动化检测、人工智能等领域的 9 个俄罗斯智能制造项目进行了线上路演对接。

2. 农业和绿色食品合作方面

两市签订《粮食产销合作框架协议》《推动哈尔滨优质农产品进入深圳"圳品"体系战略合作框架协议》。立足深圳市场实际、哈尔滨市优质农产品资源优势，推动开展哈尔滨优质农产品"圳品"评价。截至 2021 年底，哈尔滨市累计 9 家企业 25 个产品申报"圳品"，其中 6 家企业 13 个产品已获评"圳品"，产品主要为五常大米、有机米、香米等粮食品种。

（六）推动深哈产业园建设

1. 园区开发建设方面

深哈产业园市政道路等基础设施建设基本完成，深哈·科创总部项目一期 I 标段已于 2021 年 10 月 26 日正式投入使用。截至 2021 年底，园区累计完成投资约 37. 37 亿元，园区累计注册企业 339 家，注册资本金 105. 83 亿元。科创总部地块甫一签约入驻企业达 28 家，引进了华为鲲鹏、苏州科达、东软集团等产业项目，初步形成新兴产业集中布局、集群发展的良好态势。

2. 助力园区发展方面

积极向国家发改委推报园区建设情况，深哈产业园被评为深哈两市对口合作的先进典型，得到国家发改委通报表扬。推报深哈产业园区参与哈尔滨市改革创新示范案例评选活动，园区成功获奖。为园区设立深哈园区特区仲裁庭审服务中心、市人力资源服务产业园新区分园。推动深哈投资平台设立，完成 10 亿元深哈产业园战略性新兴产业基金和 1 亿元天使投资基金组建方案。深哈团队荣获"感动哈尔滨"2019 年度群体奖、2021 年黑龙江省"五一劳动奖状"等荣誉。

二、2022 年对口合作工作思路

　　2022 年，两市将继续坚持政府引导、企业主体、市场运作、合作共赢的合作原则，持续巩固两市合作阶段性成果。哈尔滨市继续全面学习借鉴深圳市标准和经验，加强互派干部学习交流的精准性；充分发挥两市比较优势，在数字经济、生物医药、装备制造、现代农业、科技创新、现代金融等领域务实合作；探索建立科学的共建共享机制，实施精准招商，将深圳（哈尔滨）产业园打造成为两省、两市开放合作的新高地。

（撰稿人：杨丹、杨泽嘉）

第二章 齐齐哈尔市与广州市对口合作

齐齐哈尔市经济合作促进局

广州市对口支援协作和帮扶合作工作领导小组办公室

2021年是"十四五"开局之年，两市始终坚持以习近平新时代中国特色社会主义思想为指导，按照两省省委、省政府工作要求和部署安排，努力克服新冠肺炎疫情的不利影响，积极开展对口合作工作，进一步巩固深化原有合作成果，挖掘拓展新合作渠道和项目，推动两市对口合作工作持续向前发展，取得"十四五"对口合作的良好开局。

一、2021年对口合作工作总结

（一）强化组织领导，推进任务落实有保障

1. 加强高层对接，研究推进重大合作事项

2021年5月，黑龙江省委副书记、省长胡昌升率团在穗开展调研考察和经贸交流活动。2021年5月，齐齐哈尔市市长王刚带队在穗考察调研粤港澳大湾区金属新材料产业联盟等单位，参加企业座谈等活动，达成产业合作和项目对接共识。2021年9月，时任广州市市长温国辉随广东省政府代表团前往黑龙江省考察调研，与齐齐哈尔市委书记李玉刚、市长王刚座谈交流，双方达成进一步深化两市文化旅游、现代畜牧、乳产业、食品精深加工等领域合作的共识。

2. 加强部门协调，统筹推进工作任务落实有序

根据两市新冠肺炎疫情防控变化情况，适时主动加强两市对口合作部门间的对接协商，认真研究制定印发《广州市与齐齐哈尔市对口合作2021年工作要点》，为扎实做好

2021年对口合作工作提供指导和制度保障。充分发挥市对口合作工作领导小组办公室的统筹协调作用，督促各牵头职能部门及区扎实推进对口合作工作，两市有关单位双向开展对口合作对接洽谈活动十余次，确保各项工作任务落到实处。

（二）聚焦项目合作，推动产业发展有突破

坚持优势互补原则，立足资源禀赋差异，积极开展对接，深入磋商洽谈，推动产业项目合作取得新的成绩。截至2021年底，两市共达成现代农业、食品加工、商贸物流、装备制造等对口合作重大项目57个，计划投资总额213.3亿元，其中2021年新签约对口合作项目13个，总签约额27.3亿元。

1. 装备制造业等优势产业合作成绩突出

齐重数控和广州数控合作开展的"重型数控机床系统国产化"项目市场化进程加快，2021年7月双方新签订了《推动重型数控立式车床数控系统国产化及推广应用合作协议》，共同合作推广广州数控生产的配套齐重数控自主品牌GSK数控系统的重型数控立式车床。广州海鸥公司与碾子山区签订北欧卫浴智能化转型升级项目协议，分三年期投资1.1亿元对碾子山区北欧卫浴公司进行智能化改造升级，该项目建成后可提升海鸥卫浴的整体数字化、智能化水平。齐重数控、齐二机床厂与广州企业达成机床购销与服务项目合作协议，已经签订机械压力机、高档数控设备购买合同、设备维修维护合同近亿元。

2. 农业和绿色食品产业合作迈上新台阶

有效对接齐齐哈尔地区特色农产品资源和广州乃至大湾区广阔消费市场，在机场、高铁站、社区大力开展"齐齐哈尔好粮油"品牌宣传活动，在齐齐哈尔市设立第二届广州直播电商节分会场，有力推动齐齐哈尔市优质粮油品牌战略实施，促成齐齐哈尔市向广东省销售粮食近20万吨。共同参与建设粤港澳大湾区"菜篮子"工程，在齐齐哈尔市认定粤港澳大湾区"菜篮子"工程生产基地2个、产品加工企业1家，建立配送分中心，推动齐齐哈尔市农业产业转型升级和高质量发展。加强两地农业新品种新技术的试验、示范和推广合作，促进南果北种、南菜北种、北瓜南种。2021年2月，齐齐哈尔市园艺研究所与广州市农业技术推广中心签订农作物技术开发研究与示范推广合作协议，研究认为齐齐哈尔薄皮甜瓜在广州地区种植推广前景良好。

3. 科技创新和成果转化硕果频结

重点推进列入2021年广州市民生科技攻关计划的建龙北满与华南理工大学合作开展"高品质模具钢关键技术研发及应用研究"项目，已完成相关技术资料收集、整理。策划了高品质某型号钢锻材试制方案，目前已完成小批量试制，产品实物质量达到北美压铸协会标准要求，实现供货153吨。推进中国一重与黄埔文冲船舶有限公司合作开展某型号特

种钢研制项目，目前已研制出适用特定情况下的钢板和锻件，解决国内相关领域"卡脖子"的技术难题，填补国内相关领域空白。推进齐齐哈尔市第一医院与南方医科大学"建立颅内最常见胶质瘤的重点实验室等基础和临床转化科研平台"项目，按计划定期开展远程会诊、手术帮扶、疑难病例讨论、学术讲座等临床交流。发挥粤港澳大湾区金属新材料产业联盟人脉资源，与齐齐哈尔市产业基础、招商方向相结合，推进"高效利用冶炼副产硫酸及电石渣生产高纯石膏、硫酸钙晶须"项目落地。

4. 园区合作共建稳中有进

广东云鹰集团在齐齐哈尔市投资的马铃薯全产业链项目年度计划投资 6 亿元，目前一条全粉加工生产线已调试完毕，第二条全粉生产线已安装完成 50%，2.6 万平方米气调库已封顶，入库马铃薯 5.7 万吨。广州福美集团齐齐哈尔低碳产业园办公楼产品展示展销中心、厂库房、地面硬化、门卫室等附属设施建设已完成，生产线已到厂，实现了试生产。

（三）加强资源对接，打造文旅协作有特色

在齐齐哈尔市举行两市文化旅游对口合作座谈会，共同推动两市旅游市场共建、宣传共推、资源共享、客源互送、互利共赢。提供资金支持齐齐哈尔市旅游品牌形象提升，帮助挖掘打造"鹤""冰雪""昂昂溪文化"等齐齐哈尔市旅游亮丽名片，联合推出"春游鹤城""文旅知识问答"等宣传推介活动，累计制作宣传视频 150 余条，参与人数达333.1 万人次，其中"春游鹤城"话题登上全国话题热搜榜。广州市发出邀请函，邀请齐齐哈尔市组织参加广深推介会和国际旅游展览会，围绕生态、工业、农业、冰雪、红色历史五大核心元素，全方位、多角度、立体化展示齐齐哈尔市特色旅游资源和产品，吸引南方和海外游客赴齐旅游。发挥彼此文化艺术资源优势，两市在文博图事业、非遗项目、舞台剧目、杂技艺术、歌曲音乐、文旅产业、景区打造、营销推广、数字信息、新媒体等方面开展深层次合作。

（四）深化合作内涵，实现医养合作有亮点

齐齐哈尔市第一医院成为南方医科大学非直属附属医院后，双方合作不断深化，齐齐哈尔市第一医院先后与南方医科大学皮肤病医院和口腔医院签订"专科联盟"协议，正式挂牌成为"皮肤病专科联盟"成员单位，诊疗能力和医疗服务质量得到进一步提升，实现医教研防全方位协同发展。借鉴广州等先进地区成熟经验，推动齐齐哈尔市养老产业向数字化、信息化、高效化迈进。广州市福利协会、广州市养老产业协会与齐齐哈尔市养老产业创新联盟对接合作，大力宣传推广齐齐哈尔市候鸟养老资源，逐步将齐齐哈尔市打造成广州老人"候鸟式"异地养老游主要目的地。广东瑞安房地产集团与齐齐哈尔市龙沙区签订意向协议，拟将东北变压器厂原有厂址打造成为该区域内的一流养老服务机构。

（五）拓展合作领域，构建合作体系有成效

两市不断扩展对口合作范围，构建立体合作体系，促进全方位、多领域合作取得新的成绩。加强改革和管理经验交流，开发区等功能区对接有效，齐齐哈尔市经合局和相关开发区赴广州调研，交流开发区管理体制、机构设置、运营模式、考核机制等内容。人才交流培训务实开展，两市工商联共同召开对口合作对接座谈会，就继续加强两市企业家培训交流、两市干部人才的交流合作达成共识，研究为齐齐哈尔市民办教育质量提升、电商直播人才培养等提供经验借鉴。齐齐哈尔市第一医院选派多人赴南方医科大学直属附属医院、科研院与博士后工作站开展借调学习和研究进修工作。教育合作不断增进，广雅中学、仲元中学、芳村小学与齐齐哈尔实验中学、齐齐哈尔中学、光荣小学开展了线上交流、教研活动，促进齐齐哈尔市在教育教学、学生管理、学校发展等方面进一步打开思路、明确方向。积极协调两市 2021 年度航线补贴经费划拨到位，确保"广州—沈阳—齐齐哈尔"航线稳定运行，助推两市交流对接、经贸合作更加顺畅。

二、2022 年对口合作工作思路

2022 年，两市将认真贯彻落实国家和省对口合作工作部署，立足新发展阶段，贯彻新发展理念，携手全力推进重点产业深化合作，推动东北振兴与粤港澳大湾区建设对接融合，服务构建新发展格局。

（一）坚持新冠肺炎疫情防控与对口合作"两手抓"

当前新冠肺炎疫情起伏反复，病毒频繁变异，防控形势依然严峻，要进一步加强两市常态化沟通联系，及时互通新冠肺炎疫情防控信息，在确保防疫安全情况下适时组织领导和部门间互访对接，推动重点领域、重点项目合作持续深化发展，进一步巩固拓展对口合作成果。

（二）坚持重点产业合作不断突破

根据两市资源禀赋、产业基础、发展水平的差异性和互补性，重点推进装备制造业、农业和绿色食品业、文旅康养业等产业的合作，强化重大合作项目示范效应，做好云鹰马

铃薯全产业链项目、福美低碳经济产业园项目、拜泉上熙现代农业产业园、克山静脉产业园、碾子山北鸥卫浴智能化转型升级项目等一批重大合作项目的跟踪服务工作，加大招商引资力度，引导更多、更好的企业参与两市对口合作。

（三）坚持重点领域合作全面深化

积极开展干部交流和人才培训，加强体制机制改革经验互学互鉴，支持齐齐哈尔市进一步深化改革，优化营商环境，激发内生活力和动力。加强两市科技成果转移转化对接合作，推进开放共享"双创"资源，提升创业创新水平。扩大对内、对外开放，支持齐齐哈尔市积极参与粤港澳大湾区建设，共享"广博会""绿博会"等平台渠道，共同融入以国内大循环为主体、国内国际双循环相互促进的新发展格局。加强工商联、商会、行业协会等对接合作，建立专家智库间常态化交流机制，继续举办北疆智库论坛，构建各类社会力量广泛参与的合作体系。

（撰稿人：于恩正、唐蜀军）

第三章 鸡西市与肇庆市对口合作

鸡西市发展和改革委员会 肇庆市发展和改革局

2021 年是实施"十四五"规划、开启全面建设社会主义现代化国家新征程的第一年，也是鸡西市和肇庆市对口合作进入新一阶段的开局之年，两市认真贯彻落实国家、省关于开展东北地区与东部地区对口合作工作有关要求，坚持科学谋划、务实对接、扎实推进，确保对口合作工作取得阶段性成效。

一、2021 年对口合作工作进展情况

（一）坚持政治高站位，两市对口合作再上新台阶

鸡西市委、市政府高度重视与肇庆市的对口合作工作，多次听取相关部门汇报并提出工作要求，夯实对口合作的领导和组织基础。2021 年两市开展政企代表团对口合作工作交流互访 2 次。2021 年 5 月 11 日，鸡西市委副书记、市长鲁长友带队赴肇庆市开展对口合作交流活动，会见了时任肇庆市委副书记、市长吕玉印，就深化对口合作进行了恳切交流，就深挖合作潜力、不断拓展合作领域和规模、加强国企合作、承接产业转移、共同招商达成了一致意见。2021 年 9 月 13 日，肇庆市委副书记、市长许晓雄带队到鸡西市开展对口合作考察调研活动，两市就进一步完善交流机制、加强招商合作、深化石墨新材料产业合作、深化农副产品精深加工产业合作、深化生物医药产业合作、深化旅游业合作、深化人才合作提出了具体可操作的合作意见。

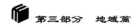

（二）强化联动招商，两市对口合作结出新成果

双方建立招商引资联动共享机制，分享招商经验、互通招商信息、共享招商资源，为对方开展交流合作、项目推介提供方便。积极邀请对方参与本方开展的招商交流会和赴外考察等活动，开拓视野、寻求商机。2021 年 5 月 6~8 日，鸡西市委副书记、市长鲁长友率队赴广东参加了黑龙江（广州）重点产业合作交流推介会及黑龙江（深圳）重点产业合作交流恳谈会。2021 年 9 月广东省代表团赴黑龙江省考察调研活动。2021 年鸡西市与广东省对口合作签约项目 10 个，其中，在 2021 年 5 月黑龙江（广州）重点产业合作交流推介会上签约 2 个项目，签约额 3 亿元；在 2021 年 9 月黑龙江省与广东省对口合作项目签约仪式上签约 7 个项目，签约额 74.5 亿元；自主签约项目 1 个，签约额 1.2 亿元。

（三）推进园区共建，两市对口合作层次获得新拓展

按照省、市关于"鼓励园区之间开展'共建、共管、共享'全方位合作，建立各具特色的跨区域合作园区或合作联盟"精神，两市达成了合作开发资源、共建产业园区的共识，致力开展以"飞地"经济为主要内容的园区共建合作。2021 年 5 月，鸡西经济开发区管委会与肇庆国资委就国企之间深入合作形成了初步意见，共同推进组建由肇庆国资委、万洋集团入股的三方投融资公司，建设"园中园"。2021 年 11 月 17 日，与肇庆工信局、投促局等部门达成联合招商、资源共享共识，采取互通信息、互动联合等方式开展联合招商，加强肇庆小鹏汽车、理士电池、合普动力等新能源汽车电池企业与鸡西市企业的合作，推动鸡西市石墨产业链向高精方向发展。

（四）共创旅游联盟，两市文旅对口合作再添新亮点

两市文化体育旅游部门开展交流及旅游推介活动 3 次。2021 年 3 月 2 日，举行了文化体育旅游对口合作项目视频研讨会。双方就利用双方文化体育旅游资源开展交流活动，以及对开展互组客源、互送团队、互联线路、互推产品等旅游方面合作进行了热烈的探讨，为实现两市共游、共享、共同发展厘清了思路。通过沟通交流达成文化领域交流、体育训练项目和旅游上互派团队共同拓展域外主要客源地及进行宣传营销的合作共识。2021 年 5 月 24~27 日，两市旅游部门共同参加了广佛肇旅游联盟推介会（海口、福州站），共同推介了两市旅游资源产品线路，与各方参会人员进行沟通交流，力求实现区域旅游合作交流"多赢模式"。2021 年 10 月 21~25 日，两市联袂参加 2021 年中国大连国际文化旅游产业交易博览会并在大连星海国际会展中心大堂举办"鸡西肇庆旅游（大连）推介会"，就资源共享、政策互惠等进行了有效对接和交流，拓展了大连客源市场。与肇庆市文化广

电旅游局就加强文化、体育和旅游对口合作进行了深入交流，推动鸡西市与肇庆市文体旅合作走深走实。

（五）健全完善机制，两市对口务实合作取得新进展

两市深入推进对口合作机制建设，在 2021 年 9 月的对口合作交流活动中，就进一步完善干部交流机制、推进常态化交流、建立定期会商调度机制形成一致意见。两市共同研究推进重大合作事项。鸡西市将对口合作纳入政府工作报告安排部署。两市联合印发了《鸡西市与肇庆市对口合作会谈会议纪要》，并按照市委、市政府要求，将重点工作任务进行分解，列出重点任务清单以及责任单位，共同推动两市对口合作工作务实有效开展。

二、2022 年工作思路

2022 年，两市将继续按照国家和省安排部署，加强对口合作交流，结合鸡西市与肇庆市实际，实现各领域深度融合、共赢发展的合作目标。

（一）进一步完善交流机制，推进常态化交流

一是完善干部交流机制。进一步推进两市干部交流。鸡西市不定期选派干部到肇庆挂职，全面学习肇庆市先进经验。同时，围绕双方确定的合作方向，选派相关部门专业干部赴肇庆专职推进。肇庆市根据鸡西市发展需求，选派优秀干部到鸡西市交流指导工作。二是建立定期会商调度机制。两市相关部门主动对接，建立定期沟通联系机制。双方领导采取视频等方式，定期听取对口合作进展情况，及时协调解决对口合作中遇到的困难和问题。

（二）进一步加强招商合作，推进一体化招商

整合两市驻深圳机构力量，研究探索合署办公方式，发挥肇庆市驻深圳办人员多、力量强的优势，支持帮助鸡西市面向粤港澳大湾区，特别是中心城市开展系列精准招商活动，充分利用鸡西市的资源优势、环境优势，积极承接肇庆市的产业转移。

（三）进一步选准合作方向，推进精准化合作

坚持打开思路、选准方向、政府搭台、市场运作，发挥肇庆市思想解放前沿优势、体制机制优势和鸡西市资源优势、要素优势，围绕石墨新材料、农副产品精深加工、医药、旅游等重点方向深化合作。

一是深化石墨新材料产业合作。由两市工信部门牵头，发改、商务、投促、经济开发区等相关部门配合，以企业合作为切入点，围绕新能源汽车电池，研究推动鸡西市石墨加工企业与肇庆市乃至大湾区新能源汽车生产企业开展对接，促进产业深度合作。

二是深化农副产品精深加工产业合作。由两市农业农村和供销部门牵头，商务、投促、经济开发区等相关部门配合，聚焦水稻、黄豆、玉米等重点农产品，与肇庆市乃至大湾区相关企业开展联系对接，努力促成双方合作。将鸡西市优质农产品推介到广东省食品加工企业、协会、商会，拓展销售市场；加强与海天、香满园、厨邦、李锦记、东古等酱油生产企业对接，积极引进企业到鸡西市投资建厂；撮合对接饲料生产、淀粉糖等玉米深加工企业落户鸡西市。

三是深化生物医药产业合作。由两市医保、卫健等部门牵头，充分利用南北药资源，推进南北康养合作，形成区别于其他地区的竞争优势。

四是深化旅游业合作。由两市文体广电和旅游部门牵头，发挥鸡西市机场、高铁等交通优势，联合周边兄弟地市，串联重点景区，借助肇庆市与广东省旅游协会和旅游企业对接，开展实地考察，精准定位目标游客，打造精品旅游线路，推进"南来北往，寒来暑往"，共同做大旅游市场，在繁荣壮大旅游业的同时，进一步促进南北交流。

五是深化人才合作。由两市人社部门牵头，推进黑龙江省技师学院与肇庆市乃至粤港澳大湾区用工企业深度合作，解决学生就业问题，满足企业技术工人用工需求。

（四）强化服务保障，扎实做好签约项目"后半篇文章"

以两市签约项目的县（市）、区政府为主导，成立项目专班，做好签约项目服务保障工作，落实服务内容以及保障措施，助推项目落地，尽早达产、达效。

（撰稿人：赵德全、卢坤华）

第四章　鹤岗市与汕头市对口合作

鹤岗市发展和改革委员会　汕头市发展和改革局

2021 年是实施"十四五"规划、开启全面建设社会主义现代化国家新征程的第一年，也是黑龙江省与广东省对口合作进入新一阶段的开局之年。鹤岗市和汕头市结为对口合作城市以来，两市对口合作工作有效开展，各项合作有序推进，多领域合作工作取得了扎实的成效，也为鹤岗振兴发展注入了新的活力。

一、2021 年两市对口合作进展情况

（一）完善工作机制，科学统筹推进对口合作工作

充分发挥对口合作工作领导小组职能，务实推进两市对口合作工作。为精准落实两省《对口合作实施方案》《对口合作框架协议》等文件精神，参照省的做法，两市发展改革部门共同制定了《汕头市与鹤岗市对口合作 2021 年工作要点》。围绕干部人才交流、体制机制改革、产业合作、智力资源交流、平台载体共建等重点领域开展合作，各项工作明确责任部门，确保两市各级、各部门按照工作计划扎实推进。

（二）围绕重点领域开展合作，实现互惠共赢发展

1. 粮食仓储方面

2019 年 9 月，两市就市级动态储备粮异地代储工作达成一致意见，签订了《汕头市市级动态储备粮委托代储合同书》，先行试点代储原粮（水稻）5000 吨，合同有效期为 2 年。2021 年 9 月第一期合作已经圆满完成。经与汕头市方面沟通，续订了 1 年的合同，

合同有效期从 2021 年 11 月 1 日起至 2022 年 10 月 31 日。按照合同要求，2021 年 10 月末前，已经将第一期 5000 吨水稻全部轮出。新粮上市后，第八粮库积极组织收购，于 2021 年 11 月 8 日前将异地储备粮（水稻）5000 吨全部轮入粮库。开展市级动态储备粮异地代储业务，弥补了鹤岗市没有省外异地储备粮的空白，每年为企业增加经营收入 83 万元，激活了企业转型发展的动力。

2. 农产品销售方面

黑龙江迦泰丰粮油食品有限公司与广东一家人食品有限公司、汕头市粮丰集团签订了长期合作协议，在食品原料供应、大米供应等方面展开了深入合作，现已为两户企业累计发出大米等食品原料 5000 余吨，为深入推进对口城市跨区域合作纵深发展起到了积极的推动作用。2021 年向汕头市销售东北大米总计 1007 吨，销售额为 287 万元。鹤汕双方于 2018 年 8 月 6 日签订了《粮食产业化联盟合作协议书》，建立粮食产销区农业产业化联盟合作，在鹤岗市范围内推广种植 5 万亩优质"稻花香"水稻，销往广东潮汕地区。共建占地 5 万平方米的 10 万吨水稻加工及仓储烘干项目，2020 年已完成投资 3000 万元，建设了 1、2、3 号仓储库并投入运营。2021 年加快进行生产车间、成品库等附属设施建设。

3. 商贸合作方面

为共同探索电商发展新模式、深化合作、共享供应链，鹤岗市与汕头市商务局合作共建"汕鹤优选"体验馆，旨在实现"南货北调、北货南运"。目前汕头体验馆主体已建成，位于汕头市繁华地段，占地面积 250 平方米，现已建立联系沟通具体供货事宜。为推进鹤岗产品的销售，对鹤岗的产品品牌形象进行了升级优化，并进行包装测试。目前"汕鹤优选"日常销售产品主要围绕绥滨大米等农产品，月销已达 200 吨。绥滨县农把式电商服务中心与汕头合作的"新米节"认购活动已连续开展三年，2022 年元旦的"新米节"认购活动也在紧张筹备中。在与汕头派一电商合作开展新米认购活动的三年间，为确保供应稻米的品质可追溯，农把式电商服务中心负责提供产品全程影像记录，平均每年销售额在 180 万元左右，平均每月线上订单达到 10 吨左右，每月线下订单约 30 吨，客户群体包含汕头企业、学校、机关单位等稳定客源。2021 年合作商派一电商在汕头市开设了 216 平方米的集合仓储、展销功能为一体的农产品体验店，已于 2021 年 11 月正式开业，绥滨大米正在热销预订中。

4. 培育市场主体方面

为扩大优质企业产品销售途径、提高产品销售额、提升产品影响力，鹤岗市商务部门组织 20 余户企业、50 多种产品与汕头市场对接，2021 年 9 月底完成了产品采购。2021 年 3 月，工农区委书记带队赴汕头市金平区洽谈合作，对当地 3 户知名食品加工企业进行了考察。之后又到汕头高新区洽谈合作，考察学习高科技产业孵化器、高科技产业项目建设等工作，双方就工农区"众创空间孵化超市"项目如何运营和规划达成了初步合作意向。2021年4月，绥滨县发改局带队赴汕头市龙湖区进行实地考察，与深圳市丰农科技有限公司进一步深入洽谈绥滨县农业综合服务产业园项目。2021年7月，兴山区区长带队赴汕头市潮阳区考察交流，重点对接两个项目：一是粤东三科农产品物流园项目，待市保税区成立后争取将其引荐至市保税区，共同打造鹤岗跨境电商平台。二是候鸟式康养项目，白求恩潮阳医院有意与鹤岗市中医院康养项目进行对接，在候鸟式康养方面寻求合作意向。2021年11月24日，兴山区又一次前往汕头市潮阳区进行项目考察，加快推进三科农产品跨境电商项目和白求恩潮阳医院候鸟式康养项目合作进程。2021年12月9日，鹤岗市市长王兴柱带队赴汕头市就推进两市对口合作进行对接考察。

此外，借助2021年广东和黑龙江两省高频互动、再上新台阶的机遇，鹤岗市与广东省其他地市如深圳、中山等市的合作也进一步加快，合作范围不断扩大，合作领域持续深化。2021年5月初，黑龙江省省长胡昌升率代表团赴广东省考察交流，在广州市举办的黑龙江（广州）重点产业合作交流推介会重点合作项目签约仪式上，就总投资额2.2亿元的南山区欧尚办公家具鹤岗生产基地建设项目与中山市欧尚家具有限公司进行现场签约。2021年9月中旬，时任广东省省长马兴瑞率党政代表团赴黑龙江省考察调研，与黑龙江省举行对口合作项目签约仪式，总投资150亿元和3亿元的华润鹤岗经济开发区源网荷储一体化示范项目、金鹤啤酒功能饮料和花园休闲广场项目在签约会现场签约。深圳贝特瑞公司已与鹤岗市帝源矿业公司达成初步合作意向，计划在鹤岗市新建负极材料项目。龙煤鹤岗矿业公司与清华大学深圳校区合作建设年产2000吨煤质超级活性炭项目，已完成大炉调整、优化流程、完善生产等实验，清华大学深圳校区与龙煤鹤岗矿业公司拟针对实验成果进行评估并进一步确定双方下一步合作方向。

二、2022年两市对口合作工作思路

（一）创新对口合作模式，释放合作潜力

在统筹做好新冠肺炎疫情防控工作的基础上，着眼疫情之下开展交流合作的新特点、新要求，创新对口合作模式，充分利用云端网络等互联网技术开展交往交流，线上线下多措并举，实现疫情防控期间对口合作工作交流不断线。

（二）深化重点领域合作，促进合作共赢

聚焦绿色食品、粮食仓储、电子商务等重点领域的互惠合作，开拓文化旅游与健康产业等领域的合作。加强与大专院校、科研院所成果对接，增加科技含量，提高市场竞争力。举办座谈会、培训班、学术研讨会等交流活动，共同推动两市干部人才交流合作。加强与汕头市中医药学术交流，选定重点专科，组建团队，定期开展中医药学术交流、培训等相关工作。邀请汕头市优秀的医疗、养老、康复团队到鹤岗市培训指导。与汕头市建立网络远程协作，开展远程授课平台，通过互联网进行专业技术远程指导，提升鹤岗市医疗服务水平。

（三）加强产业项目谋划，推进落地见效

要抓住两省高频互访新机遇，打造合作发展平台。围绕鹤岗市储量居亚洲第一的石墨资源，利用汕头市多年积淀的经验及高新技术研发优势，与汕头市战略性新兴产业对接，在石墨新能源材料、石墨烯材料、超硬材料及研发平台、科技孵化等新兴产业建设上开展合作。鼓励和支持有增资扩产需求的汕头市科技企业到鹤岗市考察调研。推动鹤岗市加快结构调整步伐，力争再谋划、签约、实施一批标志性跨区域对口合作项目。

（四）做好后疫情时代交流互访，巩固合作关系

在做好疫情防控工作前提下，持续组织开展与汕头市及广东省其他地市的对接交流活动，共享新理念、新思想、新经验、新信息、新资源。通过实地考察、座谈交流、培训学习等方式，深入挖掘两地潜在的合作空间，不断寻找新的合作机遇、合作项目，力争将停滞的工作继续开展下去、大型活动组织参与进去、签署的框架协议落实下去。

（五）创造良好合作环境，推进深度合作

做好对口合作各项工作对接，针对相关重点合作项目，有针对性地出台专项支持政策。一是优化行政办事流程，开辟绿色通道，简化审批流程，依据项目规模，指派专人帮助解决项目建设中遇到的困难；二是加强要素保障，在资金、用地、用电、取水、供热等方面给予倾斜，主动解决项目推进难点、痛点，为建设保驾护航；三是在项目前期、项目建设期和投产运营阶段，对重点项目给予必要支撑。

（撰稿人：张微微、蔡绚）

第五章　双鸭山市与佛山市对口合作

2021年是"十四五"规划的开局之年，双鸭山市和佛山市积极贯彻习近平总书记关于对口合作的重要指示精神，在全力落实国家及两省关于对口合作工作的相关文件内容的基础上，开新局、谋新篇、出新策，全方位开展对口合作工作，分别在体制机制改革、产业项目建设、文化旅游交流、特色农产品产销、民生项目推进、园区合作平台、疫情防控合作等领域取得阶段性成果。

一、2021年各领域工作开展情况

（一）商务合作交流方面

2021年，两市主要领导带队互访3次、召开联席会议2次、举办或参加签约活动3次，全面推动了双鸭山市与佛山市对口合作工作向更深、更实、更宽的方向迈进。

一是双鸭山市委书记邵国强赴佛山市对接招商。为更好地巩固提升双鸭山市与佛山市对口合作成效，2021年4月15日，双鸭山市委书记邵国强率双鸭山市党政代表团赴佛山市对接考察开展招商工作，这是自"双佛合作"工作开展3年以来又一重要招商对接活动，标志着双鸭山市与佛山市将在"巩固、加深、拓展、做实"的基础上，开启了对口合作的新领域和新篇章。2021年4月16日，邵国强书记在佛山市领导的陪同下先后对接走访了广东星联科技有限公司、碧桂园集团、广东米高化工有限公司，并分别与企业召开了座谈会。其间，邵国强书记与佛山市委书记鲁毅在佛山市迎宾馆召开了对口合作联席会议并就下一步对口合作工作进行部署。

二是双鸭山市委副书记、市长赵荣国参加黑龙江省政府代表团赴广东省学习考察活动，并赴佛山市对接招商。2021 年 5 月 6~9 日，赵荣国市长随同胡昌升省长赴广东省开展学习考察活动，并出席了广东·黑龙江对口合作工作座谈会、黑龙江（广州）重点产业合作交流推介会、重点项目签约仪式等重大活动，期间参观考察了华为集团、正威集团、平安集团、宝能集团等知名企业，并在两省重点项目签约仪式上与深圳宝能集团就在双鸭山市建设双鸭山大食品产业园项目进行签约。

三是双鸭山市委副书记、市长赵荣国赴佛山市对接招商。2021 年 5 月 9 日，赵荣国市长率领双鸭山市党政代表团赴佛山市对接招商，先后对接考察了广东碧泉食品科技有限公司、广东星联科技有限公司、佛山市中国科技开发院分院（佛山市三水高新创业中心），并分别召开了座谈会。随后，赵荣国市长与佛山市委副书记、代市长郭文海在佛山市迎宾馆召开了联席会议。

四是双鸭山市委副书记、市长赵荣国参加广东省赴黑龙江省考察交流活动。2021 年 9 月 11 日，时任广东省省长马兴瑞率团赴黑龙江省开展考察交流活动。其间，赵荣国市长与广东省各界政企代表进行了深度对接交流，并在两省重点项目签约仪式上与广东星联科技农膜有限公司就在双鸭山市建设"全回收"地膜加工项目正式签约。

五是佛山市委副书记、市长郭文海率团赴双鸭山市进行对接交流。2021 年 9 月 12 日，佛山市委副书记、市长郭文海带领佛山市政企代表团赴双鸭山市进行对接交流。2021 年 9 月 13 日，在双鸭山市·佛山市对口合作项目签约仪式上，广东米高年产 8 万吨高效钾肥原料成品库项目、新友谊站集装箱物流公共场站项目等 9 个项目成功签约。

（二）体制机制改革方面

双鸭山市与佛山市市委编办、市政府办等部门多次进行对接，借鉴佛山市"一门式一网式"政务服务改革先进模式，对双鸭山市一体化平台进行改造升级，探索出符合实际的政务服务改革新模式。双鸭山市充分学习借鉴了佛山市"敢为人先"的先进理念与改革经验并取得初步成效。在深化"放管服"改革上取得了重大突破。一是突出打通"一网"，助力审批服务提速增效。双鸭山市非涉密政务服务事项 8163 项，网上可办 7967 项，占比 97.6%。制定了《双鸭山市 2021 年度政务服务效能提升专项攻坚行动工作实施方案》，不断提升网上政务服务能力。二是归集"一门"，综合"一窗"，不断优化大厅"一站式"功能。印发了《关于加快推进政务服务事项进驻综合性实体大厅有关事宜的通知》《行政权力和公共服务事项纳入"一窗式"综合服务授权委托书》，实行"前台综合受理，后台分类审批，窗口统一出件"的服务流程，实现"一次叫号、一窗受理、一网通办"的服务新模式，变"一事跑多窗"为"一窗办多事"，服务人员也从"专科医生"

变为"全科医生",切实做到"只看流程、不看面孔""找谁都一样、谁找都一样"。双鸭山市创新推行的"综合窗"模式,在黑龙江省政务服务方面处于领先,在省深化机关作风、整顿优化营商环境培训工作会议上进行了经验介绍,并被省作风整顿领导小组纳入典型案例综合汇编。三是优化"一线",推进服务流程再造。印发了《双鸭山市关于推进"办好一件事"改革工作实施方案》,参照省级确定"办好一件事"目录,结合双鸭山市实际,初步梳理出113个市县两级"一件事",并分别确定了每个一件事的牵头主办和联办配合单位。

（三）产业项目合作方面

两市在既有合作基础上,继续谋划开展产品推介、经贸洽谈、招商引资等活动,鼓励两市企业、商协会加大对接力度,相互开拓市场,把佛山市的技术、市场、资金等优势与双鸭山市的能源、地理、资源等优势结合起来,深入推进农业产销、旅游、装备制造、新材料、新能源等领域的合作,着力把双鸭山市打造成佛山市绿色安全农副产品的供给基地和佛山市产业转移承接基地,双鸭山市要借力佛山市科技产业创新高地和新材料、新能源战略高地,实现互补互促、互利共赢。坚持把抓招商上项目作为合作发展的重中之重,聚焦项目建设持续加大合作力度,一批对口合作项目取得实质性进展。其中,北大荒米高农业年产8万吨高效钾肥项目（米高一期）已投产,目前已生产硫酸钾2.97万吨、盐酸3.49万吨;年产4万吨高效钾肥项目（米高二期）车间基础建设已完成,正在安装设备;米高三期高效钾肥原料成品库项目、广东星联科技"全回收"地膜加工等项目已签约,正在加快推进。深粮集团投资建设的黑龙江红兴隆农垦深粮产业园项目,已建成总仓容20万吨的四栋钢构平房仓、日处理1000吨的两座烘干塔、办公楼一栋以及其他相关配套设施,2020年库存粮食达23万吨,年产15万吨水稻深加工生产线已于2021年9月正式开工建设。总投资45亿元的深圳宝能大食品产业园项目在2021年黑龙江省主要领导赴广东省对接期间签约。按照开工建设一批、洽谈磨合一批、谋划储备一批"三个一批"的工作思路,以四县四区及经开区为主要承载主体,建立了"双佛合作"线索项目库、储备项目库、企业（企业家）库并持续更新,为后续产业项目推介工作打下了坚实基础。

（四）民生领域合作方面

坚持民生先行、百姓受益,形成了一大批有温度、有情感、有见证的合作成果。佛山市支持双鸭山市3.8亿元建设"双佛合作"民生项目10个。其中,四方台区南环路、四方台区连接路、四方台区污水处理厂提标改造项目、四方台区紫云岭科普园项目、饶河季华主题公园项目、四方台区背街巷路改造工程项目已完工;四方台区紫云岭公益性公园一期及四方台区紫云岭公益性公园二期项目即将竣工；双鸭山城市科技馆项目主体建设已全部完工，正在进行内部布展施工及场区庭院配套工程施工；双山全民健身中心已完成主体结构（包含混凝土梁、板、柱、砌筑），正在安装消防排烟管道、地沟采暖管道、消防喷淋管道等。

（五）农业产销合作方面

一是双鸭山市与佛山市农业农村局共同研究起草了《双鸭山市与佛山市现代农业产业对口合作框架协议》（讨论稿），经 2021 年第一次市政府党组（扩大）会议审议通过。二是 2021 年 2 月 22 日组织召开了"双佛"农业合作网络对接会议。佛山市农业产业联合会、佛山康丰农业有限公司、佛山康和供应链有限公司等负责人分别与饶河县六个乡镇主要领导，部分村支部书记、合作社负责人及种植大户就水稻种植合作项目进行对接洽谈，初步达成了一致性合作意见。三是 2021 年 3 月 3 日双鸭山市农产品营销服务中心主要领导陪同佛山市农业产业联合会会长刘波到饶河县进行"双佛"农业合作项目实地考察。四是 2021 年 5 月 7 日饶河县与佛山康丰农业有限公司签署农业产业链项目投资意向性协议，该项目总投资 1.2 亿元，项目主要内容为订单农业、农产品加工、生产设施建设、销售渠道建设、品牌化建设与推广、村企结合和酒厂建设及品牌打造。五是产品推介。双鸭山市先后组织各类经营主体赴佛山市参加了粤桂黔名优农产品食品展示博览会、首届中国农民丰收节佛山农展会、第五届广东（佛山）安全食用农产品博览会暨佛山对口地区农产品产销对接会、佛山市南海区双鸭山市特色农产品美食推广周等展销活动，现场推介了大米、杂粮、腐竹、豆干、鲜食玉米、蜂蜜、葡萄酒、食用菌及山野菜等优质特色产品。2021 年组织 14 家企业参加中国·深圳（第七届）国家现代绿色博览会，取得了较好效果。双鸭山市先后与广东碧泉食品科技有限公司、佛山市威望米业有限公司、佛山市春穗贸易有限公司、佛山市金鸿和农副产品有限公司、广东国通物流城有限公司等企业签订产品采购合同，建立了长期的产销对接关系。佛山市相关单位、企业累计采购双鸭山市农产品近 40 万吨，金额 33 亿元左右，其中大米近 38 万吨，金额 28 亿元左右。

（六）旅游产业合作方面

2021 年 10 月 21 日，由佛山市文化广电旅游体育局主办、佛山日报社承办的"展翅——佛山市初创文创企业扶持行动"在佛山泛家居创意园举行微路演决赛。双鸭山市选送的 2 支文创产业队伍与 15 支佛山文创产业队伍同场竞技，受到与会嘉宾及现场观众的广泛认可。来自饶河县的奇勒尔赫真渔猎文化创意有限公司参赛项目《赫哲渔韵》在继承赫哲族渔猎文化传统风貌基础上，创新研发出平贴、精剪、镂空、缝制立体浮雕、鱼鳞鱼骨八大系列百余款鱼皮工艺画及其他文创产品，一经登场便吸引了评委及在场观众的眼光。此外，作为黑龙江省蛋雕行业带头人的王怀江，多年来秉持"工匠精神"，于分寸处雕刻世间百态，毫厘间研磨艺术精品，以非遗传承、收徒授业、培训等方式打造了近五十人的创作团队，其产品已远销国内各大旅游景区，并与国内外文创公司、企业建立了长期的合作关系。本次微路演大赛，为双鸭山市优秀文创企业赢得了发展扶持资金，助力双鸭山市一批发展潜力大的初创文创企业做大做强，同时，进一步弘扬了地域特色文化，扩大了双鸭山市文创品牌影响力，为双鸭山市文旅产业高质量发展注入源源不断的动力。

（七）园区共建合作方面

坚持把园区建设作为促进区域经济发展的重要载体和平台，按照互惠互利的市场经济原则，双鸭山市与佛山市达成共识，共同给予入园企业优惠政策，形成政策叠加效应，吸引企业入驻。共同确定了"高新区搭台、市场化运作"的园区合作思路，依托双鸭山市国家级高新技术开发区，规划了 4.67 平方千米的合作园区，广东黑龙江科技合作双鸭山孵化基地已投入使用。2021 年 12 月 1 日，制定了《双鸭山经开区与佛山高新区对口合作工作三年行动计划》。截至 2021 年底，已完成合作园区的初步规划及污水处理、道路、供气等相关配套设施建设。

二、2022 年工作重点

在接下来的工作中，两市要开新局、谋新篇，积极开拓对口合作新局面。要着力把双鸭山市打造成为佛山市绿色安全农副产品的供给基地和产业转移承接基地，依托佛山市科技创新高地和新材料、新能源战略高地，实现合作互补互促、互利共赢。接下来的工作中将围绕这"两个基地"与"两个高地"积极谋划，迅速落实，全力打造双鸭山市与佛山市对口合作工作的 3.0 时代。

（一）深化园区共建合作

学习深哈合作园区经验，把园区建设作为促进区域经济发展的重要载体和平台，以招商引入企业为手段，以项目逐渐落地开工建设并形成一定程度的集聚为牵动，以共建园区整体规划和征地及基础设施建设为重点，以创新共建区管理和服务体制机制为路径，逐步打造成支撑"双佛合作"成果的强大平台载体。

（二）深化绿色安全农副产品合作

双鸭山市地处世界三大黑土带、三江平原富硒带核心区，不仅是黑龙江省重要的粮食主产区，而且特殊的地理区位、气候条件、生态环境等特性赋予了双鸭山市农产品绿色无污染、富硒营养高等独特优势。积极打好寒地黑土、绿色有机、非转基因、天然富硒"四张牌"，努力扶持双鸭山市龙头企业、尖刀品牌进入佛山市场，积极叩开东部地区城市"菜篮子""粮袋子"市场大门。

（三）深化产业转移承接合作

产业发展是城市转型的重要支撑，开展产业开发合作是对口合作的核心任务之一。在继续巩固现有产业项目建设合作成果的基础上，进一步深度挖掘产业发展和项目建设方面的合作潜力，继续谋划开展产品推介、经贸洽谈、招商引资等活动，鼓励两市企业、商协会加大对接力度，相互开拓市场，把佛山市的技术、市场、资金等优势与双鸭山市的区位、农业、资源等优势结合起来，力争再落地一批标志性、跨区域合作项目。

（四）深化科技创新合作

佛山市的科技创新水平在全国领先，既有着先进的创新理念、丰富的实践经验，又有着众多的创新型、科技型企业，特别是拥有一批国家级企业孵化器和众创空间。在科技创新领域不断深化合作，势必能进一步提升双鸭山市创新驱动发展的能力和水平。促成更多的科研院所、科技服务机构、科技人才到双鸭山市交流合作，打造两市的高效科技服务通道，开展多方位的科技领域合作，共建跨区域科技创业联盟和科技成果转化服务平台，推动跨区域科研合作、成果转化和企业生产，力争一批科研成果在双鸭山市实现产业化。

（五）深化新材料、新能源合作

以石墨为例，双鸭山市石墨资源主要有五大优势：一是储量大。已探明石墨矿石储量约 6 亿吨、矿物储量约 4000 万吨。二是品位优。平均品位在 6.6% 以上，其中大鳞片晶质石墨占 66% 以上。三是种类全。大、中、小鳞片品种齐全。四是采选条件好。资源赋存近地表易采、剥采比低，矿床集中，利于集中开采。五是矿权清晰。除石灰窑石墨矿权外，其他探矿权尚未投放市场。佛山市在石墨精深加工方面有着一定的产业基础和技术优势。因此，双方在这一领域有着良好的合作基础、优势和潜力。

（六）深化改革、文旅、社会民生等方面的广泛合作

双鸭山市要充分结合自身的"三个转变""四张名片""六大产业"与佛山市携手利

用各自的资源禀赋、产业定位差异和经济社会发展互补性，根据实际发展需要，在持续加强体制机制改革、园区共建、文化交融、旅游产品开发等方面进一步深化对口合作领域和内容，扩大合作成果。

（撰稿人：侯俊涛、陈传明）

第六章　大庆市与惠州市对口合作

大庆市发展和改革委员会　惠州市发展和改革局

2021年是"十四五"开局之年，也是新阶段对口合作工作起步之年，大庆市与惠州市坚持"政府搭台、社会参与，优势互补、合作共赢，市场运作、法治保障"原则，进一步深化落实两省对口合作工作座谈会精神，积极沟通，深入对接，推进两市多层次交流协作，扎实推动了各项工作务实高效开展，对口合作工作取得了一定成效。

一、2021年两市对口合作主要做法

（一）坚持顶层设计，建立工作机制

两市对口合作工作领导小组及办公室充分发挥统筹协调作用，落实推进对口合作项目等相关工作，制定印发《大庆市与惠州市对口合作2021年工作要点》等文件，围绕干部人才交流合作、体制机制改革合作、医疗卫生合作共享等8个方面提出11项重点任务，同时建立健全了组织机构会议制度、高层交流制度、对口合作联络员制度、重大事项请示汇报制度以及工作信息报送制度，保障了对口合作工作有序务实开展。

（二）常态化互访交流，学习借鉴先进理念

深化落实两省对口合作工作部署，推动发改、工信、农业、商务等有关部门及园区管委会和商（行）会、企业等互访交流，大庆市积极主动向惠州市和广东省其他地区学习先进理念、改革劲头、创业激情，截至2021年底，部门累计开展21次交流活动。对标先进地区招商经验，健全完善大庆市招商引资政策办法，围绕大庆市主导产业链，由行业主

管部门为每条产业链制定专项招商政策，提高产业项目政策的针对性和吸引力，精准激发企业投资潜力，持续磁吸企业投资大庆。

（三）立足合作重点，加强产业合作互补

两市结合各自在石油石化、农副产品、汽车制造、旅游等产业方面的优势，实现互补，深入对接谋划合作项目，进一步延伸产业链，稳定供应链，开展产业合作。大庆市充分利用惠州市及广东省搭建的展会、招商推介会等平台，广泛充分对接惠州等地企业，承接惠州等地民营经济外溢。发挥惠州等地人才、科技、资本优势，联合推进技术攻关、科技成果转化，推动产业资源共享，实现创新发展。

二、2021 年两市对口合作主要成效

（一）产业深化合作方面

两市民营企业家开展合作，重点在汽车与装备制造、电子信息等领域组织民营企业开展交流活动，以互利共赢为产业合作的出发点和落脚点，找准合作方向，形成优势互补，进一步拓展合作领域深度和广度。大庆市与惠州市合作建设年产 10 万吨有机肥料厂，项目于 2020 年开工建设，第一期计划投资 4000 万元，截至 2021 年底已完成投资 1700 万元，已完成储料仓、发酵池建设，增加有机无机造粒生产线等，计划育秧基质和有机肥销售 2 万吨，已完成收储秸秆、牛粪原料 7 万余吨，生产销售水稻育苗基质 3000 余吨，在东兴乡旭日村订单试种植 1000 亩广东航天水稻喜获成功，亩产达到 1150 斤，产量高、米质好，已全部回收销售广东省。

（二）园区交流合作方面

大庆市积极学习惠州等先进地区行政审批制度和政务服务先进经验，推进园区企业开办流程优化，进一步压缩营业执照发放时间，推进投资项目审批改革。大庆市经开区与惠州市大亚湾开发区、相关商协会及知名企业沟通交流，开展广东地区定向精准招商，谋划储备食品科技产业园、化妆品产业园、水性油墨项目等线索项目 30 余个。大庆市商务局组织相关园区赴惠州市与惠州韩国商工会开展对接交流活动，学习借鉴中韩（惠州）产业园产业发展和项目引进等方面的经验，同时与在华韩国人总联合会、67 个韩国工商支

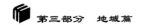
会组织建立联系。

（三）粮食产销合作方面

惠州市邀请黑龙江省各地市代表团赴惠州粮食企业进行座谈，并实地考察惠州市储备军粮供应公司、惠州伴永康粮油食品有限公司等粮食企业，就深化对口合作关系、强化粮食购销、创新合作方式和内容等方面达成一致意见。大庆市工商联组织企业赴惠州市开展农业项目对接和产品展销活动，推广肇源大米、杜蒙野生鱼、林甸杂粮杂豆等农副产品，鼓励和支持两市企业开设绿色农产品销售中心、社区体验店、专营店。大庆市肇源县鲶鱼沟大米已在惠州中石化易捷便利店成功销售 3 年，截至 2021 年底，鲶鱼沟大米在广东中石油昆仑好客、中石化易捷店等累计销售 9020 吨，年销售额 2300 万元以上。

（四）金融领域合作方面

借鉴惠州 TCL "简单汇"供应链金融平台的先进经验，大庆市自主研发"龙票易信供应链金融综合服务平台"，基于真实贸易背景信用凭证，把核心企业的应付账款转化为可流转、可拆分、可融资的信用付款凭证，将优质企业信用传递给供应商进行融资，实现中小微企业应收账款债权电子化。截至 2021 年底，该平台累计入驻核心企业 28 家，实现融资 3.42 亿元，惠及 128 家链上中小微企业。惠州市协助大庆市高新区企业在广州市注册设立中元商业保理（广州）有限公司和庆新融资租赁（广州）有限公司，取得商业保理和融资租赁牌照，通过金融服务平台，为中小微企业提供融资服务，中元商业保理、庆新融资租赁已对高新城投、海国龙油等核心企业授信 3.72 亿元，为上游企业落实供应链融资 24 笔，金额为 8507 万元。

（五）旅游交互推广方面

两市加大"交换冬天"旅游宣传推广力度，推动两市市场共享、游客互送，促进旅游消费。2021 年 9 月，由广东省文化和旅游厅主办，东莞、惠州两市旅游主管部门承办的"活力广东现代湾区"东莞、惠州旅游联合推介会走进牡丹江市和大庆市，推介莞惠旅游资源，邀请两地游客前往莞惠体验岭南风光，会上惠州市旅游协会与大庆市旅游协会签订了旅游战略合作协议，双方将在资源共享、客源互送、目的地互推等方面展开深入合作。同时大庆市将借助筹备第五届"旅发大会"之机，加大两市旅游联合营销力度，通过网站、公众号等不同载体宣传两地旅游形象、旅游产品线路等内容，联合打造"寒来暑往，南来北往"旅游合作优质品牌，进一步促进两市旅游协会、旅游企业间的交流合作，实现两市企业在互换客源等多领域进行深度合作。

（六）政策交流学习方面

大庆市与惠州市努力克服新冠肺炎疫情带来的交流障碍，通过网络、电话等方式，相互借鉴学习政策措施。惠州市分享了应对新冠肺炎疫情制定的"暖企十条"政策措施、"直通车"解决民营企业实际问题（诉求）做法、最新资讯"惠企通"平台、组织民营企业家赴高校培训学习项目及向企业宣传政策措施等主要做法，大庆市结合经验做法相应地制定了扶持民营经济发展的政策措施。同时大庆市学习、借鉴广东地区"数字政府"先进经验做法，不断深化"放管服"改革，推进"互联网+政务"建设，推广"马上办、就近办、一次办、网上办"，坚持问题导向，突出靶向施策，不断创新服务，出台系列专项扶持政策，增强民营企业发展信心与动力，着力打造市场化、法治化、国际化营商环境，为对口合作提供优质服务和有力保障。

此外，两市还积极主动将对口合作工作拓展到彼此的周边地市，寻找合作机遇。以黑龙江（广州）重点产业合作交流推介会和广东省政府代表团到黑龙江省考察调研等活动为契机，发挥大庆市现有产业优势，借助骨干企业影响力，深入挖掘项目线索，抢抓战略合作机遇，与广东省签约了 19 个对口合作项目，其中 9 个项目已开工建设。大庆市科技部门赴广州市科技局、深圳市科技创新委员会等科技管理部门开展座谈交流，学习促进科技成果转化、提升企业创新能力、支持创新平台建设、激励人才创新创业等方面的经验做法，并提出关于促进科技创新的有关措施建议 34 条。围绕石油化工、装备制造、新材料、电子信息、农副产品加工等优势产业，深入谋划，精准对接。截至 2021 年底，合作项目共计 53 个，其中华为云计算数据中心等 16 个项目已完工，大庆大满英联绿色包装产业园等 13 个项目已开工建设，就储能及配网自动设备生产基地等 11 个项目达成合作协议，对华中数控年产 5000 台智能施釉机器人制造等 13 个项目有合作意向。

三、2022 年对口合作工作打算

大庆市与惠州市将深入贯彻习近平总书记考察东北三省及视察广东的重要讲话精神，在两省省委、省政府的统一部署下，夯实合作基础，创新合作思路，深挖合作潜力，推动对口合作纵深发展，携手推进经济高质量发展。

（一）加强产业对接合作

两市将进一步发挥彼此产业优势，重点推进石油化工、汽车与装备制造、电子信息等优势产业的合作。开展两市石化下游产业合作，延伸产业链条，提升产业规模和竞争力。谋求开展汽车产业合作，加强产品研发、零部件生产等领域的配套协作。推动大庆市经开区与惠州市大亚湾开发区开展园区载体共建，重点在先进化工材料、电子信息存储设备制造等方面共挖潜力、共建项目、共谋发展、共享成果。加强食品加工产业合作，提升产业层次和品牌影响力。组织两市民营企业开展互访交流活动，探讨多领域合作事宜，优势互补、共同推进，大庆市继续承接惠州市民营经济外溢，加快解决民营经济偏弱问题。加强两市"惠企政策"的经验交流与研究，及时学习借鉴双方在推动民营经济和服务企业方面好的经验做法，推动两市民营经济持续健康发展。

（二）加强粮食产销合作

加强两市在粮头食尾等方面的经验交流，深化两市粮食贸易、信息、经济技术交流合作，完善粮食对口合作项目供求信息平台，加强粮油信息资源共享，建立粮食市场信息定期通报制度，利用网上平台促进大庆市粮食销售，线上、线下共同加强两市粮食贸易合作。继续邀请惠州市参加中国粮食交易大会、黑龙江金秋粮食交易洽谈会、黑龙江国际大米节等展会。开展大庆市优质农副产品展销，组织举办大庆稻谷、小麦等优质加工企业粮油产品惠州行活动，支持大庆市优质农副产品在惠州市销售，在惠州市大型商场设立大庆优质农副产品展销点。建立农业和绿色食品长期购销对接关系，强化两市在粮食精深加工、绿色食品产品方面的深度合作。

（三）加强经贸交流合作

积极参加省级商务主管部门主办和重点交办的经贸活动，联合组织对口合作经贸交流、项目对接活动，支持、引导两市商会、行业协会开展多种形式的考察交流活动，加强企业对接交流，引导两市企业到对方城市投资兴业，推动合作意向尽早落实，推动服务贸易和服务外包业创新发展，促进洽谈项目尽快落地。两市代表团互相邀请参加惠州高校科技成果交易会、广东21世纪海上丝绸之路博览会、"哈洽会"、"中俄博览会"等经贸交流活动，进一步推进两市企业洽谈对接，开展多层次、多产业领域的务实合作。

（四）加强金融对接合作

两市将共同探索开展银团贷款等业务，推动金融机构通过跨区域参股、兼并重组等方式实现业务拓展。围绕在资本、行为、功能等方面的地方金融监管任务，以及防范和处置非法集资、开展金融领域扫黑除恶等重点工作，在机制建设、模式创新等方面加强交流合作。惠州市将加强大庆市优质资产的推介力度，推动两市金融市场合作。

（五）加强人才交流合作

探索建立两市干部挂职交流长效机制，搭建两市人才信息共享交流平台。大庆市将适时选派干部赴惠州市挂职锻炼。惠州市结合培训班安排，邀请大庆市干部参加有关培训。两市还将根据专项工作、具体合作事项的实际需要，互派干部开展为期一周或十天的短期培训、跟班学习等交流活动，进一步丰富人才交流模式。

（六）拓展合作新空间

围绕两市石化、新能源、新材料、电子信息、汽车制造等优势产业，加强沟通交流，谋划在两市高等院校开设油气集输、油品检测与分析等方面专业课程，服务石油化工产业发展。大庆市拥有板蓝根、防风、柴胡等丰富的中草药资源，还拥有丰富的温泉资源，亟待规模化开发，惠州市将充分发挥制药优势、旅游资源开发优势以及招商优势，组织业内龙头企业赴大庆市考察，合作开发中草药、温泉等资源，培育大庆市产业新优势。两市还将在教育、卫生、文化、科技等领域积极开展交流合作，共同推进社会事业发展，增进两市民生福祉。

（撰稿人：邱天、郑陆威）

第七章　伊春市与茂名市对口合作

伊春市发展和改革委员会　茂名市发展和改革局

2021 年是"十四五"规划的开局之年，也是两市对口合作进入新阶段的起始之年，伊春市与茂名市认真贯彻落实国家和省对口合作工作部署，按照《关于进一步巩固深化黑龙江与广东省城市合作的通知》（粤对口合作办〔2021〕1 号）工作要求，聚焦重点任务，扎实推进两市对口合作工作，促进两市对口合作工作再上新台阶。

一、2021 年对口合作工作情况

（一）制定 2021 年对口合作工作计划

按照《黑龙江省与广东省对口合作 2021 年工作要点》，两市积极沟通并征求两市各有关单位的意见，共同形成了《黑龙江省伊春市与广东省茂名市对口合作 2021 年重点工作计划》，为 2021 年做好伊春市与茂名市对口合作工作奠定基础。

（二）高层互访交流活动积极开展

2021 年 5 月 10～11 日，伊春市委副书记、市长隋洪波率伊春市相关部门负责人赴广东省茂名市考察交流，双方就加强交流、互学互鉴、促进发展等进行了深入探讨。2021 年 7 月 27～29 日，伊春市政府副秘书长郝佩林率伊春市结对县（市）区考察团赴广东省茂名市开展对口合作交流。2021 年 9 月 10～12 日，茂名市政府代表团赴伊春市考察交流，举行了对口城市合作交流座谈会，双方就进一步深化对口合作进行交流。开展高层互访交流活动，为两市合作指明了具体方向，促进了两市交流合作纵深发展。

（三）干部交流培训活动有序组织

2021 年 5 月，茂名市在伊春市委党校举办两期茂名市市直机关党组织专职副书记（党办主任）"学史增信、提升能力"培训班，共培训茂名市市直、中央和省驻茂名有关单位党组织专职副书记等 47 人。2021 年 7 月 14~20 日，茂名市委组织部安排第二十四期处级干部培训班 47 名学员赴伊春市委党校进行学习，与伊春市委党校开展联合办学。两次干部交流活动近百人，切实促进两市干部相互学习与经验交流。

（四）对口合作项目签约落地

在两次省级对口合作签约会上，伊春市与广东省企业已有 3 个合作项目进行签约，签约额共计 3.8 亿元。其中，南岔稻谷贸易项目签约额达 1.75 亿元；伊春市中心城污水处理厂智慧环保平台及碳达峰、碳中和展示项目签约额约 500 万元；铁力市人民政府与深圳市金新农科技股份有限公司签订战略合作框架协议，签约额达 2 亿元。

（五）农业领域交流合作日益强化

在茂名农业综合展示中心平台播放伊春市农业产业宣传片，宣传推介伊春市农产品品牌，扩大农产品品牌的影响力。制作"茂名市现代农业推介 PPT""茂名农业招商引资指引 PPT"和《茂名市现代农业产业发展招商引资手册》等宣传资料，通过伊春市农业农村主管部门开展宣传推介活动，展示茂名市特色现代农业产业发展和区域品牌整体形象。铁力市金海粮米业有限公司与广东省茂名市金信农业科技有限公司合作，交易额累计 3.97 亿元。茂名市壹坊农业有限公司与黑龙江北货郎森林食品有限公司继续签订经销协议，累计交易额达 225.94 万元。同时，应茂名市发改局邀请，伊春市发改委参加广州世界农业博览会并赴茂名市开展交流洽谈工作，通过两市发改部门沟通，金海粮米业与金信农业将签订正式合同，开展新的业务合作。

（六）电子商务领域交流合作切实增强

伊春市紧紧抓住与茂名市考察交流的有利契机，全面建立与茂名市商务部门、茂名商会的密切联系，在商贸合作、电商交流等方面开展对接洽谈。与茂名市电子商务协会就协同推进两市电商交流合作、电商平台销售两地特色农产品达成合作意向。在首届中国国际消费品博览会期间，伊春市商务局与茂名市商务局相关人员就两市适时举办商务活动事宜进行了对接洽谈，拟借助双方举办节日庆典、展洽活动等契机，开展产品展示对接洽谈活动。

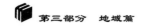

（七）文旅交流合作更加密切

2021 年 5 月 19 日～6 月 30 日，茂名市文化广电旅游体育局举办"520 我爱荔"旅游季暨茂名市第三届旅游博览会网络线上活动，积极宣传伊春市的文化旅游资源。在旅博会子目录茂名文旅大观友好合作城市精品旅游线路中，伊春市的"伊春红星火山岩地质公园杜鹃花海、伊春五营国家森林公园、伊春汤旺河林海奇石景区、伊春金山鹿苑"旅游线路产品惠民售卖。活动历时 40 余天，线上旅博会观展总人数近 160 万人次。2021 年 9 月 17 日，由茂名市文化广电旅游体育局、伊春市文化广电和旅游局主办的"山海并'茂'·'伊'见倾心"伊春茂名联合旅游推介会在茂名市成功举办。推介会上发布了秋季旅游产品活动，发放伊春市旅游宣传品和伴手礼，汤旺河林海奇石景区、宝宇（天沐）森林生态小镇、九峰山养心谷等景区代表分别进行了现场推介，伊春招商国际旅行社与茂名国旅现场签约，牵手合作，以实际行动推进两市旅游线路互推、客源互送。此次联合推介会的成功召开，使伊春茂名两市的文旅合作迈向了新起点，两市文旅合作更加密切。

（八）工业领域交流合作不断加强

2021 年 5 月，伊春市工信局和茂名市工信局共同印发了《茂名市工信局伊春市工信局对口合作实施方案》（伊工信发〔2021〕18 号），成立对口合作领导小组，明确对口合作重点事项，并建立了沟通联系工作机制。在工业领域方面，拟利用伊春市建龙西钢集团、鹿鸣钼矿等产业基础，借助茂名市石化新材料、先进装备制造、金属加工等产业优势，推动双方企业在技术、管理、投资、生产加工、营销等方面的合作对接。发挥两地药材种植、制药等方面优势，鼓励、引导、组织两地药品生产经营重点企业到对方投资，建立药材种植、生产加工和贸易基地，共同开发南北药材资源，扩大伊春北药和茂名南药品牌影响力。

（九）职业院校教学交流合作深入开展

2021 年 3 月，广东茂名农林科技职业学院与黑龙江伊春林业学校举行线上课题研讨会。会上，双方就已开展的课题进行经验交流，并就双方将来可合作研究的课题进行了深入讨论。2021 年 4 月，黑龙江伊春林业学校选派了 4 位骨干教师到广东茂名农林科技职业学院进行短期培训，但受新冠肺炎疫情的影响，学校将此次培训改为线上培训，安排园林工程系和生物技术系有丰富教学经验的优秀老师担任培训讲师。2021 年 5 月，广东茂名农林科技职业学院也选派了 4 位教师与黑龙江伊春林业学校举行线上专题学术报告会。

（十）两市县（市）、区结对交流取得成效

2021 年 7 月 27~29 日，伊春市结对县（市）区考察团赴广东省茂名市开展对口合作交流，双方结对县（市）区进行精准对接，伊春市各县（市）区前往茂名市结对县（市）区进行实地考察并洽谈合作，与茂名市的结对县（市）区签订了框架协议，确定未来合作的具体方向，寻求更大的资源共享、互利共赢空间，为今后进一步深入合作、探索拓展形式多样的合作交流奠定了基础。

二、2022 年对口合作工作计划

（一）促进经贸以及产业合作开花结果

在文化旅游、养老服务、森林食品、中医药和健康产业等两市有条件、有基础的资源和产业方面，加强交流，进一步加深对接，继续寻找和谋划一批对口合作具体项目，推动形成一批经贸合作成果，争取实现突破，取得实实在在的成效。

（二）持续深化结对县（市）区交流合作

持续深化县（市）区结对合作关系，采取整体推进和重点突破相结合的方式，立足优势互补，深挖合作潜力，推进各结对县区产业项目合作。鼓励结对县（市）区开展互访活动，组织干部挂职培训，开展经贸交流活动，开展企业、机关干部经验交流活动，推动县区间交流合作取得实效，实现发展共赢。

（三）努力推动两市民营企业交流合作

组织两市民营企业对接洽谈合作，针对有发展前景的伊春市企业特色项目，探讨出资参股、出技术、出场地、出管理等合作方式，寻求合作共赢。依托茂名市的资金优势和伊春市的资源优势，邀请茂名市当地企业家到伊春市考察，鼓励和引导两市知名民营企业参与合作发展活动以及两市举办的重大经贸活动。

（四）形成常态化干部交流和人才培训机制

建立干部人才挂职培训常态化机制，有计划地选派优秀年轻干部进行学习考察，促进

两市干部之间业务交流、能力提升。围绕乡村振兴、园区和产业项目建设、资源开发利用、工程建设项目审批管理、批后监督检查、项目资金使用等方面，积极开展干部异地培训交流，定期组织师资交流和学员互访活动。

（五）强化"放管服"改革经验交流

加强两市以"放管服"为核心的重点领域改革经验交流，积极主动宣传两市营商环境改善情况，提升各类市场主体对两市的认知度、友好感、行动率，激发两市企业家到对方投资的信心和热情。聚焦对口合作、教育、医疗、就业、创业、劳务、旅居、养老等热点服务需求，加快推行茂名·伊春"跨省通办"。探索两市在"数字政府"领域更广泛的交流和合作。

（六）依托园区共同打造两市合作平台载体

开拓两市合作的新方式，通过借鉴深哈产业园成功经典案例，启动合作园区载体共建工作，积极采取开展招商引资、加强营商环境合作、深化人才科技交流等方式，不断拓展合作领域，探索两市产业与经贸合作的新模式。

（撰稿人：张琪、何郑溪）

第八章　佳木斯市与中山市对口合作

佳木斯市发展和改革委员会　中山市发展和改革局

2021 年是实施"十四五"规划、开启全面建设社会主义现代化国家新征程的第一年，佳木斯市与中山市严格按照党中央、国务院重大战略部署，认真落实省委、省政府相关要求，以打造区域合作样板为目标，通过以点带面，逐步扩大合作内容与范围，推动佳木斯市与中山市对口合作工作取得突出成绩。

一、2021 年两市对口合作工作情况

（一）多层次对接，引领对口合作

1. 高层密切交流互访

2021 年，两市领导带队交流互访 3 次，共商两市下一步对口合作事宜。佳木斯市委书记王秋实表示，近年来，佳木斯市和中山市深入贯彻落实两省关于对口合作的决策部署，在干部交流、农业发展、园区建设、文化旅游合作等方面取得了阶段性成效，为推动对口合作向纵深迈进奠定了坚实基础。希望双方坚持以政府为主导、市场为基础、企业为主体，力争在食品加工、医药健康、外贸进出口等产业合作上取得实质性进展，实现新的突破。2021 年 9 月 12 日，中山市市长肖展欣赴佳木斯市进行调研考察，并与佳木斯市主要领导座谈交流，双方就两地合作达成多项共识。2021 年 10 月 15 日，佳木斯市委书记王秋实赴中山市与中山市委、市政府主要领导进行座谈，就借鉴深哈产业园的成功经验、携手共建中佳产业园区进行了深入交流。2021 年 10 月 27 日，为落实两市领导指示，推动对口合作深入开展，中山市党组成员张会洋率中山市政企代表团赴佳木斯市开展深化对

接交流活动，两市就加快推进中佳产业园合作共建、积极开展粮食异地代储、不断深化经贸交流合作、积极拓展农产品产销合作四个方面达成合作意向，并以会议纪要形式印发落实。

2. 多部门积极互动

两市文化广电和旅游局就相关工作计划征求对方意见和建议，并达成共识。确定了2021年继续坚持互为旅游目的地的理念，推广旅游优惠政策，持续打造"寒来暑往，南来北往"营销品牌，研发并推广两市具有特色的旅游产品。两市商务部门开展互动，中山市商务部门赴佳木斯开展深化对接交流活动，两市明确今后将定期开展产品展销会及招商推介会，推动两市企业开展经贸交流合作，充分利用"哈洽会""中俄博览会""央企对接会""中山投资经贸交流会"等平台，积极对外宣传推介两市名优特产品和投资环境。

（二）多项目合作，推动对口合作

1. 共建中佳产业园，探索发展飞地经济

按照政府主导、市场运作、企业主体、社会参与、优势互补、合作共赢的原则，充分发挥佳木斯和中山两市的比较优势，借鉴深哈产业园合作模式，通过园区共建引入中山市管理理念、市场观念、政策环境，建立互利共赢的合作关系。按照"一区多园"模式打造中佳产业园区。项目拟选址在佳木斯市高新区，重点建设绿色食品产业园区，以打造绿色食品产业为重点，做强绿色有机食品精深加工，做好"粮头食尾"大文章，在祖国"大粮仓"建设中国"大厨房"。围绕中山市优势产业，促进产业协同发展、集群发展，成为佳木斯市链接珠三角、辐射东北亚战略性新兴产业发展高地。该项目已在佳木斯市高新区选定了工作办公室，双方已形成中佳产业园协议初稿，正在进一步交流确定合作共建具体细节。

2. 签约华润集团，带动创新转型发展

佳木斯市与华润集团达成全面战略合作协议，借助华润集团支持东北振兴和实现跨越式发展的战略机遇，依托佳木斯市产业基础和资源优势，在佳木斯郊区尖山5万千瓦风电、富锦市东堤5万千瓦风电、华润医药物流配送等既有合作项目基础上，推动与华润集团"五大板块"深度融合，打造华润多业态协同发展的黑龙江省示范工程。双方确定了成立"一个公司"、搭建"两个平台"、建设"三个园区"的整体推进思路。

一是华润（黑龙江）中医药产业园区。项目总投资5亿元，建设年限为2022～2024年。建设中药材代煎代配中心、中药材种植基地、"药光互补"复合产业基地、"互联网+中药"服务中心、区域性制剂中心、中医药诊疗服务能力提升工程等。项目依托华润三

九研发、技术、市场优势，打造种植、加工、销售的完整中草药产业链条，对推动黑龙江省北药开发战略以及实现中医药全产业链高质量健康发展具有重要意义。

二是华润（黑龙江）绿色食品产业园区。项目总投资 10 亿元，建设年限为 2022~2024 年。建设园区标准厂房，构筑研发、检验、管理及水、电、气、热、交通物流等生产要素集中供给的园区大型公共性服务平台。重点打造主粮、肉禽奶蛋、特色农产品中高端食品原料生产基地、精深加工基地和外销平台。围绕佳木斯市寒地黑土、绿色有机、非转基因优势，依托华润万家、华润五丰销售渠道，打造黑龙江省中高端食品生产基地，促进黑龙江省由"金色大粮仓"向"绿色大厨房"转变。

三是华润（黑龙江）新能源产业园区。项目一期估算总投资 70 亿元，建设年限为 2022~2025 年。依托佳木斯市丰富的风、光等新能源资源和华润电力在风光发电、储能、智能物联网领域的先进技术及投资能力，以"风、光、储、氢"多能互补模式，在佳木斯市域内逐步开发建设风电、光伏发电项目，同时依托风、光项目建设规模引进风电装备、光伏单晶硅组件等产业落户园区，打造集新能源开发、装备制造、储能装置生产应用、氢能源开发利用、源网荷储等的一体化新能源产业园区。该项目是佳木斯市深入贯彻落实国家推动实现"3060 碳达峰、碳中和"战略部署、助推黑龙江省新能源产业发展、全力扛起维护国家能源安全责任的具体举措。

3. 深化与哈工大合作，推动产业合作发展

2021 年以来，中山市与哈工大合作引入的哈工大机器人（中山）无人装备与人工智能研究院（以下简称"研究院"）不断发挥自身优势，搭建平台，推进共享"双创"资源，开展产学研合作，促进科技成果转化，推动两市产业合作发展。

一是推进创新资源引进及研发体系建设。在创新资源引进方面，引进"哈尔滨工业大学超精密仪器技术及智能化工业和信息化部重点实验室"和"特种环境复合材料技术国家级重点实验室" 2 个国家级重点实验室。在研发体系建设方面，建成五个研究所，包括"精密仪器工程研究所""无人装备与智能制造研究所""新材料工艺与技术研究所""数字经济研究所""半导体研究所"。此外，广东省第三代半导体重大专项——大尺寸高品质金刚石单晶材料生产装备及工艺技术、广东省重点领域研发计划新一代通信与网络专项"智慧机场 5G 专网及应用研究示范项目" 2 项省级重点领域研发专项也已落户中山市。

二是建设多个创新平台。成功获批"广东省博士工作站、广东省自然科学基金依托单位、中山市超精密仪器哈工大机器人中山研究院工程技术研究中心、博士后创新实践基地"等多个省市平台。

三是积极开展产学研合作。2021 年以来，佳木斯市积极依托中山市各个产业协会面

向家电及灯具领域开展产学研合作，已与广东艾默森科技有限公司共建"高温耐火材料联合实验室"，与中山市达尔科光学科技有限公司共建"智慧照明联合实验室"。

四是发力人才培养与教育。为有效解决企业用工难问题、培养中山市乃至粤港澳大湾区大批高水平技能型人才、促进中山市经济高质量发展，2021年研究院充分发挥哈工大在教育领域的资源优势，与中山市中等专业学校签署合作协议，双方共同建设产教融合基地，提供高素质技能人才的培养与技术服务，目前正在推进混合所有制机器人学院及3个培训孵化中心的建设。

五是科技成果转化取得实效。截至2021年底，研究院已引进及孵化十余家科技型公司，包括6家高新技术企业、6家规模以上企业、5家市工程技术中心，累计产值6.9亿元。由研究院孵化的"哈工精仪（中山）科技有限公司"，是研究院在研项目"共焦显微化验分析仪"的成果转化承接主体，同时作为中山市翠亨新区引进的重大项目正式签约落地。

六是和超高装超导腔制造项目进展顺利。和超高装（中山）科技有限公司是一家专门从事超导腔的研发、制造、销售及其后续服务的高新科技企业，由哈工大机器人集团与哈尔滨工业大学超导腔团队于2020年联合创立。该项目计划总投资3.05亿元，预计达产年产值5亿元，拟建设一个高端集成装备的制造中心，在超导腔制造领域成为国内首家、国际前列的高端集成装备制造中心，同时兼顾其他高端制造领域（如发动机、飞行器、水下器具等）的需求，发展成华南地区特种焊接技术的研发和应用中心。

（三）多领域交流，深化对口合作

1. 做好农业与粮食合作，深化产销对接

一是佳木斯市与中山市广东果美农业发展有限公司和菜娘子（中山）农业科技股份有限公司合作稳步推进，通过与果美公司加强联系与合作，拓宽了销售渠道，增加佳木斯市优质农产品种类，农副产品更加丰富并多元化。菜娘子（中山）农业科技股份有限公司于2021年春节前后在"菜娘子"社区智能生鲜服务商城上进行了同江系列产品的推广和预热，第一批样品很快售罄，取到良好效果。两地企业将市场销售情况有效对接，做到产销信息及时交流，形成日常业务联系机制。

二是为加强两市粮食合作，两市共同举办了2021·黑龙江第十八届金秋粮食交易暨产业合作洽谈会，促进粮食产销合作。邀请中山市领导赴佳木斯市开展深化对接交流活动，两市粮食部门研究确定加强两市粮食信息相互通报，及时掌握了解两市粮食生产、供求、价格等方面的情况，同时加强两市粮油企业经贸交流、品种优势互补、行情互通有无。

三是为拓宽两市优质农产品产销渠道，由佳木斯市供销联社与中山市供销联社对接，拓展中山市扶贫专柜、专区、盒子和供销社助农服务平台（中心）、助农电商平台、农产品直供配送网络等渠道，推动佳木斯市优质农产品入中山进食堂、进小区、进商超、进农贸市场。同时推动中山市特色农产品、水产品、工业品进入佳木斯市场。

2. 强化立体宣传，树立两市文旅名牌

一是在 2021 广东国际旅游产业博览会设置了佳木斯文化旅游产品展示区，在展会期间循环播出佳木斯市文旅宣传片，向广东省乃至全国各地的旅客展示宣传佳木斯市文化旅游资源。

二是充分借助两市现有线上媒体平台，进行两市文化旅游部门线上交流和文化旅游资源推介宣传，实现资源共享。利用中山文旅微信、"同程"旅游网等合作宣传平台，在粤港澳大湾区进行佳木斯市文旅宣传推广，先后推出了"神奇的大东极"等系列文化旅游资讯和报道。

三是制作"秀美乡村"等文化旅游专题系列报道推文推广中山市，使两市市民群众对中山市、佳木斯市的文化旅游资源有更深的了解。

3. 加强经贸交流，促进民营经济合作

一是佳木斯市商务考察团赴中山市进行调研，参加了 2021 中山投资经贸洽谈会暨中山人才节等活动，并拜访了中山市贸促会，双方相互学习交流贸促会（国际）商会建设、日常管理、展览外联和商事认证等方面的经验，探讨两市建立友好贸促会（国际商会）的具体事项，通过学习交流加强了两市的友城联系，促进了两市经贸、商务往来。

二是中山市工商联通过网站、公众号等多种方式把黑龙江省的产业信息及时推荐给中山市企业，加强产业对接，给双方企业带来更多、更好的发展机会，促进了两地经济更好更快发展。

（四）双向孵化，深化创业创新合作

2021 年，佳木斯市高新技术创业服务中心与广东大唐盛视科技产业有限公司合作运营的佳木斯高新区创新创业基地（以下简称"佳木斯双创基地"），以"双向孵化"为引领、优势互补为动力、资源共享为渠道、优化创新创业环境为目标，促进合作成果有效转化。

1. 发挥资源共享优势，转变合作模式

2021 年佳木斯双创基地积极打造现代化创新创业基地，完善配套设施和配套服务，满足创新创业的基本需要。将广东省先进的孵化器运营理念运用到佳木斯双创基地运营管理中，借鉴广东省的模式和资源，提升双创基地软实力。两市共同开展创业辅导培训、创新创业大赛、创投大会、资源对接等创业孵化活动 16 场次，服务 530 人次，有效激发了当地创新创业的热情，营造了创新创业的浓厚氛围。为促进佳木斯双创基地提升孵化质量，中山市大唐盛视公司将自身各类资源与基地共享，不断提升双创基地软实力，2021年1月，协助佳木斯双创基地成功评定为国家级科技企业孵化器，成为黑龙江省东部地区第一个国家级科技企业孵化器。

2. 高效运行平台，夯实合作基础

2021年共成功引入18家企业进入佳木斯双创基地，累计入孵企业71家。辅导基地2家企业成功申报高新技术企业，辅导16家企业入库"科技型中小企业"，入库企业数量同比增长167%。

3. 打造特色载体，营造创新创业氛围

2021年，佳木斯双创基地围绕自身战略定位，不断拓展孵化服务功能和辐射范围，为中小企业提供市场化、专业化、精准化的资源和服务，鼓励和引导企业科技成果产业化，提升企业可持续发展能力。2021年5~7月，佳木斯双创基地举办了一系列签约合作活动，会聚了60余家在孵企业和30家中小企业代表，通过项目展播、双创成果展演展示、创业论坛、创业路演等系列活动，以创新创业促就业，以创新创业促发展，形成大众创业、万众创新的生动局面。

4. 整合资源、牵手合作，帮助企业拓宽销售渠道

根据在孵企业特点优势，利用"龙粤合作的大平台"和"双向孵化平台"，积极为企业牵线搭桥，促进精准对接、资源共享、共同发展。为帮助在孵企业开拓产品营销渠道，提升企业产品推广能力和营收能力，根据在孵企业以农业科技企业为主的特点，帮助企业进入拼多多及淘宝电商平台，并向中山市食源食材公司等多个食品企业推广企业产品。截至2021年底，已经帮助在孵企业累计销售农产品60多万元。

二、2022年对口合作工作计划

（一）继续强化高层互访和干部、企业家交流

按照《黑龙江省与广东省对口合作实施方案》部署要求，依据佳木斯市"四大优势"和中山市依托粤港澳大湾区所具有的产业、技术、资金优势，继续推进两市高层互访和各层级的交流，继续组织好挂职干部选派工作，邀请中山市各层级人员到佳木斯市考察，组织佳木斯市各部门、各类企业赴中山市考察、交流和对接。以中山市为基点，将对口合作工作面扩展到粤港澳大湾区乃至整个广东省。

（二）强化推进重点领域对口合作

1. 加强粮食购销、绿色食品深加工等产业合作

做好"黑龙江好粮油"等宣传推介，进一步推动"龙粮入粤"。构建两市优质产品产销直供体系，建设流通渠道，扩大销售品种，降低运营成本。加快落实《关于推进佳木斯市优质农产品推广销售工作的对口合作框架协议》和《关于中山对接佳木斯农产品的营销推广方案》，将佳木斯市农产品推向粤港澳大湾区。积极开展粮食异地代储，推动形成两市认可的粮食异地代储模式。加大农产品精深加工领域合作力度，重视资源导入，把绿色有机食品变成厨房食品，提高产品附加值，延伸产业链，提升价值链，促进佳木斯市生态农业再升级。

2. 加快推进中佳产业园共建工作

抢抓国家支持对口合作的战略机遇，推进中佳产业园建设进入"快车道"。围绕绿色食品、北药开发、新材料、科技创新、高端精细化工、灯饰、家具等重点领域，充分发挥佳木斯市生态、区位等优势，借助中山市技术、资金、人才、研发能力等优势，共同搭建招商平台，瞄准重点领域，积极承接中山市木材加工等产业转移，探索建立产业精准转移的长效机制和支撑措施，实现"一南一北"产业精准转移，优势互补，携手共进，共享发展成果。

3. 加强两市文化旅游及健康产业合作

促进两市旅游业频繁互动和交流，推进互送客源和宣传推广等工作的落地。继续加强两市线上平台推广与交流，优化共享机制，创新宣传推广方式，推动"寒来暑往，南来北往"品牌的提升。依托佳木斯工业技术研究院和高新区精细化工产业园等孵化平台和科研成果，在高端药品研发、信息服务、质量检测、原料供应、医药中间体项目等方面与中山市优势资源有机融合，实现产业集聚发展，并引导中山市制药企业在佳木斯市建立药材种植及加工基地。

（三）推动对外开放合作全面升级

依托两市区位优势，抓住国家加快推进"一带一路"建设机遇，在装备制造、食品、矿业、林业、能源化工、建材、农业、商贸物流、轻纺等重点领域，坚持出口抓加工、进口抓落地，与中山市在进出口贸易上开展全面合作，以中山市为基点，将佳木斯市对外贸易范围逐步扩大，南联北开，打通出口通道，实现互利共赢。

（撰稿人：刘洁、杨震）

第九章 七台河市与江门市对口合作

七台河市发展和改革委员会 江门市发展和改革局

2021 年是实施"十四五"规划的第一年，也是两省合作进入新阶段的开局之年。七台河市全面贯彻落实两省对口合作工作会谈精神，主动与广州、佛山、肇庆等广东省城市建立联络，在固废利用、碳汇资源开发、新材料等方面加强了合作；继续深化与江门市的对口合作，两市共同克服疫情困难，对口合作机制日臻完善、合作领域不断拓展，在巩固和提升现有合作成果的基础上，努力推动工作走深、走实，取得了一定成果。

一、2021 年对口合作进展情况

（一）两省牵手谋发展，"一点两面"开新局

2021 年 9 月 12 日，借助两省召开对口合作签约会契机，七台河市委书记王文力、市长李兵与江门市市长吴晓晖在哈尔滨市进行了会谈，双方就推动产业互补、加强人才交流、健全对口合作机制等方面达成共识，指出了两市对口合作工作在现有基础上，未来要聚焦"一点两面"继续深化开展，即以共建江河园区为核心点，促进投资政府基础设施建设和搭建招商平台，力争打造两省对口合作新样板。

同时，根据《黑龙江省与广东省对口合作 2021 年工作要点》，七台河市与江门市各部门共同草拟了《2021—2022 年江门市和七台河市对口合作任务清单》，清单中共列出园区共建、经贸合作、农业合作、文旅合作、政务服务、干部人才交流、智力资源交流合作、深化科技合作 8 个方面、14 项工作任务，明确责任单位，指导市直相关部门及区县有序推进各领域继续开展合作。

（二）筑巢引凤齐推进，江河园区现新颜

当前，七台河市与江门市对口合作进入深入发展期，"江河园区"载体建设寓意深刻、成果显著，得到了国家层面的高度关注，在列入黑龙江省国民经济和社会发展"十四五"规划的同时，作为承接转型发展和产业转移的重要平台，不断强化吸引要素集聚、策源辐射、高质量发展目标功能，园区一边加快基础设施建设，一边通过江门市平台大力对粤招商、承接产业转移。

为促进江河园区尽快达产达效，七台河市成立了市级江河园区建设指挥部，由时任常务副市长任总指挥。指挥部负责组织实施江河园区建设、制定施工计划、资金需求分析、土地补征、工程手续审核监督、施工现场安全管理等工作。截至 2021 年底，江河园区基础设施建设计划投资 45.29 亿元，已完成投资 30.3 亿元（其中，2020 年完成投资 14.35 亿元，2021 年已完成工程量折合资金 15.95 亿元）。主要内容有污水厂、净水厂、给排水管网、道路、绿化、电力、供热管线等基础设施。

同时，为贯彻落实江门市、七台河市 2018 年 12 月签订的合作共建产业园区协议，经过两市发改部门积极协商，结合两市实际，制定了《江门市七台河市共建江河园区实施方案》，方案中江门市将选派干部和业务骨干组成工作组，与七台河市相关部门联合成立江河园区前方工作组，共同推进产业园的专项规划编制、建设运营、招商引资、建立政策体系、加强人才培训等工作。尤其是招商引资方面，一是两市将协同出台投资优惠政策，开展产业和产业链招商研究，物色专业投资服务机构合作开发和招商。梳理主导产业龙头企业清单，协同拜访意向合作企业。二是安排七台河市招商队伍到江门市驻扎，面向粤港澳大湾区招商。利用江门市平台推介七台河市投资环境，推动江门市意向合作企业落户江河经济开发区。

截至 2021 年底，开发区有企业 26 家。其中，原有企业 12 家，2020 年实现产值 36 亿元。2019 年新上联顺生物制药、鹿山紫顶光合、辰能生物质发电 3 个在建项目，项目总投资 125 亿元，已完成投资 74.7 亿元。2020 年新上沃睿生物质能秸秆加工、大唐环保技改项目、华夏一统 100 万吨复合肥项目，总投资 24.75 亿元，已完成投资 5.54 亿元。2021 年新上驰宝达再生资源反光材料项目、龙洋焦电烟道废气净化综合利用项目、龙洋焦电入炉精煤节能干燥项目、固废资源化利用煤矸石年产 15 万吨高岭土及 600 万平方米陶瓷项目，总投资 4.46 亿元，已完成投资 0.79 亿元。其中重点项目联顺生物制药已完成投资 67.47 亿元，预计 2022 年 8 月试生产。

（三）以点拓面谋共赢，企业携手谱新篇

依托江门市在粤港澳大湾区的优势，帮助七台河市在江门市设立了大湾区招商处，拓

展并加强了七台河与广州、深圳、佛山等城市间的合作，2021 年 5 月，通过黑龙江省与广东省产业交流推介会，七台河北兴新型建材公司与佛山科达窑炉设备有限公司达成合作，总投资 3.5 亿元的年产 15 万吨高岭土及 600 万平方米陶瓷项目签约落地七台河市，该项目已于 2021 年 11 月 10 日正式开工建设。2021 年 8 月，通过两省发改部门的产业项目和产业需求推介，七台河万锂泰电材有限公司与深圳首通、深圳欣旺、惠州亿纬锂能等公司签订了长期的石墨烯负极材料供货协议，并与比亚迪公司在新能源汽车电池领域联合开展技术研发。2021 年，万锂泰公司在广东省的销售额达到了 2 亿元。2021 年 9 月，通过两省对口合作项目签约会，七台河市茄子河区与广州国碳资产管理有限公司合作的"碳汇资源开发项目"成功签约，总投资 3200 万元，项目前期数据已上报国家林草局等有关部门，待全国碳汇市场开放后，继续推进。截至 2021 年底，七台河市由包括李兵市长带队的各类考察团 12 批共计 100 余人次先后赴江门等粤港澳大湾区城市进行招商或考察学习。

（四）重点领域巧对接，改革开放扬新帆

2021 年，两市共同克服新冠肺炎疫情影响，充分利用云端网络等互联网技术开展交往交流，线上、线下多措并举，实现各领域、各部门间工作交流不断线。

1. 重点产业合作方面

一是中医药产业方面。按照七台河市所需，继续推进产业合作，七台河市积极争取建立无限极道地药种植基地。为保障原材料的安全和高品质，无限极在全国各大道地药原产区建立了多个种植基地。无限极江门生产基地目前有臻源胶囊、元泰片、常欣卫口服液等 18 个保健产品生产，所需的中草药原料近 100 种，其中黄芪、五味子、豆肽、桔梗、紫苏等 20 多种中药材都是七台河市种植的品种，且七台河市打造的"寒地北药"特色中药也完全符合无限极道地药的品质需要。勃利县、经济开发区等地的药材种植技术成熟且可以根据需求灵活调整各类药材种植面积。目前，两市发改部门和有关县区已进行对接，推动种植基地项目进一步合作。

二是碳捕捉领域。七台河鹿山紫顶新能源公司经过科技攻关，取得了等离激元热催化二氧化碳合成清洁燃料技术突破，碳吸收合成汽油中试一期实验成功。碳中和等离激元二氧化碳合成燃气项目预计 2022 年开工建设。江门市各类工厂、电厂众多，"双碳目标"也有一定压力。下一步，江门市计划引进该项目，并将项目在广东省的生产基地设立在江门市，届时将辐射大湾区进行合作推广。

2. 营商环境建设方面

一是完善"跨省通办"工作机制，建立了动态更新"跨省通办"事项清单的工作机制。按照"先易后难、高频优先""急用先行、分类推进"的原则，分批梳理高频使用、操作性强的"跨省通办"事项清单。经与江门市确定后，通过黑龙江政务服务平台、广东政务服务网"跨省通办"专区以及政务服务大厅"跨省通办"专窗多渠道对外公布。

二是引入"政企云"平台和"好差评"系统。为进一步提升服务能力，将江门市正在推广应用的"政企云"平台和"好差评"系统引入七台河市。项目建成投入使用后，将会把七台河市各类招商引资和惠企政策通过"政企云"平台实时推送到企业家手中，同时还能通过平台及时掌握企业动态和诉求，有针对性地为企业提供上门服务搭建网络平台。

三是服务专班机制互学互鉴。近年来七台河市开工建设了涉及经济、社会、环境、教育等领域的重点项目，并取得了丰硕成果。特别是连续两年成立了以市委书记和市长为双组长的重点项目推进服务专班，实行"三级专班""四个清单""五级调度""六项机制"等长效工作机制，举全市之力推动项目加快建设。江门市根据实际需要，在推动项目建设上借鉴七台河市经验，同样设立了服务专班，在项目建设过程中，坚持"一切围绕项目干、一切围绕企业转"的工作理念，为项目全程提供保姆式服务。坚持一线办公、一线协调、一线服务，常态化深入项目现场，及时排查解决项目建设中的堵点、难点问题。在重点项目和重大政务事项推进上同样取得了成功。

3. 政务运转方面

2021年4月七台河市政府办到江门市政府办就政府系统政务工作运转流程、统筹协调、工作联动机制等进行了专题考察学习。通过专题座谈会、查阅资料、项目现场学习等方式，深入细致了解江门市政务工作在办文、办会、办事、服务战线、机关建设五个方面的具体做法和经验，进行了坦诚的提问交流，收集了相关的材料资料，建立了联系方式，增进了工作友谊，为持续沟通、互通有无搭建了桥梁和纽带。

4. 科技攻关方面

2021年两市以科技型企业及高新技术企业为重点，组织企业与江门市高校进行对接，合作开展高新技术应用转化，解决技术难题。一是七台河市万锂泰电材有限公司与五邑大学应用物理与材料学院（邱正平博士）对接，合作研究解决锂电负极材料中硅负极材料的体积膨胀和球形石墨的固相包覆等技术问题。二是黑龙江省联顺生物科技有限公司与五邑大学生物科技与大健康学院对接，在深层生物发酵、产品提纯、发酵废水再利用等方面开展课题研究。接下来，两市科技部门将加快推进技术攻关和课题成果的应用转化。

（五）着眼大湾区"菜篮子"，乡村振兴启新程

江门市作为广东省的"菜篮子"，每年都会举办大型的"农博会"。2021年10月，受江门市政府邀请，七台河市副市长陈志率团赴江门市参加以"同庆建党百年辉煌，共创湾区农业品牌"为主题的"第二届粤港澳大湾区（江门）名特优新农产品推介活动"。七台河市共27家企业携41个名特优新农产品和扶贫产品进行了参展。展会期间，七台河市副市长陈志参加了开幕式，并在嘉宾巡展期间当起了讲解员，将参加开幕式嘉宾邀请到七台河市展台前，逐一介绍七台河市参加展会的名优特农产品和企业，受到了与会各界的一致好评。七台河市农业农村局局长富鹏在推介活动现场，就七台河市的自然环境、地理优势、乡村振兴、特色农产品等发展作了主旨推介。此次展会上不但产品销售一空，而且进一步建立了七台河市农产品在粤港澳大湾区的销售网络，共同促进了"消费扶贫——江门行动"系列活动，夯实了农业合作基础，推动两市乡村振兴发展。

（六）探索"飞地"新模式，深化合作创新业

2020年江门市陈皮产业产值突破100亿元，再创历史新高。新会柑每亩收益在2万~3万元，具有超高的附加值，带动了江门市的经济发展。但2021年以来，受广东全省粮食种植面积调控影响，陈皮村5万亩柑橘种植面积不得不退出，制约了当地陈皮产业的发展。江门市了解七台河市耕地面积可能存在富余后，拟与七台河市开展"飞地经济"合作。利用黑龙江省贯彻落实东北全面振兴"十四五"规划实施意见中积极承担跨省域补充耕地国家统筹任务这一政策，探索七台河市富余耕地弥补江门市新增粮食种植指标，从而保持新会柑的种植面积和陈皮产业的正常发展，并针对七台河市替代的种植面积给予补偿，陈皮收益共享，从而实现两市互利共赢。当前两市发改、自然资源、农业农村、统计等部门已对用地指标一事展开专题研究，并适时上报两省有关部门，积极争取省级支持。

二、2022年工作思路

2022年，在两省合作方面，七台河市将抓住两省高频互访机遇，与广州、佛山、肇庆、清远等广东省城市开展合作，在生物医药、温泉度假、城市基础设施更新、石墨烯新材料、陶瓷等新兴产业和项目方面寻求契合点，力争再谋划、再签约一批对口合作项目，并加速项目落地。

在与结对城市合作方面，七台河市和江门市将深入贯彻落实两省对口合作座谈会精神。以共建园区为核心点，在经贸、农业、文旅、政务服务、干部人才、智力资源、科技等八个重点领域深化合作，争取有更多的突破性工作，打造两省对口合作样板。

（一）深化园区共建取得实质性突破

落实《江门市七台河市共建江河园区实施方案》，两市干部联合工作组尽快开展各项工作。两市共同探索发展飞地经济模式。两市共建"园中园"。采用"园中园"模式，两市共同组建合资管理公司，打造园区管理新模式，发挥园区示范和"头雁"效应。借鉴深哈对口合作及黑河自贸区对外开放模式，吸引江门等地外向型企业入驻，探索建立内陆型城市对外开放新模式和审批事项互认模式。

（二）深化两市经贸合作

组织七台河市企业参加在江门市举办的展会，为两市企业合作创造更多的发展机遇。利用好"江门市对口支援地区名优特产品体验馆"展示平台，争取更多的七台河市优质产品在江门市销售。

（三）深化两市农业合作

借助江门市举办的 2022 年粤港澳大湾区（江门）农产品展销会，继续深化"六方"区域合作，充分发挥各自在现代化农业高质量发展方面的优势，促进共同发展，牵引和带动乡村振兴。

（四）深化两市政务服务交流

建设线上跨省通办服务专区，依托国家政务服务一体化平台统一身份认证，实现"一网通办"，推动企业开办、公积金、社保业务、驾驶证办理等领域高频事项实现全程网办、跨城通办、一次办成。互相借鉴商事制度改革方面的成功经验，进一步提升政务服务水平，优化营商环境。

（五）深化两市文旅合作

开展旅游宣传推广活动，互相支持、协助在对方所在地日报旅游专版、微信公众号等媒体进行旅游宣传推广，共同提高双方的旅游品牌知名度。促进两市旅游业互补发展，针对七台河市推出中国侨都（江门）暖冬疗养之旅、川岛避寒候鸟团、世遗非遗文化学生交流研学之旅等专题旅游产品，探索开展"七台河玩雪之旅"等系列旅游产品，吸引江门市游客到访七台河市观光旅游。

（六）强化干部人才交流

按照中央、省委的统一部署，互派干部人才到对方挂职锻炼、轮训培训、"插班"学习，推动两市干部人才转变观念、提升能力。深化教育领域合作，开展互派教师，有效整合教育资源，实现资源共享，在学校管理、师资培训、教学科研、教育信息化等方面开展对口交流。

（七）加强智力资源交流合作

推动两市产教融合，加强两市职业技师学院交流，在教师培训、教学改革、人才培养、一体化教学和技能大赛等方面深入合作，互相取长补短，共同提高，不断提升职业教育办学水平。

（八）深化双方科技合作

开展产学研对接交流活动，围绕双方优势产业发展的创新需求，推动两市企业、高校及科研院所之间开展合作。

（撰稿人：汤瑞峰、林焕光）

第十章　牡丹江市与东莞市对口合作

牡丹江市经济合作促进局　东莞市发展和改革局

2021 年是牡丹江市与东莞市确立对口合作关系的第四年，两市依托已建立的合作基础和工作机制，立足"十四五"开好局，围绕扩大合作领域和提升合作水平，持续开展双向往来交流，加快推进项目建设落地，积极落实既定工作内容，着力打造合作载体平台，各项工作平稳有序推进。

一、2021 年主要工作回顾

（一）始终将人员往来交流作为实施对口合作的重要手段

1. 高层人员持续往来

两市主要领导按惯例开展往来互动。2021 年 5 月，牡丹江市委副书记、市长张国军随黑龙江省政府代表团赴广东省开展学习考察，在赴东莞市参观考察期间，与时任东莞市委副书记、市长肖亚非见面。2021 年 9 月，东莞市委副书记、市长吕成蹊率东莞市政府代表团一行访问牡丹江市，两市共同召开了对口合作工作座谈会，并参观了东莞市在牡丹江的投资企业。

2. 市直部门频繁交流

两市市直有关部门按商定工作内容开启了一系列交流活动。牡丹江市科技局组织域内重点高校、企业相关负责人赴东莞市，围绕构建新型研发机构和促进科技与产业融合发展，开展学习调研。牡丹江市营商局针对东莞市近年来"数字政府"建设卓有成效的成功事例，主动联络，积极请教。东莞市发改局、文广旅局和商务局的主要领导在随同东莞市市长吕成蹊赴牡丹江市考察访问期间，针对粮食产销对接、文旅康养合作、跨境电子商务等领域分别与牡丹江市对口单位开展了务实高效的对接洽谈。东莞市城管局组织镇街主要领导和业务骨干专程到牡丹江市学习城市精细化管理工作，开展了细致深入的实地调研和现场交流。

3. 结对县镇紧密互动

牡丹江市各县（市）区努力克服新冠肺炎疫情不利影响，主动上门与东莞市结对镇（街）开展交流。爱民区和西安区区长分别带队赴东莞市与茶山镇等东莞镇街和有关部门开展深度对接合作，走访了一批企业，确定了长期合作方向和具体合作意向。阳明区政府主管领导两度赴东莞市和深圳市开展上门精准对接活动，先后访问考察厚街镇和沙田镇，取得了很大成效。

（二）坚持将项目合作作为充实对口合作的重要内容

1. 建成开工一批项目

截至 2021 年 11 月底，牡丹江市有已建成和已开工建设的对口合作项目 29 个，总投资额 36.44 亿元，涉及装备制造及加工业、现代服务业、软件和信息技术服务业、住宿和餐饮业等领域。其中，已建成达产的有弘图高档出口家具生产、俪涞国际小区、LPG 换装站等 19 个项目，完成投资 12.44 亿元。2021 年开工建设的有穆棱境外木材加工园区、宁安翰潍环保能源有限公司垃圾发电、贤丰矿业集团洋灰洞铜矿建设等 10 个项目，总投资额 24 亿元，完成投资 5.33 亿元。

2. 签约落地一批项目

2021 年两市有新签约项目 12 个，总投资额 112.3 亿元，涉及制造业、农业、现代服务业等领域，其中 4 个项目已落地开工建设：阳明区牡莞智能家居产业园项目已完成基础设施建设和项目主体建设，部分投入运营和生产；西安区人脸识别支付项目已完成营业法人注册，设备已开始安装调试；西安区麗枫连锁酒店项目已完成土地平整及基础设施建设，施工队伍正在陆续进场；东宁市洋灰洞子铜矿项目已办理土地预审、核准、环评等前期手续，建设招投标工作接近尾声。

3. 对接洽谈一批项目

围绕区位优势，绥芬河市与广东华峰能源集团对接，计划在绥芬河建设大宗进口俄罗斯商品储备基地，进一步规范大宗商品市场，整合物流资源；围绕绿色食品深加工，东宁市和海林市分别与广东至润油脂食品工业有限公司和东莞市供销集团有限公司洽谈黑木耳、食用菌和林下产品深加工合作；围绕基础设施建设，林口县委托广东和源水电开发有限公司编制龙山湖水电站项目规划，并利用其资金技术优势，推进建设。

（三）长期将落实既定工作作为开展对口合作的重要工作

1. 开展粮食和绿色农产品长期供销

按照两市 2018 年签订的《农副产品合作销售意向性协议》，牡丹江市以大米为突破口，经过三年的努力，已将本地优质农产品推广到广东沃尔玛山姆会员店、东莞嘉荣超市、碧桂园旗下直营社区超市等广东知名商贸企业。目前除大米外，已扩展到黑木耳、猴头菇、油豆角等产品种类，相关企业还建立了实体展示店，开展高端农产品定制服务。宁安市渤海镇水稻合作社依托 2018 年与东莞常平粮油市场经营公司签订的长期供应合同，不断供应优质石板大米进入广东市场，2021 年已供货 25 吨。

2. 加快科技创新服务

按照两省科技厅的统一部署，牡丹江市科技局与东莞市科技局于 2018 年签订了《科技企业孵化器对口合作框架协议》，商定围绕推进科技企业孵化器和新型研发机构建设与发展开展合作，经过两市相关部门的不懈努力，这项工作已初见成效。牡丹江市科技局学习东莞市在高新技术成果转移转化、科技创新服务平台建设等领域的工作模式上，借鉴东莞市孵化器、众创空间提档升级的经验，2021 年新增省备案科技企业孵化器 3 家、省备案众创空间 1 家、市备案科技企业孵化器 4 家、市备案众创空间 1 家，其中"牡丹江市北药资源开发与应用协同创新中心"已成功备案黑龙江省级新型研发机构。

（四）努力将吸引项目投资作为推动对口合作的重要推手

1. 聚力引进战略投资者

牡丹江市一如既往地重视引进战略投资者，牡丹江市高新技术开发区已与深圳正威集团和中国电子工业（深圳）总公司达成战略合作协定，拟在牡丹江市高新技术开发区建设石墨烯精深加工产业园，通过引入高新技术企业加快牡丹江市新兴产业发展。绥芬河市积极与深圳盐田港集团对接，围绕口岸建设、自贸区经营达成合作共识，拟利用其丰富的经营管理经验和资金实力，努力提升口岸能力和自贸区经营管理水平。

2. 依托自身优势精准对接企业

西安区依托与东莞市茶山镇的结对合作关系，主动对接大参林医药股份有限公司、永富食品有限公司等企业，围绕两地的有机绿色食品资源优势和产业链优势，达成一系列合作共识。阳明区利用自身木业加工产业基础与浩玮智能家具有限公司和名创家具有限公司合作，共建牡莞智能家具产业园，目前园区公路、供电、供水等配套设施已完成建设。

3. 坚持驻粤开展长期工作

牡丹江市县两级坚持选派优秀干部赴粤港澳大湾区开展驻点工作。穆棱市数年来坚持派驻干部长期在东莞市活动，2021 年将工作范围扩大到粤港澳大湾区，加大走访企业和项目招引力度。阳明区选派工作人员到东莞市厚街镇商务局挂职，依托阳明区产业基础和载体平台优势，针对木业企业开展宣传走访，吸引东莞市沐盈家具有限公司、东莞市富登电子有限公司等多家企业实地考察洽谈。海林市组建林木加工产业专班、生物医药产业专班、高新技术产业专班，进驻东莞市大朗镇开展招商工作，先后拜访 20 余家台商知名企业。牡丹江市选派 2 名优秀干部，进驻黑龙江—粤港澳大湾区产业协同服务中心，开展长期驻点工作。

（五）积极将交流平台渠道作为加快对口合作的重要途径

1. 参加省际交流活动

2021 年 5 月，黑龙江省委副书记、省长胡昌升带队赴广东省学习考察，开展经贸交流活动。牡丹江市委副书记、市长张国军率牡丹江市代表团全程参加，在黑龙江（广东）重点产业合作交流推介会上与广东省企业签订合作项目 7 个，总投资额 91.8 亿元。2021 年 9 月，时任广东省省长马兴瑞率广东省政府代表团赴黑龙江省学习考察。牡丹江市市长张国军率有关县（市）区和企业赴哈尔滨市参加活动，在黑龙江省与广东省对口合作项目签约仪式上，牡丹江市共签约合作项目 5 个，总投资额 18.5 亿元。

2. 利用好商会协会的合作渠道

牡丹江市农业农村局借助 2021 中国新时尚博览会暨广东直播电商选品交易会活动契机，组织 13 家本地农产品企业参展，参展期间展会现场销售和直播带货销售总额达 45 万元，与辛选直播、八方盛世直播、合兴传媒三个直播基地确定了合作意向。东宁市政府主动出击，分别与广东省营养健康产业协会、广东省黑龙江商会、深圳市牡丹江商会、东莞市牡丹江商会等签署战略合作协议，确立友好合作关系，与其成员机构在参与东宁市智慧城市建设、口岸能力提升、委托招商和直接投资等方面确定了长期合作关系。

（六）探索将合作载体平台作为承接对口合作的重要载体

依托自身条件和优势加快载体平台建设。2021 年两市的合作载体平台建设取得了一定突破，穆棱市境外木业加工园区和阳明区牡莞智能家具产业园初见雏形。穆棱市下诺夫哥罗德州境外木业加工园区位于俄罗斯下诺夫哥罗德州，园区拥有森林资源超过 4.5 万公顷，可建设面积 2 平方千米，具有森林资源开发、采伐、加工、运输、销售全产业价值链的商业运营能力。其由东莞市长宏木业有限公司投资建设，计划总投资 3 亿元。截至2021 年底，入驻企业 6 家，已通过中欧班列和多式联运的方式进行木材回运，回运量达每月 6 列 300 多个标准箱，年采伐体量达 20 万立方米。牡莞智能家居产业园位于阳明区经济技术开发区，占地面积 7 万平方米，由牡丹江浩玮智能家具有限公司（东莞投资）投资建设，计划总投资 3.6 亿元，截至 2021 年底已入驻企业 6 家。

二、2022 年工作打算

（一）坚持不懈，持续开展多层次人员往来交流

一是按惯例开展高层互访。2022 年上半年、下半年各自开展一次两市主要领导的互访活动，通过高层互访，确定工作内容，议定重大事项，协调解决相关问题。二是用好展会活动。除"哈洽会""绿博会"等传统展会活动外，积极参加各类省际交流活动。同时围绕拟定 2022 年举办的中国国际新材料产业博览会，大规模邀请东莞市企业参展、东莞市人员参会。三是用好现有人才交流平台和渠道。利用已在牡丹江市高新技术开发区设立的深圳大学理论经济学博士后科研流动站以及两市科技部门之间的合作，加大科技人员交流往来力度，实现科技交流助力产业发展，引智助力引资。同时发挥各县（市）区和工商联的作用，积极组织两市企业家进行往来交流。

（二）项目先行，不断加强项目招引和建设工作

一是提升改进服务。围绕加快推进项目落地见效，各县（市）区和市直有关部门针对现实条件和具体情况，细分细化政策，如有必要，就做到"一企一策"，同时优化流程，压实责任，强化督办，提高服务团队工作能力和服务水平，切实提高项目落地率和履约率。二是主动精准对接。市直有关部门、市高新技术开发区和各县（市）区要认真总结四年来项目推广招商引资的经验和教训，深刻剖析自身条件，重新梳理谋划项目，精心选定方向目标，主动上门开展新一轮对接。

（三）虚心求教，积极组织开展先进经验学习交流

一是学习镇街发展经验。两市组织部门加强沟通，分批分领域举办基层党组织书记示范培训班，组织牡丹江市乡镇、街道、机关、医院等领域党组织书记到东莞市全面学习东莞市镇（街）和机构在区域经济、特色产业、社会服务、社会治理、党的建设等方面的先进经验。二是学习提升政务水平先进经验。市营商局等相关部门持续学习东莞市建立"数字政府"、开展商事制度改革和提升政务服务水平的经验，通过学习借鉴，结合牡丹

江市实际，推进"一网、一门、一次"改革，不断提升政府政务服务能力和水平。

（四）持续发力，全面加快合作载体平台建设工作

一是加快现有平台建设完善的步伐。已投入使用的穆棱市境外木业加工园区和阳明区牡莞智能家居产业园，继续完善配套设施和服务水平，提高承载力，不断壮大企业群体规模。对接建设中的东宁东—波跨境工业园区、宁安市有机绿色食品智能化产业园和穆棱市国际木业产业升级示范区等要加大工作力度，加快对接和建设步伐，力争早日建成达效。二是突出平台差异化发展。围绕牡丹江市区位资源优势和东莞市产业优势，因势利导，有的放矢，努力建设各具特色的产业合作平台，牡丹江市高新技术开发区立足与战略投资者在新材料、大数据等产业方面加快推进合作进程；海林市、宁安市、西安区针对绿色农产品、中药种植加工、绿色食品等产业持续发力；东宁市、林口县针对矿产品加工、林产品、食用菌等产业力争突破。

（撰稿人：皮圣洁、马泽方）

第十一章　黑河市与珠海市对口合作

黑河市发展和改革委员会　珠海市发展和改革局

2021年，黑河市与珠海市对口合作工作以习近平新时代中国特色社会主义思想为指导，在两省省委、省政府的正确领导下，在两省发展改革委的大力支持下，按照黑河市与珠海市委市政府的决策部署，始终保持频繁密切的交流互动，对口合作工作取得阶段性成果。

一、2021年两市对口合作工作情况

2021年是不平凡的一年，黑河市经历了两轮新冠肺炎疫情，但是黑河市与珠海市克服重重困难，积极谋划、主动对接，较好地完成了年度工作任务。

（一）高层互访方面

2021年5月9~11日，时任黑河市委副书记、市长李世峰率市政府代表团到珠海市开展对口合作交流活动，期间，先后考察了珠海高新区云洲智能科技有限公司、珠海金山办公软件、三溪科创小镇粤淇食品公司"海河"大厦、丽珠医药集团、中兴智能汽车生产基地、横琴国际金融中心、粤澳合作中医药科技产业园、港珠澳大桥联检口岸等地，就科技创新合作、产业对接发展等进行调研。2021年9月12日，珠海市委副书记、市长黄志豪率市政府代表团到黑河市开展对口合作交流活动，其间，先后考察了黑河自贸片区电商产业园、保税物流园区、桥头区、黑龙江大桥联检口岸等地，就产业合作、经贸交流进行调研，并召开对口合作工作座谈会，双方明确中草药和农业产业合作具有发展潜力，就将其打造成双方对口合作的亮点达成共识，决定就充分利用黑河自贸片区发展中医药产业潜

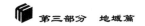

力进行深度研究，要加强与国家中医药局的沟通对接，进一步推动中医药产业做大、做精。

（二）产业合作方面

1. 跨境产业合作

黑河市与珠海市联手开拓俄罗斯、粤港澳大湾区等市场，为俄罗斯、黑河市的中药材、农副产品等南下出海，珠海市的优势产品北上出境提供高效便捷通道，对内、对外开放取得了成效。黑河市金龙港建设发展公司与珠海市免税集团、黑河市绿农集团与珠海市农控集团签订了合作协议，积极开拓俄罗斯市场。

2. 农业产业合作

一是珠海—黑河农产品加工物流园项目。根据工作安排，由农控集团下属粮食集团负责协助黑河绿农集团办理前期用地、规划报建等相关手续。珠海市粮食集团同黑河市绿农集团驻珠海办事处积极对接沟通，收集用地报批主体、用地项目需求、用地类型（划拨或出让）等相关基础资料，并于2021年10月与黑河绿农集团进行多次接洽，就项目用地报批主体单位、用地项目需求、用地类型（划拨或出让）等内容进行初步研究。2021年11月16日，珠海市粮食集团和黑河市绿农集团驻珠海办事处召开沟通协调会议，就重新选址的用地报批主体、项目建设主体、用地项目需求、用地类型、建议书、项目规划、项目可研等内容作进一步研究，待黑河市绿农集团驻珠海办事处对项目定性问题进行研究确定后再行推进。

二是珠海—黑河产业合作服务中心项目。2020年5月20日，珠海市粮食集团将凤凰路143号物业的商住楼层商铺290平方米物业备匙暂交给黑河绿农集团，为做好合作项目策划、设计等前期工作提供充足便利条件。为推进凤凰路143号物业（2000平方米）整体出租给黑河绿农集团的相关工作，于2021年9月6日启动对凤凰北路143号物业整体租值的评估，目前正按照国有资产物业租赁管理有关规定进行推进。

三是推动珠海市与黑河市政策性储备粮异地储备合作工作。为进一步推进珠海市与黑河市粮食异地储备工作，2021年10月26~27日，珠海市粮食集团积极参与由珠海市发展和改革局牵头组织的黑河市调研活动，与黑河市有关部门对委托黑河异地储备、应急时就近调动的新储备模式进行深入交流，并就加强沟通协调、共同推进合作初步达成一致意见，为下一步工作开展打下了基础。

四是持续开展消费帮扶协作。农控集团在星园扶贫市场、珠海对口扶贫直营店（横琴口岸店）设立黑河农产品专柜，用于集中展示、展销黑河市特色优质农产品，并通过进社区活动、团购、饭堂配送等方式销售黑河市农产品。截至2021年11月底，农控集团共销售黑河农产品近 20 万元。

五是 2021 年珠海粤淇食品公司与黑河绿农集团签订购买 2 万吨大豆意向书，共同搭建大豆销售及生产项目平台，建立黑河市—大湾区大豆产销全产业链。2021 年在黑河市投资 1000 万元建立腐竹生产线。

3. 旅游产业合作

2021 年 5 月，珠海市文化广电旅游体育局与黑龙江省黑河市开展执法协作交流活动，活动内容主要包括旅游、网络文化、意识形态领域执法等，采用课堂授课和现场教学两种方式，通过学习活动，促进了珠海市与黑龙江省黑河市执法人员的交流和学习，切实提高了执法人员综合素质和办案水平。2021 年 10 月，珠海市文化广电旅游体育局邀请黑河市文化广电和旅游局共同参加在广西南宁、江苏苏州举办的珠海文旅产品暨旅游招商项目线上推介会，黑河市文化广电和旅游局因受新冠肺炎疫情影响未能参加此次推介活动。珠海市文化广电旅游体育局通过在活动现场播放黑河市文化旅游宣传片、摆放黑河市文旅宣传展板和派发旅游宣传资料的形式对黑河市特色文化旅游资源进行了展示，让广西壮族自治区和江苏省的市民游客足不出户，就能领略黑河市独有的冬季多元旅游资源和中俄边境城市魅力。

在新冠肺炎疫情常态化防控期间，两市将根据新冠肺炎疫情防控要求实时调整文化旅游对口合作工作，后续两市将重点开展旅游宣传推广的线上合作，发挥两市文化旅游部门优势，在微信公众号、网页等方面互相链接，寻找两市文化旅游产业的契合点，推动两市文化旅游产业加快发展。

（三）深化中医药合作方面

2021 年 9 月 13 日，黑河市与珠海市政府代表团在黑河市举行了工作会谈，会议议定，双方明确中草药和农业产业合作具有发展潜力，就将其打造成双方对口合作的亮点达成共识，确定要认真研究和谋划中医药产业园项目，加快设计方案编制工作。按照双方代表团就扩展合作空间达成共识，将黑河市与珠海市中医药产业园建设范围拓宽至黑河自贸片区。充分利用自贸片区的政策优势和爱辉区的资源优势，在黑河自贸片区建设以对俄科研创新为主要发展方向的对俄进口中草药加工园区，同时在园区内建设集科研、展示和销售为一体的综合服务平台。大力开展招商引资工作，先后吸引 6 家进口中药材加工企业落户自贸片区，4 家企业通过 GMP 认证获得药品生产许可证。黑河自贸片区投资 500 余万元改造 1.2 万平方米中俄药材研发平台（一期），平台配备公共仓储、车间及实验室，可容纳 6~7 家企业入驻生产，截至 2021 年 11 月底，已有 3 家企业进驻生产。

2021 年 10 月，珠海大横琴集团迅速成立黑河国际中药材交易中心工作小组，积极开展项目落地工作。按照珠海市委主要领导 2021 年 9 月赴黑河市考察时的重要指示，珠海大横琴集团快速响应，成立以集团党委副书记邓峰为组长、珠海大横琴科技公司为落地实施单位的专项工作小组，迅速推进黑河国际中药材交易中心项目调研、规划、落地建设等相关工作。一是双方深入对接。组织黑河自贸片区管委会领导一行考察横琴粤澳中医药产业园，并就黑河国际中药材交易中心整体规划及后续落地建设进行了深入探讨。二是开展调研。深入调研黑河中药材产业发展现状与未来规划，并学习国内先进中药材交易中心安徽亳州等地的模式及建设经验。三是组织编制方案。与黑河自贸区管委会交流并初步探讨编制黑河国际中药材交易中心建设方案，打造线上、线下相结合的国际中药材交易中心。

（四）联合招商方面

两市充分发挥对口合作新契机，加强与两省其他地市的合作，拓展合作项目，延伸合作空间，截至 2021 年 11 月底，已签约 5 个项目，签约金额 51.9 亿元（黑河君豪跨境商贸综合体项目，投资 40 亿元；黑河华为上海车 BU 寒区测试场项目，投资 8 亿元；黑河嫩江现代农业综合服务一体化提升项目，投资 2 亿元；珠海—黑河农业产业合作平台建设项目，投资 1.2 亿元；黑龙江黑河（步行）口岸免税店项目，投资 0.7 亿元。

（五）交通领域合作方面

2021 年 5 月 10 日，两市在珠海市召开对口合作工作座谈会，时任黑河市委副书记、市长李世峰与珠海市委副书记、市政府党组书记黄志豪就黑河—珠海航线续航问题达成共识。珠海—郑州—黑河航线于 2019 年 4 月 1 日开通以来，共执行 274 次航班，运输旅客 109353 人次。该航线的开通畅通了大湾区与黑河市、俄罗斯远东两国三地之间的旅游通道，也打通了黑河市与中原地区的交通通道，促进了南、中、北交通便利化，推动了区域多领域深度务实合作，加强了资源共享、信息互通、产品互补，实现了合作城市之间的互利共赢。

（六）县、区经贸交流合作方面

各县（市、区）同步推进对口合作工作，取得了较好成效，其中，逊克县与金湾区（珠海经济技术开发区）达成合作共识，共享在深圳、广州、东莞、北京等地的招商分队及相关数据平台；嫩江市政府和珠海市发展改革局、珠海市高新区就南粮北储项目合作进行了对接，珠海市发展改革局已形成调研报告；黑河自贸片区就自贸区中草药产业发展及中草药园区共建等工作多次与珠海市工信局和市国资委进行对接，各项工作正在有序推进。

二、2022 年两市对口合作思路

围绕《黑龙江省与广东省对口合作 2022 年工作要点》，两市将重点做好以下工作：

（一）加快黑河国际中药材交易中心建设

1. 总体目标

2022 年的总体工作目标是完成黑河国际中药材交易中心建设，运营初见成效。珠海大横琴集团与黑河自贸片区深入合作，以俄罗斯进口中药材为核心，引入澳门中医药产业优秀企业，共同打造一个集交易、展示、信息发布于一体的中药材现货交易平台，并争取将其作为 2022 年珠海市与黑河市对口产业合作的亮点。

2. 2022 年工作计划

争取在 2022 年 2 月底前完成对黑河市中药材市场的实地深入考察及国内中药材交易中心对标单位的实地调研；争取在 2022 年 4 月底前完成方案编制并获珠海市及黑河市批复；争取在 2022 年 8 月底前完成黑河国际中药材交易中心建设并启动试运营。

3. 后续规划

一是搭建交易中心线上平台，打造"互联网+中药材"在线交易模式。建设一套可展示、可交易、可溯源的综合线上交易平台，为中药材产业链供需主体提供主动对接服务。二是双方共同探索产业合作新模式。依托黑河市富集的中药资源和黑河边境药材通关口岸资质优势，及横琴粤澳深度合作区着眼建设世界一流中医药生产基地和创新高地的重大历史契机、粤澳合作中医药产业园平台优势，双方共同探索中医药产业"产、研、销"合作新模式，打造更具影响力的产业链和产业集群。

（二）加强自贸片区合作

加快推动两市自贸片区合作框架协议内容落地实施，加强黑河自贸片区与横琴自贸片区在投融资、商事制度、"放管服"改革等方面工作的横向交流，深化交流自贸片区管理理念，以制度创新为核心，加强黑河片区与横琴片区间政务服务领域交流合作，利用国家赋予自贸片区的先行先试功能，做好横琴自贸片区发展经验的复制、推广，互相学习借鉴。推动黑河自贸片区投融资平台与珠海市金融机构合作，做好发起产业发展基金前期准备。横琴新区派出专业人才赴黑河片区进行业务指导，提供相关领域智力支持，协助黑河市建设高标准、高质量自贸片区。落实珠海横琴新区与黑河自贸片区合作框架协议,加强区域协同合作,深化产业互利合作,联手拓展对外开放水平。

(三) 加强产业项目合作

以黑龙江(广东)重点产业合作交流推介会和黑龙江(深圳)重点产业合作交流恳谈会为契机,以互利共赢为产业合作的出发点和落脚点,深度分析、挖掘合作潜力,找准合作方向,突出优势互补点,加大招商引资力度,深化拓展合作领域深度和广度。加快推进开工项目建设,全力推动合作项目尽快落地。下一步将重点推进中俄黑龙江公路大桥口岸免税店项目、黑河跨江索道口岸免税店项目。

(四) 深化对内、对外开放

加强两市之间的企业、商协会沟通联系,动员两市工商界通过"中俄博览会"等大型的经贸交流活动,共同组织中国(广东、黑龙江)—俄罗斯远东经贸交流活动,共同推进两市产业的转移和承接,加快科技成果的研发转化。组织两市旅游、经贸、产业等领域开展多方面、广角度、全方位的投资对接合作。促进两市企业间以及与国内外企业间的产业合作、产销对接、招商投资,增强城市活力,提高企业竞争力。加强珠海市、黑河市与俄罗斯阿穆尔州的交流合作,共同推进"布拉戈维申斯克—黑河"跨境集群建设。

(五) 做好跨境产业合作

黑河市加强与俄罗斯能源、资源产业的合作,与珠海市共同发展钢铁、新材料下游产业,推动黑河市与俄罗斯跨境产业集群建设。持续深化跨境产业合作,要抓住黑龙江大桥即将通关的契机,联手开拓俄罗斯、东北亚、珠三角及港澳等市场,为俄罗斯、黑河市的中药材、农副产品等南下出海,珠海市的优势产品北上出境提供高效便捷通道,携手推进对内、对外开放取得更大的成效。

(六) 加强旅游产业合作

保持黑河—珠海航线常态化通航,利用黑龙江大桥通车后的便利条件,拓展俄罗斯—黑河—广东两国三地旅游线路,要发挥黑河市与珠海市旅游资源富集优势,结合两市气候特点,推动两市海岛游、边境游等特色旅游,两市互为旅游目的地和客源地,合力推动旅游业发展。两市文化广电旅游体育局要充分发挥部门职能,带动旅游产业发展。要设计好两市旅游线路,寻找两市旅游产业契合点,推动两市旅游产业加快发展。借助双方各自体育资源优势,促进两市在体育领域的合作。

（七）推动两市政务服务"跨省通办"

围绕企业和群众异地办事需求，建立政务服务合作机制，不断拓展合作内容，创新合作模式，通过全流程网办、两市政务服务大厅代收代办等多渠道推动政务服务在黑河、珠海两地实现"跨省通办、一次办成"，解决企业和群众异地办事面临的"多地跑""折返跑"堵点、难点问题。

（八）进一步完善交流机制

在市场化、法制化的基础上，突出党委、组织部门在对口合作工作中的主导地位，细化对口合作任务、推进人员交流往来、扩大对口合作成果，把各项工作落细、落实、落地，确保重点工作落实。一是强化企业经营管理人才交流。通过在珠海市举办企业经营管理人才培训班、选派企业经营管理人才到珠海市企业挂职学习等形式，强化黑河市企业经营者的现代管理理念，拓宽国际视野，提高战略思维和变革创新能力。组织珠海市企业经营管理专家团队到黑河市参观考察产业发展，现场为企业"问诊把脉"。二是持续选派干部。拟选派干部赴珠海市开展为期3个月跟班学习锻炼工作。拟分配到珠海市下属行政区和市直部门，保证学习锻炼的干部能够得到充分的学习锻炼机会，积极借鉴发达地区的先进经验和成功做法，开阔思路、增长才干。

（撰稿人：谷永超、李锦镇）

第十二章 绥化市与湛江市对口合作

绥化市发展和改革委员会 湛江市发展和改革局

2021 年是"十四五"开局之年，立足"两个一百年"历史交汇，绥化和湛江两市市委、市政府始终坚持高起点谋划、高标准定位、高效率合作、高质量推进，围绕两省对口合作工作部署，结合两市优势禀赋和发展实际，既完成了常规动作，又开展了自选动作，合作内容不断丰富，合作层次持续深化，取得了一定成效。

一、2021 年对口合作工作进展及成效

（一）高层互访成效明显

2021 年 5 月 6 日，绥化市委副书记、市长孙飚在黑龙江省代表团赴广东学习考察和经贸对接期间，与湛江市委副书记、市长曾进泽进行了会晤。双方高度评价了对口合作以来取得的工作成果，表示要在过去良好合作的基础上，进一步抢抓政策机遇，拓宽合作领域，创新合作方式，在农业、旅游、产业项目建设、干部和人才交流等方面加强合作，优势互补，合作共赢，全力打造跨区域合作新样板。9 月 10~11 日，湛江市委副书记、市长曾进泽带队赴绥化市考察交流。深入到庆安农产品批发市场、黑龙江天有为股份有限公司等地进行实地考察，两市政府共同召开工作座谈会，双方就进一步加深合作层次、拓展合作领域、扩大合作成果进行了深入交流。

（二）合作内容持续深化

2021 年 6 月 8 日，中共绥化市委就持续深化推进两市对口合作致函中共湛江市委，

双方就持续深化推进两市对口合作工作提出了加强交流互访，建立常态化沟通机制；加强政府引导，营造全方位合作氛围；加强优势互补，推动差异化合作发展等建议。2021年9月11日，在湛江市委副书记、市长曾进泽带队到绥化市考察交流期间，两市政府签订了《黑龙江省绥化市与广东省湛江市深化对口合作协议》，从进一步深化产业互补合作、招商引资合作、文化旅游合作、农业领域合作、人才交流合作、金融服务合作、科技创新合作七个方面明确了重点合作方向。

（三）"稻—稻—薯"合作模式日趋成熟

两市紧抓对口合作的有利契机，积极开展农业合作，"北薯南种""北社南营"的合作基础更加牢固，生产模式不断创新，种植技术日臻成熟，规模效益稳步增加，实现了多方共赢，促进了持续发展。

截至2021年11月底，在湛江市遂溪县草潭镇实施的"北薯南种"种植面积已经达到1.3万亩，其中0.3万亩改为冬种红薯。在遂溪县城月镇实施的"稻—稻—薯"合作种植面积已接近2000亩，每亩纯效益均在2000元以上，始终保持了稳定的经济效益。2020年冬季种植的710亩马铃薯于2021年3月15日全部收获完毕，亩产达到5000斤，以每斤1.15元的订单价格售出，取得了良好的经济效益。龙薯联社在"一亩田公司"的水稻收获后，于当年9月下旬栽种马铃薯，第二年2~3月可获得收成，预期效益可观。

（四）粮食合作进一步加强

2021年，湛江市在绥化市委托代储市级储备粮共11500吨，其中，湛江市粮食储备中心库与绥化市庆安东禾金谷粮食储备有限公司合作异地代储市级储备稻谷6500吨；湛江市坡头粮食储备库与望奎县三维粮食收购有限公司合作异地代储市级储备稻谷5000吨。湛江市粮食加工企业广东怡丰米业有限公司与绥化市庆安华鑫米业有限公司签约实施产销合作，合同金额为6400万元，进一步促进粮食产销衔接，畅通购销合作渠道，为湛江市粮食优质粮源打下坚实的基础。

（五）文化旅游合作持续推动

一是联手打造旅游品牌。近年来绥化市在培育国际型文化旅游产品、打造特色文化旅游品牌、加强文化旅游行业管理、培育壮大文化旅游市场、建设特色景点方面取得显著成效，2020年12月绥化市在湛江举办"畅游绥化，冰雪芳华"冬季（湛江）文化旅游推介会，推动两地交流发展，文化和旅游往来更为频繁，共同打造旅游品牌。

二是深化文旅产业合作。进一步深化旅游合作、文化交流互鉴，进一步推动市场互动、客源互送、资源共享，形成两市文化、旅游和经济发展相互促进、共同繁荣的新格局。继续实施"南来北往，寒来暑往"旅游工程，利用新媒体资源加强对对方营销活动的宣传推广，提升品牌知名度。克服新冠肺炎疫情影响、交通方面制约带来的困难，湛江积极采取线上交流合作的方式，充分利用微信公众号等平台宣传推广绥化文化旅游资源特色，通过图文视频等形式，展现绥化市不同地区的人文风光和旅游资源。

（六）人力资源合作呈现新模式

为进一步提升两市人力资源合作的时效性、针对性和可操作性，绥化市与湛江市人社部门多次对接协商，不断完善合作内容。2021 年 9 月 1 日，两市签订新的合作协议，在搭建人才信息共享平台、开展人才培养培训合作、共建共享重点人才数据、加强对口劳务协作关系和实现常态化人力资源合作五个方面进一步明确合作内容。

鉴于新冠肺炎疫情给双方人员往来带来的不利影响，绥化市重点推进线上劳务协作，由绥化市劳动就业服务中心与湛江市就业服务中心对接推动劳务协作，依托"绥化就业大集"就业服务平台，推送和发布了湛江港（集团）股份有限公司、湛江市粤海水务投资集团有限公司等一批大型企业共 130 个岗位招聘信息。2021 年 11 月 26 日，绥化—湛江首场劳务协作线上招聘会，即绥化就业大集第 84 期线上直播招聘会如期举行，共有 15 个湛江市企业 101 个用工岗位供求职者选择。

二、2022 年工作安排

（一）加大合作项目的谋划和推进力度

一是加强沟通联络，加大招商引资力度，促成更多项目落户绥化市。主动对接合作，对已有线索的项目明确对接责任人，加强与有合作意向或招商线索的企业的信息沟通，做好项目跟踪和对接工作。二是进一步做好两市已签约项目、在建项目的落地和服务工作。强化与在建项目的对接和服务保障，确保项目尽快投产达效。加强对已签约项目的协调服务，落实好各项建设要素，加快推动项目落地建设，推进对口合作走深走实。

（二）积极复制推广"稻—稻—薯"合作经验

积极与湛江市方面沟通对接，进一步推广复制合作模式，由广东粤良种业有限公司、黑龙江望奎县龙薯联社牵头，联合百事公司、乐利事食品有限公司、当地水稻种植合作社及水稻种植大户，进行稻田冬种马铃薯，在雷州半岛再打造 3~5 个规模在 500 亩以上的"稻—稻—薯"高效生产示范基地，带动当地农民发展"稻—稻—薯"产业，争取在 2~3 年内将种植面积发展到 2 万~5 万亩。打造遂溪县"北薯南种"南北合作发展联盟，让北方冬季闲置劳动力有事做，同时，带动遂溪县当地水稻种植户冬种马铃薯，实现高效合作、南北共赢。依托"北薯南种"旱田和"稻—稻—薯"水田种植基地，可引进百世、乐利事等薯片加工企业与当地企业合作，就地深加工马铃薯，解决农户种马铃薯的后顾之忧，加工企业产生的利税由两地共同享有。

（三）共同研究探索线上交流合作机制

努力克服新冠肺炎疫情影响，两市合力研究探索线上交流合作机制，通过线上交流的形式，推动沟通联系常态化，协调双方已建立联系的对口单位继续保持沟通交流，实现信息共享、资源共享，推动对口合作更加深入。

（四）大力推进合作平台载体建设

加大绥化市与湛江市的协调对接力度，探索推进合作平台载体建设。重点依托绥化经济开发区的产业基础和发展布局，积极对接湛江市乃至广东省产业园区和重点企业，逐步扩大合作范围。通过两市联动、资源互补、平台共享，促进人才、科技、资金等要素合理流动，推动共建一批以产业合作园区为主体的重大合作平台，开展一批标志性跨区域对口合作项目。

（撰稿人：张鹬曦、陈薇伊）

第十三章　大兴安岭地区与揭阳市对口合作

大兴安岭地区行政公署发展和改革委员会　揭阳市发展和改革局

2021 年，按照两省对口合作的统一部署，在两省省委省政府的坚强领导下，通过完善工作机制、密切双方交流、推动产业项目合作、推动航线复航和加强宣传推介等举措，大兴安岭地区和揭阳市对口合作各项工作取得了积极进展。

一、2021 年工作完成情况

（一）完善合作机制

印发了《关于继续推动大兴安岭地区与揭阳市合作的通知》《关于进一步深化对口合作工作的通知》《揭阳市与大兴安岭地区对口合作工作座谈会会议纪要第一期》《揭阳市与大兴安岭地区对口合作工作座谈会会议纪要第二期》，明确了下一步对口合作工作的总体思路、主要目标、重点任务和保障措施，并对每项工作任务落实责任、设定时限，确保重点任务如期完成。

（二）推进产业项目合作

一是继续开展绿色产品旗舰店销售。截至 2021 年 11 月底，揭阳市绿色产品旗舰店销售金额总计 253.29 万元，其中实体店线下销售 151.98 万元，线上销售 101.31 万元。普宁市绿色产品旗舰店销售金额总计 168.87 万元，其中实体店线下销售 92.89 万元，线上销售 75.98 万元。二是继续开展食用菌购销。截至 2021 年 11 月底，黑龙江省天锦食用菌有限公司十八站分公司与揭阳市欣润有限公司完成 24.13 吨食用菌销售任务，销售额 193

万元。三是漠河红河谷智能网联汽车寒区测试基地。2019 年 5 月哈洽会上，红河谷企业（驻黑河市）与漠河市政府、工信部电子五所（驻广州市）签署三方合作协议，一期投入 1169 万元，于 2020 年 12 月 25 日开业；二期工程企业投资 996 万元购置锅炉、暖气，完善综合楼供热等基础设施建设。

（三）推介谋划产业项目

一是 2021 年上半年，大兴安岭地区谋划了与揭阳市对口合作招商引资项目 28 个，项目总投资 35.97 亿元，涉及生态旅游、林农产品开发、矿产开发、生物医药、物流仓储、电商经济等，寻求与揭阳市企业合作，经揭阳市积极动员，目前已有揭阳广通物流公司、揭阳市电子商务协会分别对呼玛县矿泉水生产加工项目和揭阳物流中转仓项目有初步合作意愿。二是 2021 年 10 月 11 日大兴安岭地区赴揭阳市调研并推介了招商项目 41 个，项目总投资 44.67 亿元。其中，生态旅游产业项目 14 个，项目总投资 16.4 亿元；林农产品开发项目 11 个，项目总投资 5.63 亿元；矿产开发产业项目 9 个，项目总投资 11.21 亿元；生物医药项目 3 个，项目总投资 7.5 亿元；物流仓储项目 3 个，项目总投资 3.43 亿元；电商经济项目 1 个，项目总投资 0.5 亿元。

（四）推动两地航线通航

由于漠河机场改扩建，经过双方不懈努力，揭阳—哈尔滨—加格达奇航线于 2021 年 3 月 29 日正式通航。截至 2021 年 11 月底，揭阳至加格达奇航线平均上座率达到 70.65%，运输旅客 2.1 万人次。该航线搭起从南海之滨到祖国北端的空中桥梁，促进南北合作、协调发展，推动两地旅游、文化产业交流合作，实现合作共赢。

（五）推动产业项目合作

2021 年 5 月 7 日，大兴安岭地区赴广东省参加招商活动签约了 3 个项目，投资金额 4 亿元，分别是天草药业改扩建项目、安迪医疗器械生产项目、大一广公司林下资源精深加工项目。2021 年 9 月 12 日，广东省代表团赴黑龙江省开展考察交流活动期间在大兴安岭地区签约了 1 个项目，为野生蓝莓、红豆越橘浓缩汁及提取物加工项目，签约额 0.6 亿元。此次签约活动不断强化内外开放合作、产业优势互补、智力资源交流、改革经验共享和平台载体共建，持续优化合作机制体制，推动大兴安岭地区对口合作取得更大成效。

（六）推进互访交流合作

一是 2021 年 10 月 9～12 日，大兴安岭地委副书记、行署专员徐向国率队前往上海市、广东省揭阳市开展招商洽谈，并与揭阳市政府围绕进一步深化对口合作、推动两地共同发展举行座谈交流，座谈会上，两地相关部门签订了碳汇资源开发利用、电子商务领域、旅游领域战略合作框架协议。学习考察期间，代表团一行先后深入上海市、广州市，实地考察上海景域集团、春秋集团和广东宇晟投资有限公司、工业和信息化部电子第五研究所、暨南大学等企业和院校，就文旅产业发展、项目投资、冷资源开发、北药产品检测和成果转化等开展了深入洽谈，形成了一些投资意向和合作成果。二是 2021 年 9 月 13 日，揭阳市委副书记、市长支光南率揭阳市政府考察团到大兴安岭地区进行考察调研，并与大兴安岭地委副书记、行署专员徐向国共同主持召开对口合作工作座谈会，揭阳市直有关部门、大兴安岭地直有关部门相关负责同志参加座谈，并分别作了汇报发言。三是 2021 年 4 月 22 日，大兴安岭地区行署副专员孙亮带队，在揭阳市召开大兴安岭地区文旅项目招商暨夏季文旅产品（潮汕地区）推介会，揭阳市副市长刘鹏参加推介活动，揭阳市、汕头市、潮州市文旅部门、重点文旅企业、旅行社、媒体代表等近 100 人参加。并举办了大兴安岭地区特色商品展，共展出蓝莓系列产品、野生菌系列产品、玛瑙工艺品、北沉香、根雕系列产品等 200 多种。四是 2021 年 4 月 16 日，神州北极"大美漠河"旅游招商推介会在广东省深圳市举行，漠河市委副书记、市长姚占军，副市长常彬，深圳市文化广电旅游体育局旅游推广促进处副处长邓志庸出席推介会，有 130 余家涉旅企业、20 余家当地知名企业、10 余家新闻媒体参加了推介会。

（七）深化教育领域交流

2021 年 6 月 28 日，大兴安岭职业学院党委副书记、院长李国兴在学院视频终端参加了广州科技贸易职业学院发起并举办的以"东西南北共襄乡村振兴，政校行企共谋产教融合"献礼百年华诞为主题的云签约仪式暨产教融合乡村振兴校长论坛，全国共有 8 所职业院校领导出席会议。会上，大兴安岭职业学院与广州科技贸易职业学院签订了教育合作协议，双方拟在师生交流、专业建设、教育培训等方面展开交流与合作。

（八）加强宣传推介

《揭阳日报》2021 年 3 月 21 日刊发了《大兴安岭欢迎您》专版，11 月 28 日刊发了《"身在最北方·心向党中央"党建品牌创建活动》专版，大兴安岭广播电视台与揭阳广播电视台交换播出了《大美兴安——大兴安岭自驾游线路推介》《醉美兴安岭》《揭阳》等旅游推介片和城市形象片，互相宣传对方的资源优势、地域优势，共同促进两地旅游业发展，鼓励投资兴业，实现互利共赢。

二、2022 年工作思路

（一）深化产业项目合作

依托"哈洽会""绿博会""进博会"等载体，深化两地经贸交流合作，力争构建多层次、多领域、全方位的工作格局。围绕大兴安岭地区七大产业进行项目深度谋划遴选，重点在文化旅游、生态农业、林下资源精深加工、中医中药、电商物流等领域加大招商引资力度，引进优势互补、发展互利的投资项目。

（二）促进两地康养合作

依托两地旅游协会搭建合作平台，使双方合作脉络更有针对性、更加清晰、更能见实效。充分利用大兴安岭地区独特的旅游资源和闲置资产，引进广东省战略投资者，培育候鸟式养老、森林康养等新业态，加快旅游康养产业融合发展。

（三）开展碳汇资源开发与利用合作

中办发《关于建立健全生态产品价值实现机制的意见》指明了生态产业化、产业生态化的新方向，全国碳市场交易也在 2021 年 7 月 16 日正式启动，碳交易将成为两地合作的新机遇。两地将积极制作生态产品价值实现机制合作清单，明确任务、目标及保障措施，争取合作双方既能实现生态产品价值机制，又能完成国家"双碳"任务，互利互惠，合作共赢。

（四）打造园区共建平台载体

以大兴安岭地区经开区现有产业为基础，着力完善基础设施建设，不断加大项目引进力度，努力优化营商环境，深化创业创新合作，将产业互补合作发展转化为增长新动能。通过管理输入、政策引入、产业嫁接转移承接、财税分成等合作模式与"飞地经济""分园区"等管理形式，共同推动经开区共建，促进揭阳市政策、管理、产业、资本、科技、人才等发展资源通过经开区共建、产业共建向大兴安岭地区流动，发挥好经开区作为对口合作平台的重要作用。

（五）继续推进大兴安岭绿色产品旗舰店合作

大兴安岭地区将通过全方位的广告宣传和线下促销等方式，不断提升自身的服务与销售能力，加强大兴安岭地区绿色产品在客户群的影响力，让更多的消费者认可大兴安岭地区的产品，从而促进两地企业在更多领域开展合作。

（六）加强宣传推介

继续利用两地的旅游官网官微、主流媒体等，互相宣传对方的旅游资源、地方文化、节事活动、美食小吃、特产手信等旅游全产业链情况，进一步加大宣传力度。

（撰稿人：吴祥瑞、林德波）

第四部分　案例篇

第一章　打造万鑫石墨谷　助推哈尔滨新区产业发展

哈尔滨市发展和改革委员会

自深圳市和哈尔滨市对口合作机制建立以来，在国家政策的引导和省市大力支持下，哈尔滨新区坚持优势资源互补、互利共赢的原则，积极搭建平台、引进项目，为两市资本、信息、资源的相互流动提供了优质平台，在对标学习和复制推广经验做法、园区共建和重大项目合作等方面形成了一批合作成果，推动对口合作取得实质性进展，其中万鑫石墨谷就是两市合作的典型项目，对下一步助推新区产业发展具有较强的示范推动作用与意义。

一、项目建设情况

哈尔滨万鑫石墨谷科技有限公司（以下简称万鑫石墨谷项目）由中国宝安集团与集团旗下贝特瑞新材料集团股份有限公司于2015年投资建立，是深圳和哈尔滨两市合作的典型项目。该项目是黑龙江省石墨产业升级的重要标志，对黑龙江省技术水平提升、产业结构升级、新材料产业链的建立具有重要意义，对深圳市和哈尔滨市资源互补、项目集聚起到引领示范作用。

深圳市和哈尔滨市积极推动两市对口合作，哈尔滨新区对万鑫石墨谷项目高度重视，不断给予政策支持，持续提供优质服务，实行一事一议，及时为企业解决在项目建设过程中遇到的难题，加速推进项目建设，使之按时竣工并投产。目前公司已建成年产1000吨碳纳米管粉体和10000吨碳纳米管石墨烯复合导电浆料产线。

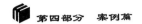

二、主要做法

(一)"三精"促进项目落地

1. 精准定位

万鑫石墨谷结合了黑龙江省的石墨资源优势和哈尔滨市在政治、经济、技术等方面的区位优势,集聚了中国宝安集团产业资源和投资方面的优势与哈尔滨工业大学技术研发优势,致力于打造集石墨产业信息交换、科技研发、技术转化、高新技术孵化、产业技术服务、对外技术引进及高端石墨产业交易等功能于一体的产业综合平台。项目陆续建成投产后,石墨产业将成为哈尔滨新区新材料领域的支柱产业,也将确立黑龙江省以及哈尔滨市在石墨深加工领域的中心地位。

2. 精准招商

万鑫石墨谷的成立是黑龙江省石墨产业升级的重要标志。黑龙江省是石墨和油气资源大省,石墨矿产资源丰富,但长期处于石墨产业链的底端,石墨及碳材料企业多从事石墨粗加工产业,产品附加值低。万鑫石墨谷主要从事石墨烯等石墨新材料高新技术产业,对于石墨产业链升级、黑龙江省技术水平提升以及助力黑龙江省经济发展具有重要意义。

3. 精细保障

从项目建设到竣工投产再到生产经营,哈尔滨新区在安全、组织、接待等方面提供专业化、标准化、规范化的保障。严格服务标准、细化服务过程、强化服务本领,进一步优化提升服务质量,把保障工作做细、做实、做精。

(二)"四阶段"进行全流程服务

1. 引企业落地快

2015 年 10 月 16 日,哈尔滨万鑫石墨谷石墨(烯)新材料产业园在哈尔滨市松北区正式奠基。从企业意向投资到项目引进再到企业落地,松北区做了大量工作,持续提供优质服务,用热情、细致、高效的服务态度让企业感受比肩深圳市的"新区服务"。

2. 促生产强经营

万鑫石墨谷技术团队来源于贝特瑞、哈尔滨工业大学和北京大学,具有较强的石墨类新材料研发、技术孵化能力,其中,由公司研发的石墨烯复合导电浆料是中国首个实现量产的、具有自主知识产权的创新产品。在企业生产经营过程中，哈尔滨新区帮助企业积极对接国内、省内科研院所、高等院校等优质资源，推动企业生产经营。

3. 推集群外扩展

为支持企业做大做强，围绕新材料产业链，积极搭建平台载体，主动对接省内其他地市石墨资源，帮助万鑫石墨谷做好上下游的配套，持续推动新材料产业链固链、补链、强链，激发价值链，大力推动新材料产业集群的建立。

4. 辅上市快发展

开展金融服务，为企业进行上市作辅导。万鑫石墨谷计划到 2025 年，力争形成百亿级产业集团，并完成 IPO 上市，成为中国石墨上市第一股、石墨产业第一谷。

（三）"五方面"无死角保障

1. 保审批加快

实行审批制度机制改革创新，"承诺即开工"，建立区域环评分类管理机制，实现"一枚印章管审批""一支队伍管执法"。两市对口合作项目——深圳（哈尔滨）产业园区加快建设，当年签约、当年开工、主体工程当年封顶；万鑫石墨谷 6 年建设完成创造了可以比肩深圳的"新区速度"。"带土移植"深圳先进经验和成功做法 45 项，证照分离等一批改革经验在省市复制推广，充分发挥了改革创新"试验田"作用。

2. 保要素支持

探索土地要素、资本要素、劳动力要素的市场化改革。积极推广使用新型产业用地（M0）政策；推动成立 1 亿元天使基金和 10 亿元新兴产业发展基金；在深哈产业园区内设立哈尔滨市人力资源服务产业园新区分园，为海内外高层次人才、产业人才、高技能人才等各类人才提供全方位人力资源服务与保障。哈尔滨新区展示服务中心和招商代表处启动运行，成为新区持续学习深圳和服务企业的永久性基地。

3. 保政策兑现

哈尔滨新区制定出台了"黄金 30 条""新驱 25 条""温情 21 条"等系列政策，并举办了自贸区哈尔滨片区产业项目签约仪式暨产业政策信息发布会。为保障政策落实，专门成立了政策兑现受理窗口，派专人进驻窗口，受理企业咨询、政策解读、申报材料等相关业务。同时，在加强企业调研的基础上，出台了《哈尔滨新区暨黑龙江自由贸易试验区哈尔滨片区关于"黄金 30 条和新驱 25 条"政策实施细则的补充说明》，增强政策兑现时效性和精准度。

4. 保环境优化

建立体系完备、机制健全、运转有序、奖惩有度的社会信用体系，有效发挥社会信用体系建设在促进经济发展和加强社会治理中的作用，增强社会成员诚信意识，营造优良信用环境，提升哈尔滨新区整体竞争力。设立深哈园区特区仲裁庭审服务中心，为两市公司及入驻园区企业提供商事纠纷现场及远程庭审服务，"深国仲"也定期为两市公司、哈尔滨市政府部门及相关企事业单位提供商事纠纷防范、风险管理、合同文本规范化、国际仲裁员培训、知识产权保护等培训和服务，着力将深哈产业园区建设成黑龙江省营商环境引领示范区。

5. 保问题解决

设立重点项目包保制度，主要提供定期对接、主动上门服务。万鑫石墨谷从建立伊始，便得到了省区市各级政府的关心和帮助，针对万鑫石墨谷项目的建设，给予了大力支持，实行一事一议的方案，从而使项目建设走上了快速发展的道路。在成立之初，万鑫石墨谷急于将已有的成果转化为生产。了解到这一情况，哈尔滨新区将建筑面积7000多平方米的一栋建筑免费提供给万鑫石墨谷使用，让企业得以边建设边生产。同时，为解决企业用电需求，新区投入1000多万元协调电业部门，专门为企业建设了一个变压站。为能让企业尽快生产，虽已是冬季，施工成本要高出30%，但新区仍坚持推进变压站建设，最终解决了企业的燃眉之急。

三、发挥引领示范带动作用

下一步，哈尔滨新区将按照国家对口合作的战略部署，在省市的正确领导下，以万鑫石墨谷为典范，充分利用招商引资带来的机遇优势，大力推进招商引资"一号工程"，精准对接500强企业、央企国企、产业"头部企业"，综合运用多种方式招商引资，培育壮大"新字号"，让更多的优秀企业了解哈尔滨新区、落户新区。同时要抓住发展机遇，践行初心、担当使命，进一步增强做好对口合作的积极性、主动性、创造性，持续优化营商环境，更好地服务市场主体，加快推动各种特色产业园高质量发展，发挥辐射、引领、示范和带动作用。

新区还将以万鑫石墨谷为宣传发力点，充分激发经济发展新动能，以全省重点工作为己任，两市合力建设"三个示范区、一个新高地"。加快"数字化、网络化、智能化"数字经济发展步伐，将新区产业园打造成全省数字经济发展的核心，一体建设数字政府、数字社会，率先打造数字经济发展先行示范区；大力推动新材料产业迭代创新，推动"龙江碳谷"向"中国碳谷"提档升级，打造成黑龙江省独具特色的生产新高地、产业推广示范区。

第二章　共建红土创投基金
助力高新企业成长

哈尔滨市发展和改革委员会

近年来，深圳市和哈尔滨市深入学习贯彻习近平总书记关于东北振兴工作的重要论述，全面贯彻落实中共中央、国务院关于两市合作的决策部署，以共建基金为切入点，推动哈尔滨创投集团与深圳市创投集团合作设立黑龙江省红土创投基金，赋能哈尔滨市高新技术成果转化，培育哈尔滨市"专精特新"高技术企业发展，助力"紫丁香计划"企业上市，实现哈尔滨市新兴产业转型升级。

一、红土基金基本情况

2018年底，哈尔滨市国资委和深圳市国资委开展国资国企对口交流合作，共同推动哈尔滨创投集团与深圳市创投集团合作设立黑龙江省励恒红土投资合伙企业（有限合伙）（以下简称：黑龙江省红土基金），基金规模2亿元。该基金依托两市产业、科研、人才等优质社会资源，充分发挥深圳创投集团在资金、渠道和管理优势，主要围绕哈尔滨市产业发展规划及新兴产业集聚优势，聚焦医药、装备工业、光机电一体化、化工、新材料、农业深加工等具有区域性优势等领域科技成果落地转化、熟化企业，链接全国及国际顶级研发机构，打通技术、产业、资本、智力、人才等资源壁垒，通过对优质科技创新项目的股权投资，形成技术和资本的高度融合，提高哈尔滨市未上市的成长型企业、高新企业的初创期抗风险能力，为哈尔滨市企业提供管理和资本增值服务。

2020年，随着合作深入推进，两市国资国企合作再度升级，哈尔滨创投集团与深圳市创投集团在原有黑龙江省红土创业投资基金基础上，进一步扩大合作成果，于2020年

8 月发起成立总规模 2 亿元的黑龙江省瑞恒红土基金，目前形成了 4 亿元规模的两市合作红土基金体系。

二、取得成效和主要做法

黑龙江省红土基金设立以来，累计完成对外投资 1.92 亿元，投资项目达 8 个，涉及腹腔手术机器人、新材料、生物制药、卫星遥感、金属熔敷防磨等领域，其中哈尔滨科能熔敷公司、哈尔滨思哲睿智能医疗设备公司等企业着手申报 IPO。借助深圳市创投集团的优势资源和投资经验，黑龙江省红土基金的设立不仅为哈尔滨市带来了外部资金，还为哈尔滨市优势产业、优秀产品在资源嫁接、战略完善、资本运作、团队组建、品牌打造、市场拓展等方面提供支持，助力高新企业快速成长，为企业未来上市、形成产业优势奠定了基础，将"深圳经验"转化为"哈尔滨实践"。

（一）搭建国资国企合作平台，打造深哈合作新样本

积极搭建深哈国资国企合作平台，建立长效对接机制，引导主责主业相近的两市国有企业开展精准对接、精准合作，充分运用市场化、资本化手段，加强在金融、资本运作、股权多元化、企业改制等方面全方位合作，建立了一套高效的合作协调机制，签订了一系列战略合作框架协议，熟化了一批新的产业合作项目。

（二）学习深圳先进经验，完善基金管理办法

通过合作共同设立红土基金，完善投资业务体系，提升专业投资能力，培养哈尔滨市本土创投管理团队，在学习借鉴深圳市在基金管理方面的先进经验基础上，哈尔滨市先后制定出台了《哈尔滨市战略性新兴产业投资基金管理暂行办法》和《哈尔滨市市级财政专项资金股权投资基金管理暂行办法》，规范了产业基金的操作流程和运作机制，为哈尔滨市产业基金发展提供了遵循。

（三）锚定"专精特新"项目，助力哈尔滨企业快速成长

通过基金的设立，依托深圳市创投集团资源优势对接哈尔滨市本地投资企业，支持哈尔滨市创新型初创企业的发展、助推产业转型升级，帮助企业打开市场、完善管理能力、提高技术水平、快速发展壮大。例如，哈尔滨科能熔敷公司是哈工大技术背景成果转化项

目，黑龙江省红土基金对企业在厂房选址、组织架构优化、再融资、销售渠道、上市规划等多个方面加大支持，目前该企业已经在哈尔滨市平房区建立了生产基地，近两年纳税额年均超过 1500 万元，营收超过 1.7 亿元，企业估值超过 7 亿元。

（四）放大品牌效应，引导外部资本投资本土企业

深圳市创投集团是由深圳市政府发起设立的国有控股大型创投企业，是目前国内资本规模最大、投资能力最强的知名投资机构。借助深圳市创投集团红土基金的品牌效应，通过设立黑龙江省红土基金发挥示范效应和放大作用，引导带动更多的社会资本投资哈尔滨市新兴产业。例如，在黑龙江省红土基金带动下包括穗甬基金、禹铭汇功基金等共计 7 只子基金对哈尔滨科能熔敷公司进行了多轮投资，总投资额达到 1.7 亿元，为该企业 2021 年上报科创板奠定了基础。在哈尔滨思哲睿智能医疗设备公司腹腔手术机器人项目上，不仅红土基金投资 4000 万元，同时带动云栖创投、联一投资、安信投资、合嘉思哲、佳浚等机构投资 2.1 亿元，为企业快速发展壮大提供了强有力的支持。

第三章　启动强区放权改革
激发市区振兴发展新动能

哈尔滨市发展和改革委员会

习近平总书记在东北三省考察时指出，制约东北经济发展的主要问题是体制机制问题，振兴东北经济，首先要理顺体制机制，加快转变政府职能。哈尔滨市委、市政府紧紧围绕贯彻落实习近平总书记重要讲话精神，以国家推进"深圳—哈尔滨"城市结对合作发展为契机，立足于优化层级政府职权配置、理顺体制机制、改善营商环境，启动了哈尔滨市"强区放权"改革，积极探索简政放权、层级政府职权重构的新途径，解决政府职能配置越位、缺位和错位等问题，努力提升城市治理体系和治理能力现代化水平。

一、统筹谋划，注重强区放权改革顶层设计

按照习近平总书记提出的"政府该管的事一定要管好、管到位，该放的权一定要放足、放到位"的要求，统筹谋划哈尔滨市"强区放权"改革，切实把先进城市改革经验转化为哈尔滨市经济社会发展新动能。

（一）对标先进谋划改革思路

市级政府职权配置"头重脚轻"，一定程度制约和束缚了区级政府的发展活力。为使区级政府获得更多的经济社会发展权限，加快区级不完全政府向完全政府转变步伐，让区级政府"化蛹成蝶"，哈尔滨市对标对表深圳市先进经验做法，通过大数据进行筛选分析，精准掌握下放事权范围、类型、数量及运行情况，并与哈尔滨市区、街道和社区经济发展现状、权责配置情况进行全面比对，制定了《关于开展强区放权改革工作的实施方

案》，着重在撬动区级经济发展的基础设施建设、投资审批、规划建设、财政政策等"四大领域"加大放权力度，并围绕打造宜居城市，拓展城市管理、文化教育、公共卫生、住房保障、社会保障涉及民生的"五个方面"进行放权，切实选准改革切入点。

（二）立足市情拓展改革领域

仅仅放权难以起到职权重构性变革作用，哈尔滨市将强区放权改革拓展到街道社区，确定为"强市简政""强区扩权""强街固网"三项工程，实现城市治理体系系统改革。"强市简政"，就是要通过放权，使市级政府从琐碎、繁杂的日常事务中解脱出来，集中精力谋发展，促进市级政府"瘦身转型"。"强区扩权"，就是要扩大区级政府权限，发挥区级政府在经济发展、城市建设管理等方面的主体作用，促进区级政府"强身健体"。"强街固网"，就是要改变街道社区"权小事杂、责大力弱"的不对称状况，做强做大、做优做实基层政权，促进街道"筑基利民"。切实通过这三项改革工程，调整市区纵向职权格局，带动横向管理模式与纵向管理体制的深度变革。

（三）试点先行引领改革预期

为确保强区放权改革积极稳妥推进，在成立市强区放权改革推进工作领导小组的基础上，将道里、道外、平房三个区作为哈尔滨市"强区放权"改革的先行先试区，从厘清市、区、街道、社区四级管理和服务职责入手，将涉及企业办事的事项向区级倾斜，将量大面广涉及群众办理的事项，重点向街道社区下放。同时，三个试点区还分别负责在投资审批、城市管理、街道社区等不同领域进行研究，边借鉴边改革，边探索边推进，不断修正改革路径，为哈尔滨市全面铺开强区放权改革提供可复制的经验。

二、突出重点，强化下放事项的"含金量"

推进"强区放权"改革，下放事权是关键。哈尔滨市坚持依法行政、依法放权，积极协调市、区两级政府部门，实现"供"与"需"双方有序衔接。

（一）支持区级经济发展"端菜"放权

组织市政府各部门，以深圳市强区放权目录为参照，凡是先进地区下放的事权能放尽放，凡是市区按块分割的事权能放尽放。重点围绕企业登记注册、投资审批、规划建设、

城市管理、公共服务、驻区机构管理等领域，将区级行使效率更高、更加便民利企的行政权力和公共服务事权下放至各区。经三轮梳理，市政府部门主动提出拟下放事权149项。

（二）强化区级主体作用"点菜"放权

为最大限度地支持区级经济发展，提升区和街道社区的综合管理能力，注重发挥和调动区级政府的积极性，将推进改革的主动权交给区级政府。九个区政府在市政基础设施建设、市场准入审批、城市规划管理等方面提出要求市级下放事权33项，切实提高放权的针对性、实效性。

（三）召开市区对接会"当面"放权

为保证下放事权放得下、接得住，由分管市长组织市政府放权部门和区政府召开专题对接会，对"端菜"放权和"点菜"放权事项逐一进行论证，市区达成共识的列入拟下放权力目录。为保证下放建审类事权"只进一扇门""最多跑一次"，哈尔滨市政府多次召开专题会议，对国土、规划等部门下放事权进行调整。经反复研磨对接，建立起哈尔滨市以行政许可、行政确认、公共服务等为主要内容的160余项下放事权清单，并以市政府令和规范性文件形式下放至各区。

（四）领导体验下放事权"走流程"

为确保事权接得住、运行好，市政府组织25个市直放权部门主要领导或分管领导"走流程"，实地了解下放事权交接的具体进展，体验下放事权的实际运行状况，通过亲身办、代理办、陪同办等方式查找问题，指导协调区级部门进一步规范优化工作流程。同时，对下放事权开展第三方评估，强区放权改革的服务对象与基层总体满意度达到了84.92%。

三、创新探索，延伸改革层级与领域

按照提升政府治理体系和治理能力现代化的总体要求，哈尔滨市将"强区放权"改革范围进一步拓展到街道、社区等基层服务领域。

（一）推进街道管理体制改革试点

在试点区取消了街道招商引资职能及相应考核指标和奖惩，推动街道工作重心转移到公共服务、公共管理和公共安全等社会治理工作上来。重新明确街道主要履行加强党的建设、统筹社区发展、组织公共服务、实施综合管理、监督专业管理、动员社会参与、指导基层自治、维护社区平安等职能。

（二）建立街道行政权力清单制度

为全面掌握街道行政权力配置情况，夯实构建精简效能基层管理体制基础，以三个先行区为基础，全面梳理街道办事处行政职权，因地制宜编制了街道办事处54项行政权力清单，填补了推行权责清单制度的一项"空白"。

（三）提升社区"网格化"服务水平

以现有社区综治网格为基础，全面整合街道、社区网格监督员、城管协管员、社区保安队员、劳动保障监察协管员等城市综合管理辅助力量，建立"有保有奖"的经费保障制度，实现"多职合一、一人多职，多网合一、一网多用"，打通社区（村）服务群众的"最后一百米"。

四、优化配置，在放权中重塑治理体系

在强区放权工作中，哈尔滨市坚持便民利企导向，进一步优化纵向层级政府间行政职权和公共服务事项配置，消解条块割裂和权力运行梗阻，充分激发基层政府的发展活力。

（一）厘清市区职权边界

对市区共有的便民利企的依申请类行政职权进行全面梳理，涉及公共安全、生态环境保护、资源开发与利用等重大事项的380项行政职权，明确由市级行使；涉及基础设施建设、社会治安、市容管理、文化教育、公共卫生、住房保障、社会保障、公共服务等的287项行政职权，明确由区级行使。凡由市级实施的，不得再要求区级进行初审或审核；已下放至区级实施的，区级作出决定之前不再向市级备案或征得同意，真正做到审一次、一级审、只跑一次，实现企业办事"不出区"。

（二）推进驻区机构属地管理

通过"强区放权"改革，将市级自然资源、生态环保等部门驻区机构列入区级政府工作部门序列，不计机构限额，接受区级党委、政府的协调管理和区级人大工作监督。区级党委对驻区机构的主要负责人的任命有否决权，对副职有建议调整权。驻区机构领导班子及其成员的考核纳入区级统一考核范围，考核结果作为干部选拔任用的重要依据，切实发挥区级属地管理职能，为提升城市治理体系和治理能力提供体制机制保障。

第四章 打造百亿示范项目
擦亮克山马铃薯金字招牌

齐齐哈尔市经济合作促进局

近年来，按照省、市关于做好黑龙江省与广东省对口合作的有关部署和要求，克山县立足主导产业和资源禀赋，及时梳理自身优势、寻找互补领域，通过积极努力、广泛联系，推动了广东云鹰马铃薯主食化全产业链项目落地建设，为主导产业扩量提质和县域经济高质量发展提供了强有力的支撑。

一、主动对接、精准跟进，推动项目签约落地

克山县抓住对口合作的机遇，2020 年 2 月通过网上签约的形式，成功引进广东云鹰集团投资 30 亿元的马铃薯全产业链项目，该项目既是新冠肺炎疫情防控期间黑龙江省签约的首个大项目，也是齐齐哈尔市对口合作的开门红项目，具有重要的示范效果和现实意义。2020 年 11 月 10 日双方在哈尔滨市签订项目投资扩大协议，投资额增至 107 亿元，其中固定资产投资 47 亿元。

（一）超前谋划，"筑巢引凤"打基础

克山县坚持把高标准基地建设作为马铃薯产业发展的重要基础，先后培育仁发、立涛等种薯繁育企业 7 家，年繁育种薯 1 亿粒。依托组织化、规模化、机械化优势，大力推广荷兰 GAP 标准化种植模式，马铃薯单产最高达 5.74 吨，为黑龙江省最高纪录。针对马铃薯一产强、二产弱的产业瓶颈问题，克山县超前谋划部署，于 2017 年组建克山县富民农业发展有限公司，依托农发行贷款，高标准建设了马铃薯加工企业所必需的车间、气调

库、成品仓库、冷库、职工宿舍等基础设施，为大体量企业直接进驻实现快速加工提前"筑巢"，节约企业最重视的时间成本2~3年，这也是云鹰集团能够快速落户的产业基础条件。

（二）精准发力，紧盯线索不放松

2019年11月，克山县获悉广东云鹰集团要大手笔谋划投资农业板块发展的线索后，县委、县政府主要领导紧盯不放，主动上门推介，促成云鹰集团董事局主席韩庆云先生于2019年12月17日亲自带队到克山县考察，看到克山县坚实的产业基础、清晰的发展思路后，企业投资信心十足，双方决策层敲定了合作的主体框架，并于2019年12月30日签订了战略框架合作协议。面对产业破题的重大转机和难得契机，克山县成立了县委主要领导挂帅、主管县领导和项目部门共同参与的工作专班，精细准备、高位推进。针对企业需求，聘请专家为企业量身定制马铃薯产业项目发展规划，理清产业发展思路；精细梳理国家和省里出台的产业扶持政策，并研究制定了"一事一议"支持措施。通过精心准备，把这些利好措施专门制作成规范完备的"贴身"招商模板，带着模板、怀着诚意，于2020年1月13日再赴广东省，深度洽谈、谋求合作，使双方树立起共同合作的信心，加快了合作步伐。

（三）反复磋商，网上签约促落地

克服新冠肺炎疫情的不利影响，克山县与云鹰集团通过网络、视频、电话等方式始终保持密切沟通，就云鹰集团收购克山县富民农业发展有限公司、克山县仁发现代农业农机合作社以及合作模式、投资规模等核心问题进行反复磋商、求同存异，寻求合作契合点，对合同进行16次修改后终于达成共识。云鹰集团出资4000万元控股仁发合作社，仅用一天时间完成股东手续变更。同时，按照国家和省市新冠肺炎疫情防控工作要求，双方一致同意将过去常规的"面对面"签约改为"屏对屏"签约，采取"不见面、零接触、网上办"的方式，于2020年2月15日通过电子签约云平台，成功在网上签约，以"见屏如见面"的方式正式签署《云鹰马铃薯全产业链项目合同书》（正式文本），云鹰马铃薯全产业链项目正式落户克山县，促成了项目由线索变意向、意向变协议、协议变合同。该项目从框架协议到合同签订仅用了45天，创造了"克山效率"。

二、专班服务、通力协作，保障项目开工建设

2020 年，克山县依托县域主导产业，重点建设以云鹰项目为核心的马铃薯产业园，并成立工作专班，精细服务、通力配合，推动项目开工建设。

（一）做强基地支撑，保障原料需求

马铃薯产业在克山县历史悠久且闻名全国，在种植工艺上，国家级马铃薯改良中心和亚洲最大的马铃薯种质基因库在克山县，克山县拥有全国一流的马铃薯尖端研发专业队伍，千万元以上的现代大型农机合作社达 31 个，是黑龙江省农业机械化最强县，机械化程度高。在种植条件上，克山县地处北纬 47°，气候环境适宜，有国家级绿色食品标准化生产基地 235 万亩，是马铃薯最佳育种带。依托马铃薯产业的资源优势以及全省领先、全国闻名的组织化、机械化、标准化农业经营体系，克山县采取"企业自种、社企合作、订单种植"等合作模式，在县内外落实带滴灌的马铃薯高标准核心种植基地面积 10 万亩。其中，县内落实带滴灌的马铃薯高标准核心种植基地面积 6 万亩；在县外基地落实上，与讷河市、北安市、杜蒙县、内蒙古等地，采取流转土地企业自种和订单种植的方式，落实基地面积 4 万亩。

（二）做强要素支撑，保障建设需求

一是全力兑现招商政策。在招大引强方面克山县不算小账、舍得投入，对待客商信守承诺、说到做到，在招商表彰奖励大会上拿出 100 万元重奖广东云鹰集团，发放农业机械补贴 132 万元，计划给予全粉生产线补贴 2200 万元，不仅调动了企业招商引资的积极性，更提振了企业的投资信心。二是加大项目资金投入。积极申请黑龙江省商务厅 2 亿元一般债券资金，围绕云鹰项目开展"五通一平"及供热、污水处理等配套设施建设，推动马铃薯产业做大做强。三是用心、用情、用力服务。对项目实行"承诺即开工"、备案审批、"一站式"服务制度，以"店小二"的角色定位全力营造亲商、安商氛围。积极对上争取，在齐齐哈尔市率先编制成片开发方案，确保云鹰项目二期 32 万平方米的用地指标及时落位，解决了项目等地问题。云鹰马铃薯主粮化全产业链项目已纳入黑龙江省"十四五"规划，得到黑龙江省政府的高度关注和大力支持。省市县三级专班联动，仅用 1 个多月时间，就解决取水取土、用地指标、电力增容等 8 个突出问题，并多次召开专题会

议研究推进，各厅局先后多次到克山县现场办公，及时解决了项目用地、取水、农机购置补贴问题。

（三）做强配套支撑，保障生产需求

围绕构建"1324"产业格局，克山县以 1 个经开区为中心，建设 3 个主导产业园、2 个配套产业园和 4 个特色产业小镇，为主导产业搭建载体、聚势赋能。以包装产业园转移为主体，建设轻工包装产业园，解决马铃薯等加工企业没有包装配套产业的短板；以百正物流园、物通铁路物流园和区域冷链物流中心项目为主体，建设智能物流产业园，推动物贸一体化发展，为企业提供零担、长短途运输服务，有效降低物流成本。同时，培育乡镇特色产业，打造汉麻小镇、矿泉水小镇、A2 奶牛养殖小镇、生猪养殖小镇，全力构建多点发力、多业并举、上下游配套的现代产业体系。

三、谋定目标、加快实施，确保项目早日投产

通过近两年的建设，云鹰项目荷兰进口的两条托马斯全粉生产线已经全部进厂，其中第一条生产线已经调试生产，第二条生产线正在紧张调试中。

（一）向精深加工要效益

以推动马铃薯全粉生产线建设为抓手，提升产品附加值和市场占有率，计划利用三年时间，全面打造集"繁、种、储、加、销"于一体的马铃薯主粮化全产业链项目，建设一、二、三产业融合发展的国家级现代农业产业园，以最快速度、最大规模的绝对优势占领国内、国际市场，打造全球马铃薯全粉生产能力最大、大西洋品种种植规模最大的龙头企业，实现国家产业发展内循环。项目全部建成投产后，年可加工马铃薯 230 万吨，生产全粉 50 万吨、精淀粉 3 万吨、鲜切薯 3 万吨、法式薯条 3 万吨、复合薯片 2 万吨、薯泥 1.5 万吨。克山县将成为中国马铃薯主粮化全产业链发展的战略基地。

（二）向创新驱动要效益

早在 1934 年，克山县就在国内率先建立了马铃薯研究所，国家级马铃薯改良中心和亚洲最大的马铃薯基因库也坐落在克山县，在马铃薯种薯繁育上，克山县与西北农大、东北农大、省农科院等多家知名院校建立了长期、稳定的合作关系，取得良好成效，先后培

育出淀粉、休闲食品、主食产品加工等 30 个克新系列种薯，"克"字号系列品种在全国应用面积达 1/3 以上。为支持云鹰项目科技研发和人才需求，克山县通过"丰羽计划"，为企业招引农学、机械等急需人才 12 人，并引导知名院校与企业建立合作联系，推动企业以种薯繁育为核心延伸产业链条，做优产业的科技支撑。

（三）向品牌打造要效益

克山县位于北纬 47°，地处松嫩平原腹地，是"全国十大马铃薯主食化示范基地县"，"克山马铃薯"被认证为国家地理标志保护产品。经过多年培育，拥有全面、立涛、仁发、华彩等马铃薯著名商标 6 个，马铃薯产品已打入北京、上海等一线城市，并屡次参加全国大中型展会，区域品牌已经叫响全国。借助"中国马铃薯种薯之乡"的品牌优势和云鹰集团稳定的市场渠道，供应达利、乐事、可比克等大型食品企业巨头，打造行业龙头企业，擦亮克山县马铃薯金字招牌。

下一步，克山县将时刻关注项目进展，随时解决项目推进中发现的各种问题，全力保证企业集中精力做好建设，政、企双方共同制定工作推进计划，双方各司其职，严格按照时间节点完成工作任务，确保云鹰马铃薯主粮化全产业链项目早日达产达效。

第五章　深化开发区对口合作
提升鸡西园区建设水平

鸡西市发展和改革委员会

2021 年，按照《黑龙江省与广东省对口合作实施方案》总体要求，全面落实黑龙江省鸡西市与广东省肇庆市对口合作框架协议精神，两市开发区对口合作进一步深化，两市在项目、资源及产业等方面进行了深入交流，成效显著。

一、主要做法

（一）主动联络，加强对接

按照《黑龙江省与广东省对口合作实施方案》的总体要求和黑龙江省鸡西市与广东省肇庆市对口合作框架协议精神，鸡西市经济开发区管委会克服新冠肺炎疫情带来的不利影响，多次积极主动与肇庆国家高新技术产业开发区对接洽谈，并到肇庆高新区进行实地考察，对肇庆高新技术开发区理士国际技术有限公司、小鹏汽车、合普动力、唯品会、深粮集团等企业进行走访调研，推介鸡西市的资源、区位、环境等优势，了解肇庆高新区企业的发展情况，就发展"飞地经济"，开展"结对"合作等问题，双方进行了深入探讨，在合作开发资源、共建产业园区、招商引资等方面达成了合作共识。

（二）深入探讨，开展合作

按照省、市关于"鼓励园区之间开展'共建、共管、共享'全方位合作，建立各具特色的跨区域合作园区或合作联盟"精神，鸡西市两次组团赴肇庆市，与肇庆（国家级）

高新技术开发区进行了对接洽谈，就发展"飞地经济"招商引资合作进行了深入的研究交流和探讨，确定了把"飞地经济"作为园区共建的中心内容，由两家联合打造"飞地经济"合作模式。肇庆市工信局鼓励小鹏汽车、理士电池、合普动力等新能源汽车电池企业与鸡西市企业合作，推动鸡西市石墨产业链向高精方向发展。肇庆市投促局发挥在深圳市招商力量强的优势，采取互通信息、互动联合等方式开展联合招商，支持鸡西市开展有效的精准招商活动。利用对接洽谈时机，与肇庆市投促局达成了共同招商意向，确定把鸡西市作为肇庆市招商引资的第二承接地，同时给鸡西市推荐了 9 户目标企业，助力鸡西市园区建设。

（三）签订协议，深度合作

为进一步搞好两市园区合作，鸡西市经济开发区与肇庆市高新区联合举办了网络招商推介会，采用线上会议、视频互动的方式，连线明迪沃衍投资、福建其亮食品公司、神木天元公司、榆林能源化工、上海加硕医药等 120 余名国内客商和肇庆市分会场温氏生物、理士集团 20 余名企业家代表，"零距离"推介双方园区，实现南北联动、千里连线、畅叙友谊、共谋发展，深化了两市开发区对口合作，推动了各方在项目、资源和产业等方面深入交流。两市立足各自资源、产业、园区等方面优势，达成了优势互补、合作共赢的共识。肇庆高新区突出发展以先进装备制造、生物医药和食品为重点的高新技术产业，鸡西市经济开发区突出发展精细化工、煤化工、石墨制品精深加工、绿色食品、生物医药为重点的深加工产业。签订了鸡西经济开发区与肇庆高新技术产业开发区合作框架协议、麻山区政府与黑龙江正阳楼集团的年产 20 万吨碳酸钙超细微粉项目合作协议、鸡东县政府与北京建坤餐饮集团的森林餐饮厨房项目合作协议、鸡西创艺机械制造有限公司与大连客商的创艺机械制造项目合作协议 4 个合作协议，为两市深度进行合作打下了良好基础。

2021 年 5 月，为持续推动开发区对口合作，鸡西市经济开发区管委会赴肇庆高新区进行考察对接和招商洽谈，重点考察了广东优博瑞科技有限公司、广东嘉丹婷日用品有限公司、肇庆焕发生物科技有限公司、涞馨集团、广东得令酒业、广东臻凰农业发展有限公司等企业，认真了解企业的生产规模和投资意向，征询企业的投资诉求。双方就加强招商引资、科技创新、人才交流、共建"园中园"，推进绿色食品产业、石墨新材料产业合作，国企合作、企业融资、产业转移等方面的具体实践进行了广泛深入的探讨，合力共推园区合作升级。2021 年 11 月，鸡西市经济开发区管委会与肇庆市工信局、投促局等部门针对联合招商、互动交流学习、园区合作等方面进行了专题会商，达成了对口合作共识。推动双方在发展规划、基础设施建设、运行管理、项目建设等方面分享先进做法，开展广泛领域的合作，进一步促进了双方管委会之间、双方干部之间的交流协作，消除了未来双方各领域合作中的交流壁垒，为双方开发区优势互补、合作共赢奠定了坚实基础。

（四）搭建平台，细化合作

1. 加强招商引资合作

双方建立招商引资联动共享机制，分享招商经验、互通招商信息、共享招商资源，为对方开展交流合作、项目推介提供方便；积极邀请对方参与本方开展的招商交流会和赴外考察等活动，开拓视野、寻求商机；推动双方在发展规划、基础设施建设、运行管理、项目建设等方面，分享先进做法，开展广泛领域的合作。肇庆市高新区帮助指导鸡西市经济开发区完善招商服务内容和措施、办法等，对不适应肇庆市高新区发展规划的项目和高新区内产业转移的项目，优先推介给鸡西市经济开发区。鸡西市经济开发区优先承接肇庆市高新区推介项目，以最优惠的政策为肇庆市高新区引进的企业提供高效、优质、周到的服务，对于黑龙江省有赴外发展意向的优质企业和开发区内有股份合作意向的企业，优先向肇庆市高新区推送。

2. 加强科技创新合作

双方积极开展科技创新平台建设交流合作，在石墨、新能源、生物医药、绿色食品深度加工等领域开展技术联合攻关，培育新的经济增长点。肇庆市高新区每年到鸡西市经济开发区组织开展创新创业培训活动，鸡西市经济开发区管委会不定期组织人员到肇庆市高新区参加创新创业活动或培训，提升创新创业能力。依托双方省级重点实验室、工程技术研究中心、科技企业孵化中心等平台和资源，交叉孵化，共享孵化资源和孵化成果。肇庆市高新区及时推进有落户肇庆市以外意向的初创企业和孵化毕业企业落户鸡西市经济开发区。

3. 加强人才交流合作

双方建立更加灵活有效的人才交流机制，肇庆市高新区定期或不定期选派规划建设、科技创新、投融资等方面的人才到鸡西市经济开发区指导工作；鸡西市经济开发区管委会选派企业经营管理人员到对口企业进行交流、实习，学习肇庆市高新区企业经营发展的先进经验以及创新思路和做法。鸡西市经济开发区管委会建立人才实训基地，满足肇庆市高新区人才锻炼、培养和考察交流等方面的需求。

4. 加强企业合作

双方搭建园内企业合作平台，按行业梳理企业清单并编制成册，交给对方园区和企业，实现直连互通。借助各种国际国内大型展会，通过开展主题企业交流参访活动为两市企业合作搭建平台，助力企业合作共赢。

二、主要成效

（一）全面深化对口合作质效

两市通过加强园区对口合作，在招商引资、合作机制、承接产业等方面，进一步明确合作方向，细化目标任务，拓宽合作渠道，有效提升园区招商合作及承载引领能力，为构建优势互补、互为配套、协同发展的产业合作发展格局奠定了坚实的基础。

（二）切实提升园区建设水平

通过学习借鉴肇庆市园区建设等方面的丰富经验，在发展思路、园区布局、产业谋划、基础设施建设等方面得到了有力促进，进一步提升了鸡西市园区的建设质量和发展档次。

第六章　抓好干部交流培训
积蓄转型发展动力

鹤岗市发展和改革委员会

为深入学习贯彻习近平新时代中国特色社会主义思想和党的十九大和十九届历次全会精神，切实加大优秀年轻干部培养力度，让干部在改革前沿开眼界、长见识、增才干，为城市转型发展提供坚强组织保证和人才支撑，鹤岗市充分利用与汕头市对口合作的契机，积极推进落实好两市干部教育互派互学工作。

一、基本情况

自 2019 年以来，鹤岗市先后选派 9 批次 84 名副处级以上领导干部和 9 名科级干部，分别参加了汕头市委组织部在中山大学、浙江大学、上海交通大学、中国人民大学、汕头大学举办的政务服务和大数据、防范和化解经济风险、工业园区建设管理、推进法治政府建设、全面融入粤港澳大湾区、扩大制度型对外开放和推进公共卫生治理体系建设专题培训班 7 期，以及在汕头市委党校举办的县（处）级干部进修班、中青年干部培训班 2 期主体班的教育培训，使干部在"互联网+政务服务"、行政审批制度改革、应对经济风险、园区建设管理和学习沿海经济带的国际国内经验等方面学到了先进的专业知识，全方位促进了干部成长，参加培训的学员一致反映在先进地市学习开阔了眼界、拓展了思维，学习收获很大。

二、主要做法

（一）突出专业领域学，培训方向精准

一是密切沟通交流。在每期专题培训班开班之前，汕头、鹤岗两市组织部门都提前沟通联络，从专业方向到学员选调，从课程设置到培训方式，逐一对接规划，确保选调学员在培训方向上与自身岗位契合，确保两市选调人员在工作及其他方面能够进行对口接洽。二是鹤岗市把与汕头干部合作开展教育培训作为强化年轻领导干部专业能力培训的重要载体，把参加发达地区高等院校培训作为干部强素质、长才干的重要平台，精准化开展互学互派，确保因需施教、因人施教，不断提高干部的知识化、专业化水平。三是围绕贯彻落实两市经济社会发展重大决策部署，纵向上共同争取高等院校、科研院所等优质资源，探索开展跨地市联合办班；横向上充分发挥各自优势，相互委托开展专题培训，促进两市干部共同成长。

（二）突出理想信念学，注重思想淬炼

经过专题班的多次合作，汕头市委组织部在其党校开班的主体班次中，将为期3周的县（处）级干部进修班和为期两个月的中青年干部培训班也纳入合作培训项目。主体班次的培训把政治理论尤其是中国特色社会主义的理论体系作为干部培训的重要内容，完善干部的政治理论知识，提升干部思想觉悟，即更加注重学习贯彻习近平新时代中国特色社会主义思想，更加注重培养领导干部的党性修养，重视开拓新知，以更好地应对复杂变化的执政环境带来的考验与挑战。在干部培训中善于结合学员需求，汕头市运用"走出去"与"请进来"相结合的教学模式，运用线上、线下相结合的教学方式，实施理论与实践相结合的教学措施，将课堂搬到外地，把课桌搬到现场。鹤岗市学员一致表示这种形式新颖、内容丰富、理论与实践相结合的教学模式使教学内容更实用、更有效。

（三）突出深化拓展学，加强沟通联络

通过9期各级各类班次的培训合作，两市选调的学员将双方感情交流由课堂发展到课后，将各自优势资源融汇聚集。通过全方面、深层次的教育交流合作，进一步提高了干部培训效益。例如，"防范化解经济风险研修班"学员在培训班结束后，汕头市学员到鹤岗

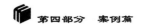

市进行工作交流，促进粮食企业达成了合作意向。

三、下一步合作方向

进一步推进鹤岗市与汕头市委组织部互派互学工作。一是计划在 2022 年邀请汕头市选派 40 名领导干部到鹤岗市开展专项培训，时间大约一周。通过对鹤岗市人文历史、自然资源、地理环境、社会经济等方面内容的实地观摩和讲解，让汕头市领导干部更深入地了解鹤岗、知道鹤岗，加深对鹤岗的印象。二是把鹤岗市的抗联文化、垦荒文化、流域文化以及红色文化等基地作为汕头市干部教育培训基地之一，通过干部教育培训，进一步加强两市之间的交流合作与往来。三是汕头市每年都要组织多期专题培训班，赴全国各所高校开展培训。黑龙江省也有诸多高校，计划选择几所黑龙江省高校作为与汕头市委组织部赴外进行专题培训的合作基地。

第七章　多渠道深化对接　开拓农产品产销合作新局面

双鸭山市发展和改革委员会

为推进双鸭山市与佛山市农业领域合作，助力两市农业发展，自"双佛"合作以来，两市以推进双鸭山市优质农产品进入佛山市场为突破口，农业部门、农业协会、农产品加工流通企业积极开展对接联系，全力打造农产品产销合作新局面。

一、主动对接，洽谈推介，增强彼此了解

为增强佛山市对双鸭山市农业的了解，自合作起步阶段，双鸭山市原市农委就组织人员赴佛山市就农业对口合作工作与佛山市农业局进行对接，双方确定以农产品产销合作为主，逐步推进合作领域向种植基地、产品加工延伸。一直以来，双鸭山市农业农村局（原市农委）、市工商联、市粮食局、原畜牧兽医局、原市水产总站多次赴佛山市与佛山市农业局、发改局（粮食局）、农业旅游协会、广东碧泉食品、健叶农副产品、中南农产品交易中心等相关部门、企业进行对接，推介双鸭山市良好的生态环境及"寒地黑土、非转基因、绿色有机、天然富硒"优质农副产品。

二、诚挚邀请，实地考察，增强合作信心

为进一步增强佛山市对双鸭山市农业发展的直观印象，双鸭山市相关部门先后 11 次

邀请佛山市农业局、农业旅游协会、工商联考察团、顺德区粮食局、碧泉食品、南海区粮食储备总公司等负责人到双鸭山市实地参观考察水稻、大豆生产基地及集贤县永胜农业、友谊县恒盛米业、宝清县银河豆业、饶河县黑蜂集团等30余家企业，现场感受双鸭山市农业规模化、标准化种植基地及农产品生产加工现场，增强合作信心。佛山市威望米业有限公司与友谊县恒盛米业有限公司签订6700吨大米购销合同，金额达2894.4万元。

三、现场展示，推介产品，提升产品知名度

为使佛山市广大群众实实在在地感受双鸭山市农产品优良品质，农业农村局、粮食局先后组织各类经营主体赴佛山市参加粤桂黔名优农产品食品展示博览会、首届中国农民丰收节佛山农展会、广东（佛山）安全食用农产品博览会暨佛山对口地区农产品产销对接会、佛山市南海区双鸭山市特色农产品美食推广周、"双鸭山好粮油"走进佛山等展销活动，现场推介了大米、杂粮、腐竹、豆干、鲜食玉米、蜂蜜、葡萄酒、食用菌及山野菜等优质特色产品。2021年11月21日，由双鸭山市粮食局牵头的"双鸭山好粮油"走进佛山专项活动在佛山市南海区万达广场盛大举办，展销会采取现场销售与品鉴交流的方式举行。展会期间，双鸭山市粮食局与佛山市发改局签订了《双鸭山市与佛山市粮食产需合作协议》，将共同开展生产加工、仓储物流、产销经营等方面的深度合作，提升两市农产品的市场竞争力。

四、创新方式，多元营销，提高产品销售量

为使佛山市民在佛山市能直接选购双鸭山市的优质农产品，双鸭山黑土优选商贸（佛山）、双鸭山市永军米业在佛山市建成8家直销实体店。在保持传统线下营销方式的基础上，主动开展线上销售活动。依托佛山小农丁农业科技有限公司设立"双鸭山农产品交易平台"和"黑龙江双鸭山特色馆"线上销售专区，在售产品多达60余种，2019～2020年，线上电商交易额达300万元。

两市合作以来，双鸭山市通过"走出去""请进来"宣传推介，部分经营主体先后与广东碧泉食品科技有限公司、佛山市威望米业有限公司、佛山市春穗贸易有限公司、佛山

市金鸿和农副产品有限公司、广东国通物流城有限公司等企业签订产品采购合同，建立了长期的产销对接关系。佛山市通过设立双鸭山农产品展销中心、网红带货、电商网络培训、组织预算单位采购、牵线两市企业合作等多种方式，拓宽了双鸭山市农产品销路。据不完全统计，开展对口合作以来，佛山市相关单位、企业累计采购双鸭山市农产品近30万吨，金额15亿元左右，其中大米近28万吨，金额13亿元左右。

第八章 深入实施"综合窗"改革
切实提升政务服务效能

双鸭山市发展和改革委员会

佛山市政务服务中心与双鸭山市政务服务中心于 2018 年建立了对口合作关系，双鸭山市多次组织相关部门赴佛山市就政务信息系统整合共享、"一门式、一网式"政务服务改革等方面情况进行考察学习，为实施"综合窗"改革奠定了坚实基础。

一、更新理念，引进一窗综合办理先进经验

（一）"高起点"顶层发力

双鸭山市委、市政府高度重视政务环境建设，始终把企业和群众的满意度作为衡量政务服务水平的重要标尺，多次召开市委常委会、市委深改会和市政府专题会议研究推进"综合窗"改革工作，明确路线图、时间表和责任链条，找痛点、通堵点、破难点，解决实际难题 30 余个，有力推动"综合窗"改革落地见效。

（二）"走出去"更新理念

双鸭山市领导带队先后 3 次组织相关人员赴广东省佛山市、佛山市禅城区、禅城区祖庙街道等地服务窗口进行实地考察，学习当地政务服务理念，重点体验学习了当地"综合窗"设置、管理模式及审批流程，以及"互联网+政务服务"的创新做法，为推进"综合窗"服务模式改革奠定了坚实基础。

（三）"请进来"把脉开方

多次邀请佛山市专家学者在双鸭山发展讲坛推介先进地区改革创新方面的成熟经验和积极做法，开阔了视野，明确了方向。借助"双佛"合作有利契机，邀请佛山市行政服务中心专家组到双鸭山市就如何推进"综合窗"改革等方面进行了现场交流与指导，进一步明晰和细化了双鸭山市"综合窗"改革工作的具体思路。

二、集成服务，统筹一窗综合办理各类事项

（一）组建综合服务团队

为加速"综合窗"改革落地见效，在双鸭山市委、市政府的大力支持下，从全市公益性岗位人员中，采取公开招聘、自愿报名等方式，经过笔试、面试、体检等环节，优选53人，以政府雇员身份充实到政务服务中心"综合窗口"。经过网络办公技能、业务流程、文明礼仪等培训上岗，负责业务咨询、材料初审、叫号服务和网上自助办理，及时为办事群众提供业务受理、咨询导办及网审服务。

（二）全面梳理"一窗受理"事项

对进驻中心的793项行政审批和公共服务事项进行梳理，精简重复的申请材料，从模拟办事的角度编制图表版办事指南，绘制事项办理流程图，并将事项清单通过各类媒体向全社会公开发布。

（三）制定审批事项受理标准

编制了《"一窗受理"事项受理材料标准化手册》，列明依据条件、流程时限、收费标准、注意事项，明确需提交材料的名称、依据、格式、份数、签名、签章等，并提供规范表格、填写说明和示范文本作为"综合受理"窗口受理审核申报材料的依据，进一步规范了审批工作要件，提高了办事效率。

三、再造流程，畅通一窗综合办理运行机制

（一）培育"全科型"人才

制订《双鸭山市政务服务中心综合窗口工作人员业务培训方案》，健全长效学习机制，集中培训政务服务事项的办理条件、要件清单、办理时限、办理流程等情况，不断提升人员业务能力，打造从"专科医生"变"全科医生"，变原来的"一事跑多窗"为"一窗办多事"。

（二）构建"三个一"服务模式

实施"一次叫号、一窗受理、一网通办"的一窗综合受理审批服务新模式，将原来串联式、叠加式审批变成并联式、扁平化审批，最大程度上简化了办事环节，减少申报材料程序和压缩办理时限。

（三）构建实时监管机制

对政务服务事项实现线上、线下数据的交换互联和事项网上办理，通过网上电子监察实现办理全过程监管，对临近时限的事项及时预警，对超时限事项的立即启动问责程序。采取日常检查、不定时抽查和视频监控巡查等方式加强窗口工作纪律监管，并聘请离退休干部为社会监督员，对窗口工作作风开展明察暗访和督促整改，确保"四零"承诺和"五制"规范落实到位。

四、优化服务，提升一窗综合办理服务体验

（一）改造升级平台

充分借助佛山市禅城区无偿赠送的价值 3500 万元的政务服务软件，与双鸭山市正在建设的智慧城市相结合，通过本地化改造应用后形成"一窗受理系统"，并于 2018 年 11

月正式在大厅上线运行，大幅提升了审批办事服务效率和效能。

（二）科学设置专区

设置法人事项、不动产登记、综合事项 3 个综合受理服务区，按照"前台综合受理，后台分类审批，综合窗口出件"原则，对进驻市政务服务中心的数十家部门的窗口业务事项进行了科学整合，形成 18 个综合服务窗口，负责受理发改（委）、公安、环保、卫健（委）等 28 个单位的事项。

（三）升级服务设施

按照前、后台敞开对接的要求，将前台设计与办公席位形成 T 型对接，更加方便群众办理业务。增设 LED 电子显示屏，明晰窗口名称及办理序号，全覆盖安装视频监控，实现对窗口服务全程监控。更新办公电脑及新设高拍仪，提高工作人员办公效率。设立新型即时评价器，办事群众可对窗口服务即时做出评价。增设服务终端、自助查询机等多种电子设备，提供免费复印打印、邮政快递、开放式图书站、环保显示等便民服务，为办事群众和企业营造了温馨、现代、舒适的服务环境。

第九章　拓展金融领域合作
助力企业平稳发展

大庆市发展和改革委员会

在两省对口合作的背景下，大庆市与惠州市等地在金融领域深入开展对接合作，学习借鉴先进经验理念，创新金融应对举措，充分发挥金融支持实体经济的作用，开展金融领域精准对接，依托大庆高新金服有限公司，以在广东省设立的融资租赁、商业保理专业子公司为落脚点，通过"大数据"等技术创新手段，进一步对接资本市场，畅通企业投融资渠道，吸引外埠经济入庆，为企业缓解融资难、融资贵的问题。

一、开展精准对接

大庆市与惠州市开展对口合作工作以来，两市金融部门围绕签订的战略合作框架协议，坚持资源共享、合作互助、协同发展的原则，多次开展银行、证券、保险、信托等金融机构的精准对接，建立了防范和处置非法集资、打击金融诈骗、保护金融消费者权益、帮助金融科技企业缩短创新周期等方面的交流合作机制，同时提供了产业转型升级、创业投资、融资推介、上市培育等全方位的资产管理咨询服务，进一步支持了大庆市实体经济发展，推动了大庆市与惠州市多层次资本市场的开发合作。

二、建设专业平台

借鉴惠州TCL"简单汇"供应链金融平台的先进经验，大庆市研发建设了"龙票易信供应链综合服务平台"，这是东北地区唯一具有自主知识产权的集支付、结算、融资功能为一体的新型金融基础设施，是开展供应链金融的主要基础设施，其依托人工智能、区块链、大数据等科技手段，通过科技赋能促进产业链、供应链融合，把核心企业的应付账款转化为可流转、可拆分、可融资的信用付款凭证，将优质企业信用传递给供应商进行融资，实现中小微企业应收账款债权电子化。截至2021年底，平台已取得了16个商标和9项独立知识产权，并通过国家知识产权管理体系认证；累计入驻核心企业28家，实现融资3.42亿元，惠及128家链上中小微企业。

三、扩大金融布局

以惠州市为平台，面向广东省，进一步拓展金融合作路径。2018年下半年，大庆市高新区启动国资国企改革，将补齐金融短板提上日程，成立了大庆高新金融服务有限公司，在广州市注册设立中元商业保理（广州）有限公司和庆新融资租赁（广州）有限公司，并启动了大庆产业金融服务平台的建设开发工作，旨在畅通金融机构与企业信息对接机制，实现资金供需双方线上高效对接，建成政府有政策、金融有产品、企业有信用的新型金融服务机制。同时平台发挥资源集聚优势、信息互通优势、提档增信优势、流程便捷及时优势，吸引撬动粤港澳大湾区金融资本进入大庆市，破解企业"融资难、融资贵、融资慢"的难题，自2019年以来，累计实现落地商业保理业务117笔，惠及企业72家，实现融资5亿余元，落地融资租赁业务20余笔，实现融资1.5亿余元。

四、丰富业态模式

发挥金融支持作用，促进产业复苏。大庆高新金融服务有限公司依托产业金融服务平台打造线上金融综合服务中心，有效整合政务数据、信贷产品等资源，结合惠州等市金融业数字化转型成果，研发企业融资诊断新技术等，实现银企供需"秒配"。时任黑龙江省省长王文涛在 2020 年第 14 次政府专题会上要求黑龙江省推广大庆中小企业"政银企"对接平台经验。中元商业保理（广州）有限公司依托"龙票易信供应链金融综合服务平台"加强合作，创新推出"保联融""油保融""基建融"等金融产品，为其上下游提供应收账款融资服务，已于 2020 年 6 月 23 日落地首笔再保理业务，金额 790 万元；在国内首创"银行+担保+保理"的"保联融"模式，2020 年 8~12 月落实贷款 3 笔，金额 1400 万元。中元商业保理（广州）有限公司先后荣获万联网"2020 供应链金融生态合作伙伴"奖、广东省商业保理协会"贡献单位"荣誉称号、广东省商业保理协会"2020 年突出贡献奖"、中国商业保理行业"创新案例奖"。

第十章　携手华润集团　推动佳木斯
高质量发展

佳木斯市发展和改革委员会

佳木斯市以打造黑龙江省东部区域中心城市为目标，与华润集团"五大板块"深度融合，发挥双方各自优势，展开全面战略合作。携手华润集团是佳木斯市推进产业转型升级、推动高质量发展、实现全面振兴全方位振兴的"金钥匙"。

一、主要做法

（一）高层互访交流，引领深入合作

国务委员王勇、省委省政府主要领导及分管领导分别对佳木斯市与华润集团合作项目作出重要批示，明确表示了对双方合作项目的高度认可和支持。双方高层领导积极互访交流，佳木斯市委书记王秋实、市长丛丽先后多次赴华润集团总部与集团主要领导对接洽谈，为双方深入合作奠定扎实基础。佳木斯市全面梳理全市能源发展基础现状和条件优势，厘清国家和省市政策脉络，着力放大风电、光伏发电可开发资源达 1995 万千瓦的基础条件优势，提出以新能源开发为牵引，带动能源及相关产业全产业链发展的思路。2021 年 9 月 12 日，在两省对口合作签约仪式上，双方签订战略合作协议，拟定总投资 300 亿元。

（二）创新合作思路，推动高质量发展

与华润集团确定成立"一个公司"、搭建"两个平台"、建设"三个园区"的整体推进思路。

一个公司：在佳木斯市成立华润电力黑龙江区域公司，负责协调新能源板块及其他业务板块投资、建设及运行有关事宜。

两个平台：设立产业发展基金和组建华润产业联盟佳木斯合资公司。设立产业发展基金为绿色食品、医药、新能源装备制造等项目实施提供资金支持。成立华润产业联盟佳木斯合资公司，有利于资源、利益共享，在风电、光伏制造产业形成互惠互利联结机制，打造风、光、电一体化协同发展模式，促进相关产业落户佳木斯市。

三个园区：建设华润（黑龙江）新能源装备制造产业园区、华润（黑龙江）中医药产业园区和华润（黑龙江）绿色食品产业园区。

华润（黑龙江）新能源装备制造产业园区：在佳木斯市域内逐步开发建设风电、光伏发电项目，同时依托风、光项目建设规模引进风电装备、光伏单晶硅组件等产业落户园区，打造集新能源开发、装备制造、储能装置生产应用、氢能源开发利用、源网荷储等一体化的新能源装备制造产业园区。

华润（黑龙江）中医药产业园区：依托华润三九研发、技术、市场优势，打造种植—加工—销售完整中草药产业链条。建设中药材代煎代配中心、中药材种植基地、"药光互补"复合产业基地、"互联网+中药服务中心"、区域性制剂中心、中医药诊疗服务能力提升工程等。

华润（黑龙江）绿色食品产业园区：围绕佳木斯市寒地黑土、绿色有机、非转基因优势，依托华润万家、华润五丰销售渠道，重点打造主粮、肉禽奶蛋、特色农产品中高端食品原料生产基地、精深加工基地和外销平台，打造黑龙江省中高端食品生产基地。

（三）借助华润联盟，形成合力共赢

借助华润集团多元化产业优势，引入其上下游产业，形成产业链。依托新能源装备制造产业园区，引入中车、隆基等华润振兴东北新能源产业联盟优秀成员单位，通过成立公司或采取协议的方式明确各企业的相关利益，形成合力带动产业链上下游共同参与产业园建设。依托绿色食品产业园区，与中山市共建中佳产业园区，引进首农、北大荒及华润万家上游供应商等食品生产企业，利用华润五丰、万家品牌优势，打造"寒地五丰"品牌。

二、主要成效

截至 2021 年底，华润（黑龙江）新能源装备制造产业园区已完成园区规划编制收资工作，形成规划方案初稿，正在进行补充修编。中车风电装备制造、隆基光伏组件等入园项目已开展选址等前期工作。华润（黑龙江）中医药产业园区已形成中草药种植基地及医药产业园区投资方案。下一步将起草收购协议，启动华润电力收购乌苏里江药业资产程序，华润（黑龙江）中医药园区进入实质操作阶段。华润（黑龙江）绿色食品产业园区已形成项目投资方案，初步完成收资工作，江南大学对接规划编制具体事宜，建设规划方案编制工作全面开展。

佳木斯市与华润集团在清洁能源、生态农业等多领域合作，打造华润多业态协同发展的平台和基地，将推动佳木斯市成为华润集团和黑龙江省全面战略合作的重要地区之一，对实现"双碳"目标、助力产业结构升级、示范带动创新转型发展产生重要作用。

第十一章　依托双方优势强化项目合作促进绿色低碳发展

七台河市发展和改革委员会

2021 年 5 月 7 日，在黑龙江省与广东省重点产业合作交流推介会上，黑龙江红兴隆农垦北兴新型建材有限公司与广东佛山市科达机电有限公司合作的固废资源化利用煤矸石年产 15 万吨高岭土及 600 万平方米陶瓷项目签约成功，落户七台河市江河经济开发区。该项目不但可以有效解决南方陶瓷企业原料短板，还可以大量消化当地固废（煤矸石）存量，能够释放土地空间、减少环境污染，可探索在部分煤炭生产地区进行推广。

一、循环经济牵手合作发展

七台河市是黑龙江省重要的主焦煤和无烟煤生产基地，是典型的煤炭资源型城市。在煤炭行业发展历史过程中，产生遗留了大量的煤矸石、粉煤灰等固体废物，大量煤矸石日积月累形成了巨大的矸石山，一个个耸立的矸石山也变成了煤城发展的一个缩影。七台河市现有煤矸石存量约 7000 万吨，年新增量约 500 万吨，初步估算占压土地 1000 公顷以上。矸石山不但占用了大量的土地资源，增加了企业的用地成本，也严重影响了当地生态环境。矸石山常年堆积，每当风起，漫天扬尘。同时，内部的热量也会逐渐积累，当达到一定温度时就会发生自燃现象，并释放出大量的一氧化碳、二氧化硫等有害气体，污染周边空气；矸石山经过淋溶，又会将里面的重金属通过雨水渗入地表，从而造成水土污染，严重影响矿区的生态环境和居民身体健康。同时，过高的矸石山还存在着安全隐患，容易造成崩塌、滑坡和泥石流等地质灾害，威胁人民的生命和财产安全。

近年来，七台河市委市政府深入践行"绿水青山就是金山银山"的发展理念，把生态文明建设放在突出位置，推进城市可持续发展，大力支持固废资源化利用项目。目前，七台河市正常运行的煤矸石综合利用企业 8 户，主要为发电及制砖企业，每年消纳煤矸石约 200 万吨，另有约 50 万吨的煤矸石充当基建底料及用于填充。煤矸石的综合利用仍存在着极大的处置缺口。

对口合作以来，两省在产业合作上互动频繁，积极寻找产业契合点，其中广东陶瓷产业给黑龙江省带来了新机遇。七台河市政府多次组织县区、企业赴广东省针对矸石制备高岭土和发展、承接陶瓷产业进行了考察和学习。经多方推动，两省企业聚焦固废再利用产业积极开展合作。2021 年 5 月，黑龙江红兴隆农垦北兴新型建材有限公司和广东省佛山市科达机电有限公司达成合作协议，发挥各自企业优势及专利技术，将固废再利用与陶瓷生产高度融合，并在生产中间环节技术上得到了中科院的有力支持。南北两家企业共同成立了黑龙江百春固废资源化科技有限责任公司，专注于固废煤矸石研发、无害化处理和陶瓷生产，推动固废资源化利用煤矸石年产 15 万吨高岭土及 600 万平方米陶瓷项目建设，该项目将煤矸石通过加工生产出高岭土并用来制造陶瓷，剩余尾料全部当作生产建筑材料，实现了完全的综合利用、固废零排放，进一步实现了"吃干煤、榨干煤"，让传统的煤焦产业"老树"开"新花"，促进煤焦产业链、价值链进一步延伸，将有效推动七台河市的可持续发展。

二、"变废为宝"践行"两山"理念

煤矸石制高岭土项目共规划建设两期，总投资 30 亿元，项目占地 0.3 平方千米，建设期为 5 年，2021~2023 年完成一期投资 3.5 亿元，建成年产 15 万吨煤矸石制备高岭土和日产 2 万平方米陶瓷生产线；2024~2026 年完成二期投资 26.5 亿元，建设年产 35 万吨煤矸石制备高岭土及日产 18 万平方米陶瓷生产线，项目主要产品为高岭土及陶瓷。高岭土具有良好的可塑性和耐火性等理化性质，其矿物成分主要为高岭石、埃洛石、水云母以及石英、长石等。高岭土用途十分广泛，主要用于纸张、陶瓷和耐火材料的制造上，其次用于涂料、橡胶填料、搪瓷釉料和白水泥原料的制作上，少量用于塑料、油漆、砂轮、日用化妆品、医药、化工、国防等工业行业中。七台河市的煤系高岭土还具有高铁、低铝、高硅的特点，可以制作发泡陶瓷、保温材料、人造理石、有机肥、水利工程材料等高附加值产品。制成的陶瓷将通过佛山市成熟的销售体系面向全国进行销售，附加值远远高于普通建筑材料，真正意义上做到了"变废为宝"。

项目全部建成后，年产值将达 30 亿元，利税 5 亿元，安排就业 3000 人，同时，年处理固体废弃物（煤矸石）600 万吨，减少煤矸石占地 750 亩，这样七台河市煤矸石就会呈现出逐年递减的趋势。随着矸石山的减少，不但可以释放出大量的土地资源和空间，用于城市开发和利用，还可以整体改善七台河市的生态环境，提升空气质量，减少水土污染，恢复地表植被，消除矸石山引发的自燃和地质灾害。项目建设对提升七台河市城市形象、改善矿区生态环境、增加工业承载能力、推动城市转型发展有着重大意义。

三、高位推动加速项目落地

作为两省合作项目，固废资源化利用煤矸石年产 15 万吨高岭土及 600 万平方米陶瓷项目从 2021 年 5 月 7 日签约到 2021 年 11 月 10 日正式开工建设，离不开两省政府有力的推动和支持。项目自签约后即列入 2021 年广东省和黑龙江省政府督办项目及七台河市 2021 年市级重点推进项目。七台河市政府主要领导和企业所在地茄子河区政府全力为企业创造良好的投资环境，调动全市资源服务企业，打造最优的营商环境，市政府落实企业一期用地 16.77 万平方米，规划七通一平等生产配套设施全面启动，相关审批手续按七台河市 2021 年招商引资政策专项专人推进落实。先后 4 次召开市长办公会议专题研究落实具体问题，七台河市市长李兵亲临施工现场解决具体问题 5 次，具体责任单位和责任人为企业解决问题时坚持小事不过夜、大事三五天必须解决。市区两级重点项目服务推进专班全日制跟踪服务，一事不漏，事事到场，用真心做实事，用实际行动打造两省合作共同开发建设的典范项目，并使这一项目成为七台河市创造良好营商环境的亮丽名片。截至 2021 年底，该项目已完成投资近 5000 万元，主体厂房的基础隐蔽工程基本完成，钢结构安装完成 50%，煅烧窑炉基础部分已完工。其他建筑材料和机械设备的采购、加工和运输都在有序进行，预期 2022 年 10 月可实现量产。

四、合作引领产业示范

煤矸石制高岭土项目将成为黑龙江省煤系制备高岭土加工领域和利用煤矸石为主要原材料生产陶瓷的产业示范工程、固体废物（煤矸石）无害化处理与资源化利用的示范工程。未来，七台河市将以此为引领，建设产业示范基地，以黑龙江百春固废资源化科技有限公司为龙头，以江河经济开发区为载体，规划大宗固废综合利用专区，建设煤矸石制高岭土和陶瓷系列产品生产基地，远期可吸纳及带动周边煤城煤矸石和粉煤灰资源区形成产业集群。目前我国南方地区高岭土和高铝料都日渐缺乏，七台河市及周边地区充足的煤矸石存量将有效解决我国南方地区陶瓷产业链上的原料短板，随着固废资源化综合利用技术的不断升级，煤矸石、粉煤灰制备陶瓷原材料、陶粒、陶瓷景观砖、陶瓷透水砖、陶瓷地板砖、微晶玻璃等陶瓷系列材料的产业化将为七台河市经济发展带来新的机遇。七台河市将加强"工业固废+陶瓷产业"的深度融合发展，吸引广东省更多的企业到七台河市开展合作，借助陶瓷企业转型升级的风潮，推动固废制备陶瓷原料标准化供应，促进城市产业转型升级。

"十四五"期间，七台河市将抓住两省高频互动这一有利契机，宣传推介好生物医药、石墨烯新材料、固废资源化利用、绿色食品加工等产业，积极寻找两地更多的产业契合点，发挥各自优势，携手合作。力争再挖掘、再签约一批对口合作项目，创新合作，引领产业示范。

第十二章　建设境内外木业加工园区
打造产业合作新模式

牡丹江市经济合作促进局

自建立对口合作关系以来，牡丹江市与东莞市坚持科学谋划，务实对接，依托牡丹江市对俄区位优势和东莞市木业产业优势，致力于实现境外园区资产资源和先进地区企业资金市场资源的有效结合，努力打造优势互补、资源共享、互利共赢的产业合作新模式。2021年，由穆棱市政府主导的俄罗斯下诺夫哥罗德州木业加工境外园区和境内国际林木加工产业转移升级示范区发展建设成效凸显，在南北方产业合作升级中彰显出一定的示范意义。

一、园区建设情况

（一）俄罗斯下诺夫哥罗德州木业加工园区

该园区位于俄罗斯下诺夫哥罗德州，由穆棱长宏木业有限公司于2019年开始投资建设。园区拥有森林资源超过450平方千米，可建设面积2平方千米，具有森林资源开发、采伐、加工、运输、销售全产业价值链的商业运营能力。园区计划总投资3亿元，已完成投资5000万元，建有自动线板材车间、锯材车间、木颗粒加工车间、胶合板生产车间、实木指接车间、旋切单板车间6栋，烘干窑40栋。东莞市长宏木业有限公司、东莞市奥森德木业有限公司、山东立盟木材产业园有限公司、穆棱市鑫润木业有限公司、大连久和地板家具有限公司和穆棱市华盛木业有限公司已入驻园区，作为木业加工产业前端，与境内木制品加工企业开展点对点加工销售合作。

（二）国际林木加工产业转型升级示范区

该示范区位于穆棱市经济开发区，规划占地 40 万平方米。一期总投资 8.5 亿元，计划建设 20 万平方米的标准化厂房，已完成一区、二区、三区、七区 A 标建筑面积 82527 平方米的 5 栋办公楼、23 栋厂房建设，已入驻东莞子乔木业、东莞华盛木业、东莞君有利木业、东莞宠物家具等 13 家企业；四区建筑面积 34254 平方米的 3 栋办公楼、8 栋厂房及七区 B 标建筑面积 12675 平方米的 6 栋厂房已完成主体建设，广东力美新材料、东莞瑞福祥家具、东莞三发家具、东莞汇雅家具集团、东莞基烁实业、东莞迦南家具、东莞豪古家具、东莞诺博家具等企业已经签约。

二、主要成效

（一）跨境加工园区初具产业规模，国内外影响力不断扩大

俄罗斯下诺夫哥罗德州木业加工园区入驻的 6 家企业已形成年采伐 20 万立方米的生产规模，并植入跨境供应链和金融链业务，全方位开展资源集采、班列集运和跨境木材集散的产业链增值服务。利用中欧班列和多式联运将铁路集装箱编组成列回程至国内外各目的港，已开通越南胡志明市、广东省东莞市、江西省赣州市、山东省日照市、黑龙江省穆棱市等地区班列，日回运量达 6 列 300 多个标准箱。国内外影响迅速扩大，已同瑞典宜家、中航林业、象屿速传、厦门建发、海铁联捷、广东家居供应链联盟等国内外知名企业建立战略联盟关系，预计未来可供应下游用户 6000 家。为实施"一带一路"倡议、带动国内企业"走出去"发挥了示范作用，引发国内外新闻媒体争相报道，央视"一带一路"《远方的家》对此进行了专访。该园区已获批牡丹江市级境外园区，正在报批省级境外园区。

（二）示范区全要素提升配套水平，产业集聚能力不断增强

国际林木加工产业转型升级示范区的软硬件建设最大程度地满足了投资企业产业配套需求，投资"洼地效应"得到良性释放。"穆满欧"和"内外贸循环"班列顺利开通，大连港集团建设的绥穆大连港铁海联运物流场站年货物运输能力提升到 15 万标准箱、300 万吨，打通了一条便捷、高效、低成本、常态化运行的内外贸运输通道。辟建海关监管场

所，使园区能够进行仓储、物流、报关、报检、封签、结算、通关、货物代理等一站式服务，为域内的外向型企业提供了口岸式公共物流平台。国家家具及木制品质量监督检验中心业已运行十余年，以先进的检验检测水平和产品研发能力为木业加工企业提供了便捷、优质的检验检测服务。

三、推进措施

（一）"一点多线"，精准招商

为节省人力财力和时间成本，在招商引资中不搞大水漫灌，瞄准一个主攻点——承接东莞市及其他发达地区在产业升级转型中向外梯次转移的企业，坚持多路进攻——一市对多地、一个开发区对多个协会商会，绘出路线图，定好时间表，构建起自身的"招商谱系"。先后与东莞市大岭山镇、虎门镇、长安镇、茶山镇和东城街道建立了政府级友好交往，与东莞家具协会、广东家居商会供应链联盟、东莞塑胶产业发展促进会、深圳塑胶原料同业公会等协会商会及在深莞两地的浙、闽、赣、湘、鄂等企业商会建立了密切合作关系。选派优秀招商干部进行驻点招商，组建 8 个招商专班赴东莞市开展木业产业集群延链、补链、强链定向招商。

（二）"甘作嫁衣"，诚心扶商

将"稳商"的重点放在"扶商"上，让利于企。政府与企业构建起新型契约关系，所有激励政策落到书面，一切以合同说话，政府和企业不仅讲感情，更讲效益、讲责任。推进创业孵化，政府投资 6 亿多元建成的 13 万平方米标准化厂房和办公楼，全部采取租售结合的方式提供给落地项目，企业只需缴付低廉的租金即可入驻示范区，未来企业若有能力购买厂房，已支付的租金可以全额转为购房预付款。将 2~3 年的厂房建设期缩短为几个月的设备、资金筹备期，也化解了企业一次性投资过大的难题，实现了转移企业"拎包入住"、快速开工。

（三）"练好内功"，全力稳商

多年来牡丹江市始终将提升产业支撑能力、提升城市吸引力作为第一要务，不断加强城市基础设施和综合配套设施投入。建成集普通教育、职业教育、成人教育于一体的职业教育中心，已成为普职融合、三教统筹人力资源培训基地，与北京林业大学、东北林业大学等高校联合建立起面向黑龙江省东部的"产、学、研"培训中心。建成工业污水处理厂，解决企业环保后顾之忧；建成 60 万平方米供热能力的供热站，实现区内集中供热、供蒸汽；开发区设立专家服务中心，标准化厂区全部配建职工公寓，同时建成幸福家园、东方御景、中心花园等住宅区，全面改善了生活条件。开发区内占地 40 万平方米的塑料产业园、占地 20 万平方米的科技孵化园、占地 20 万平方米的亚麻产业园和占地 20 万平方米的食品加工产业园都已形成相当的产业规模，独具特色的产业集群已经落地生根。被确定为国家新型工业化产业示范基地、国家级出口木制品质量安全示范区、国家级木制品外贸转型升级示范基地，2015 年被中国木材与木制品流通协会评选为中国十大木业产业加工园之一。

（四）"贴身服务"，用心安商

多年来，牡丹江市始终把经济开发区作为发展的第一平台，始终把良好的营商环境作为吸引投资的第一动因。落实"一项目一队伍"的领导包保责任制，对签约项目实行"保姆式""一站式"服务，建好"一册一卡一表"，为企业量身定制"一企一策"措施，对项目开工前的各项手续实行全程领办、代办。对落地项目实施挂图作战，将各项任务量化为指标，分解到领导、落实到部门、责任到人头，层层推进，倒逼紧压，实行周调度、月通报、季考核，紧密跟踪在建项目的安全管理，及时解决项目建设中出现的困难和问题，让企业无忧、工人不愁，努力构建开工项目早投产、投产项目早达效的良好局面。

第十三章　依托重点合作项目
推动绿色农业发展

黑河市发展和改革委员会

一、主要做法

（一）建立综合服务平台

为使黑河市和珠海市合作成果尽快落地，黑河市迅速成立由市政府主要领导任组长的对口合作领导小组，依托黑河国投集团发起成立全资国企黑河全域绿色农业发展有限公司（现更名为黑河全域绿色农业发展集团有限公司，以下简称绿农集团）。绿农集团秉承运营区域公用品牌、提供公共服务、搭建产销对接平台的服务宗旨，构建起会员、标准、基地、宣传、市场营销、公共服务六大运营体系，形成"政府引导、市场运作、协调有序、共享共赢"的运行管理模式，大力推动两市农业产业合作共赢发展。同时按照黑河市委市政府建设黑河市绿色农业发展示范区规划要求，投资建设了市百大项目——黑河中俄绿色农业综合服务中心（以下简称绿农大厦），项目投资总预算6000余万元，建筑面积9600平方米，共计13层，建设内容包括"极境寒养"绿色物产体验中心、绿色物产展示馆、大数据中心、农产品检验检测中心等，是集绿色物产展示、体验和销售、检验检测和智能农业服务为一体的综合服务平台，全力为两市绿色农业发展、企业洽谈合作提供各类服务。

（二）签订企业合作协议

为尽快开展对口合作工作，绿农集团先后与珠海市龙头企业珠海农控集团、珠海粤淇集团签订战略合作协议，就农业全产业链合作、跨境电商贸易、新型科技研发、旅游文化交流等内容达成全面共识，积极推进两市对口合作项目洽谈、交流、落地。

（三）共同打造合作品牌

2019 年 8 月，绿农集团发布了覆盖全市域、全品类、全产业链的农产品区域公用品牌"极境寒养"，2020 年 3 月完成注册并开始使用。同时，参照欧盟标准编撰了《"极境寒养"安全产品标准》，规定了农产品从生产、加工、包装、储藏、运输、销售全过程的通用规范和要求，截至 2021 年底，授权使用企业 78 家，双品牌产品达 171 种。同年由绿农集团牵头组建黑河市绿色农业产业协会，将农业种养殖合作社、农产品加工企业、服务企业吸纳为会员，整合黑河农业资源积极对接珠海市场。目前协会已有会员企业 420 家，并在会员企业中确定了 100 家种植养殖加工基地，采取联营、入股、众筹等方式，从种子、生资、土地托管、粮食仓储、农产品加工到市场营销进行全产业链运作，全面提高品控和供应能力，为两市贸易合作做大做强打下坚实基础。2021 年 10 月，绿农集团申报国家大豆农业标准化区域服务与推广平台成功，这标志着珠海、黑河两市的农产品贸易交流正朝着标准化、现代化的大路不断前进，未来的农业产业合作将大有可为。

二、主要成效

近年来两市经过持续沟通、交流和深入合作，在经济、文化等多领域达成和落实了诸多项目，目前黑河在珠海已经落地的项目有"极境寒养"黑河绿色物产旗舰店项目、珠海—黑河产业合作服务中心项目、珠海黑河农副产品加工项目，累计完成销售额 1000 余万元，与珠海农控集团、珠海粤淇集团通过开展战略合作，对接两市企业促成的大宗粮食贸易累计金额过亿元，另有珠海"菜篮子"工程供应项目、珠海粮食供应基地项目正在积极洽谈中。珠海在黑河设立的万亩大豆供应基地也逐步落实，对接珠海市场形成供应产业链。

第五部分　政策篇

中共中央、国务院及部委的相关政策文件

表1　中共中央、国务院及部委的相关政策文件

序号	文件名称	文号	发文时间	二维码
1	国务院关于深入推进实施新一轮东北振兴战略加快推动东北地区经济企稳向好若干重要举措的意见	国发〔2016〕62 号	2016 年 11 月	
2	国务院办公厅关于印发东北地区与东部地区部分省市对口合作工作方案的通知	国办发〔2017〕22 号	2017 年 3 月	
3	国家发展改革委关于印发黑龙江省与广东省对口合作实施方案的通知	发改振兴〔2018〕434 号	2018 年 3 月	
4	国家发展改革委关于印发哈尔滨市与深圳市对口合作实施方案的通知	发改振兴〔2018〕438 号	2018 年 3 月	

序号	文件名称	文号	发文时间	二维码
5	中共中央　国务院印发《粤港澳大湾区发展规划纲要》		2019 年 2 月	
6	中共中央　国务院关于支持深圳建设中国特色社会主义先行示范区的意见		2019 年 8 月	
7	国务院关于印发 6 个新设自由贸易试验区总体方案的通知	国发〔2019〕16 号	2019 年 8 月	
8	中共中央　国务院印发《横琴粤澳深度合作区建设总体方案》		2021 年 9 月	
9	中共中央　国务院印发《全面深化前海深港现代服务业合作区改革开放方案》		2021 年 9 月	

黑龙江省和广东省的相关政策文件

表 2 黑龙江省和广东省的相关政策文件

序号	文件名称	文号	发文时间	二维码
1	广东省人民政府关于印发广东省深化商事制度改革行动方案的通知	粤府〔2018〕50 号	2018 年 7 月	
2	广东省人民政府关于印发广东省降低制造业企业成本支持实体经济发展若干政策措施（修订版）的通知	粤府〔2018〕79 号	2018 年 8 月	
3	黑龙江省优化营商环境条例	黑龙江省第十三届人民代表大会公告第 10 号	2019 年 1 月	

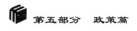

续表

序号	文件名称	文号	发文时间	二维码
4	中共黑龙江省委黑龙江省人民政府关于重塑营商新环境的意见	黑发〔2019〕4号	2019年2月	
5	广东省人民政府关于印发广东省优化口岸营商环境促进跨境贸易便利化措施的通知	粤府函〔2019〕31号	2019年2月	
6	中共广东省委广东省人民政府关于贯彻落实《粤港澳大湾区发展规划纲要》的实施意见		2019年7月	
7	黑龙江省人民政府办公厅关于进一步优化营商环境更好服务市场主体若干措施的通知	黑政办规〔2021〕3号	2021年2月	
8	黑龙江省人民政府办公厅关于深化商事制度改革进一步为企业松绑减负激发企业活力的实施意见	黑政办规〔2021〕10号	2021年4月	

序号	文件名称	文号	发文时间	二维码
9	广东省人民政府关于印发广东省数字政府改革建设"十四五"规划的通知	粤府〔2021〕44号	2021年6月	
10	广东省人民政府关于印发广东省深化"证照分离"改革实施方案的通知	粤府函〔2021〕136号	2021年6月	
11	黑龙江省人民政府关于印发黑龙江省深化"证照分离"改革进一步激发市场主体发展活力实施方案的通知	黑政规〔2021〕6号	2021年7月	
12	黑龙江省人民政府关于印发黑龙江省新一轮科技型企业三年行动计划（2021—2023年）的通知	黑政规〔2021〕7号	2021年7月	
13	黑龙江省人民政府办公厅关于加快农业科技创新推广的实施意见	黑政办规〔2021〕17号	2021年7月	

续表

序号	文件名称	文号	发文时间	二维码
14	黑龙江省人民政府办公厅关于推动物流降本提质增效的实施意见	黑政办规〔2021〕20号	2021年7月	
15	广东省人民政府关于印发《广东省金融改革发展"十四五"规划》的通知	粤府〔2021〕48号	2021年7月	
16	黑龙江省人民政府办公厅关于印发黑龙江省进一步优化税收营商环境若干服务措施的通知	黑政办规〔2021〕22号	2021年8月	
17	黑龙江省人民政府关于印发黑龙江省鼓励外商投资奖励办法（试行）的通知	黑政规〔2021〕12号	2021年9月	
18	黑龙江省人民政府办公厅关于进一步扩大消费若干措施的通知	黑政办规〔2021〕24号	2021年9月	

续表

序号	文件名称	文号	发文时间	二维码
19	广东省人民政府办公厅关于印发广东省市场监管现代化"十四五"规划的通知	粤府办〔2021〕30号	2021年9月	
20	黑龙江省人民政府关于进一步激发林草发展活力助力全省经济高质量发展的意见	黑政规〔2021〕13号	2021年10月	
21	黑龙江省人民政府关于印发推动"数字龙江"建设加快数字经济高质量发展若干政策措施的通知	黑政规〔2021〕14号	2021年10月	
22	黑龙江省人民政府办公厅关于印发黑龙江省"十四五"促进养老托育服务健康发展实施方案的通知	黑政办规〔2021〕26号	2021年10月	
23	黑龙江省人民政府办公厅关于加快中医药特色发展若干政策措施的通知	黑政办规〔2021〕30号	2021年10月	

续表

序号	文件名称	文号	发文时间	二维码
24	黑龙江省人民政府关于印发黑龙江省金融开放招商若干政策措施（试行）的通知	黑政规〔2021〕15号	2021年11月	
25	黑龙江省人民政府关于印发黑龙江省"十四五"优化营商环境规划的通知	黑政规〔2021〕20号	2021年12月	
26	黑龙江省人民政府关于印发黑龙江省文化旅游产业招商引资若干扶持政策措施的通知	黑政规〔2021〕21号	2021年12月	
27	黑龙江省人民政府关于印发黑龙江省建立健全绿色低碳循环发展经济体系实施方案的通知	黑政规〔2021〕23号	2021年12月	
28	广东省人民政府关于加快建立健全绿色低碳循环发展经济体系的实施意见	粤府〔2021〕81号	2021年12月	

续表

序号	文件名称	文号	发文时间	二维码
29	广东省人民政府关于印发《广东省知识产权保护和运用"十四五"规划》的通知	粤府〔2021〕87号	2021 年 12 月	
30	广东省人民政府办公厅关于印发广东省全面深化商事制度改革三年行动计划的通知	粤府办〔2021〕51号	2021 年 12 月	

第六部分　资料篇

黑龙江省情概况 （2021）

　　黑龙江省土地面积45.3万平方千米，约占全国陆地领土面积的4.8%，占东北三省的57.6%，居全国第六位。省内居住着汉、满、达斡尔、鄂伦春等54个民族，2021年末常住人口3125万。设有12个地级市和1个地区行政公署，63个县（市）。

　　历史文化。 大约四五万年前就有古人类在黑龙江地区生息，先后有肃慎、东胡、秽貊、挹娄等先民在此定居，夫余、渤海等古代地方政权和大金国在此建立。中华人民共和国成立后，曾设立黑龙江和松江两省，1954年合并为黑龙江省。不同民族的文化差异——古老的渤海文化、金源文化、满族文化，加之清末以后的流人文化与关内移民带来的习俗，融汇形成了丰厚的历史文化资源和独特的边疆民俗风情，孕育了"东北抗联精神""闯关东精神""北大荒精神""大庆精神"和"铁人精神"，成为推动全省经济社会发展的精神财富和动力源泉。

　　自然资源。 林地面积、森林总蓄积均居全国首位，森林覆盖率达46.7%。已探明矿产资源132种，保有储量居全国前10位的有55种，除石油、天然气、煤炭等战略性资源储量位居全国前列外，石墨、长石、铸石玄武岩、火山灰等9种矿产储量居全国首位。大庆油田累计生产原油24.1亿吨，约占全国同期陆地原油产量的40%以上。草原面积达433万公顷，居全国第7位。湿地面积约556.2万公顷，占全国的15%。年平均水资源量810亿立方米，有黑龙江、乌苏里江、松花江和绥芬河四大水系，大小江河1918条，兴凯湖、镜泊湖等大小湖泊640个。

　　农业生产。 有耕地面积2.39亿亩，占全国耕地面积的8.5%，是全国唯一的现代农业综合配套改革试验区，是绿色有机食品生产基地和无公害农产品生产大省，绿色食品认证个数1400个，绿色食品种植面积达7400万亩，绿色食品认证数量和产量均居全国第一位。畜产品安全水平全国领先，婴幼儿奶粉产量及质量全国第一。

　　工业基础。 "一五"时期国家布局156个重点工业项目，黑龙江省有22个，形成了以"一重""两大机床""三大动力""十大军工"等大型骨干企业为支撑的工业体系，工业生产跨 38 个大类、172 个中类、363 个小类的 404 种工业产品、上万个规格品种。中华人民共和国成立以来，累计提供了占全国 2/5 的原油、1/3 的木材、1/3 的电站成套设备、1/2 的铁路货车、1/10 的煤炭和大量的重型装备与国防装备。装备、石化、能源、食品四大主导产业占规模以上工业的 88.2%。良好的工业基础为利用现有经济存量进行扩张、技术升级、合资合作和引入发展要素上项目、推动区域经济发展提供了重要前提条件。

科技教育。科技综合实力位列全国第 12。有"哈兽研""703 所"等 778 个科研院所，"哈工大""哈工程"等 80 所高等院校和 4 个国家级大学科技园。有专业技术人员 116.2 万人，两院院士 41 位。机器人、载人航天、新材料等科研能力居全国乃至世界领先水平。较强的科技实力和较多的技术成果为全省促进高新技术成果产业化上项目提供了内生动力。

开放区位。与俄罗斯有 2981 千米边境线，有 25 个国家一类口岸，其中对俄边境口岸 15 个，年过货能力 2900 万吨，对俄贸易占全国的近 1/4，对俄投资占全国的 1/3。对俄合作拓展到资源、能源、旅游、科技、文化、教育、金融等领域。

2021 年全省地区生产总值 14879.2 亿元，增长 6.1%；一般公共预算收入 1300.5 亿元，增长 12.8%；固定资产投资增长 6.4%；社会消费品零售总额增长 8.8%；进出口总额 1995.0 亿元，增长 29.6%；城乡居民人均可支配收入分别为 33646 元和 17889 元，增长 8.1% 和 10.6%。

广东省情概况（2021）

  广东，简称"粤"，省会广州。地处亚热带，气候温暖，雨量充沛。面积17.97万平方千米，约占全国陆地面积的1.85%，大陆海岸线长4114.3千米、约占全国海岸线总长1/5，管辖海域面积6.47万平方千米。海岛1963个（含东沙岛）。内陆江河主要有珠江、韩江、漠阳江和鉴江等。设广州、深圳2个副省级市，19个地级市，122个县（市、区）。

  历史源远流长。10多万年前已有"曲江马坝人"生息繁衍。秦代，设南海郡；汉代，番禺是全国著名都会；唐代，广州开设"市舶司"，成为著名对外贸易港口；清代，佛山成为全国手工业中心和四大名镇之一。广东既是我国现代工业和民族工业的发源地之一，也是我国近代和现代许多重大事件的发生地和策源地。如鸦片战争、太平天国运动、辛亥革命、国共两党第一次合作、北伐战争、广州起义等，是杰出历史人物康有为、梁启超、孙中山、廖仲恺和中国共产党著名革命家彭湃、叶挺、叶剑英等的故乡。

  岭南文化独特。2021年末常住人口1.27亿，分属56个民族，汉族人口最多，占98.02%，少数民族主要有壮族、瑶族、畲（shē）族、回族、满族等。汉语方言主要有3种：粤方言（广府话）、客方言（客家话）和闽方言（潮州话）。地方曲艺有广东音乐（代表作品《步步高》《赛龙夺锦》《平湖秋月》《雨打芭蕉》）、粤剧、潮剧、汉剧、雷剧、山歌剧等。海外侨胞和归侨侨眷众多，有3000多万海外侨胞，占全国一半以上，分布于世界160多个国家和地区；省内有10.2万归侨、3000多万侨眷，杰出代表有司徒美堂、冯如、钟南山等。

  名胜古迹众多。有广州白云山、肇庆鼎湖山和七星岩、惠州西湖和罗浮山、韶关丹霞山、南海西樵山、清远飞霞山、阳江海陵岛、汕头南澳岛、湛江湖光岩等著名自然景观，最高的山是清远阳山县石坑崆（广东第一峰，海拔1902米）。有中共三大会址、中山纪念堂、黄埔军校旧址、西汉南越王墓、陈家祠、林则徐销烟池与虎门炮台旧址、韶关南华寺和梅关古道等历史人文景观。开平碉楼与村落被列入世界文化遗产，丹霞山被列入世界自然遗产。历史文化名城 8 个，5A 级景区 12 个。

　　交通四通八达。2021 年末公路通车总里程 22.3 万千米，其中高速公路 11042 千米，居全国第一，实现县县通高速。高铁运营里程 2367 千米，居全国第 1 位。2021 年港口货物吞吐量 20.96 亿吨，亿吨大港 5 个（广州港、深圳港、湛江港、珠海港、东莞港），其中，广州港集装箱吞吐量 2447 万标准箱，居全球第 5 位；深圳港 2877 万标准箱、居全球第 4 位。民航客运量 9002 万人次，民用机场 8 个（广州、深圳、珠海、揭阳、湛江、梅州、佛山、惠州），其中，广州白云国际机场客运量 4025.7 万人次，居全国第 1 位；深圳宝安国际机场客运量 3635.8 万人次，居全国第 3 位。

　　经济实力雄厚。经济总量连续 33 年居全国首位。2021 年地区生产总值 12.4 万亿元，增长 8.0%；人均地区生产总值 98285 元，增长 7.1%；规模以上工业增加值 3.7 万亿元，增长 9.0%；固定资产投资增长 6.3%；社会消费品零售总额 4.4 万亿元，增长 9.9%；进出口 8.3 万亿元，增长 16.7%；地方一般公共预算收入 1.4 万亿元，增长 9.1%；居民人均可支配收入 4.5 万元，增长 9.7%。

黑龙江省与广东省对口合作工作大事记

2021 年

省级领导互访交流

3 月 15 日，黑龙江省委常委、宣传部部长贾玉梅参加由中俄友好、和平与发展委员会地方合作理事会、中共黑龙江省委宣传部、俄罗斯驻哈尔滨总领事馆共同主办的"彰显巾帼风采、共话中俄友谊"中俄妇女视频交流会并致辞。

4 月 29 日，广东省省长马兴瑞主持召开省对口合作工作领导小组第四次会议，总结广东省与黑龙江省对口合作 2020 年工作并部署 2021 年工作。

5 月 6 日，广东省委书记李希，省委副书记、省长马兴瑞与率领黑龙江省政府代表团到访的黑龙江省委副书记、省长胡昌升就推进两省对口合作进行了深入交流。7 日，黑龙江（广州）重点产业合作交流推介会在广州举办，广东省 147 家知名企业参加推介会，57 个重点项目现场签约，签约投资额 787.2 亿元。考察期间，黑龙江省政府代表团一行先后前往广州市、东莞市、深圳市，就数字政府建设、科技创新合作和产业对接发展等进行调研，实地考察华为松山湖终端总部、华润集团等企业并进行座谈，参加了黑龙江（深圳）重点产业合作交流恳谈会、与黑龙江籍在深圳市企业家代表座谈等活动。

6 月 24 日，黑龙江省（中俄友好、和平与发展委员会地方合作理事会中方主席单位）倡议举办了黑龙江省—广东省—俄罗斯阿穆尔州三方省州长视频会晤活动。会晤共设哈尔滨市 1 个主会场和广州市、布拉戈维申斯克 2 个分会场。黑龙江省省长胡昌升、广东省省长马兴瑞、阿穆尔州州长奥尔洛夫出席会晤，黑龙江省副省长杨博主持会晤。三方就进一步加强各领域各层级沟通与协作、明确三方重点合作领域、推动会晤成果落实落细达成一致意见。

9月12日，广东省委副书记、省长马兴瑞率团赴黑龙江省考察，代表团一行走访考察了深哈产业园、哈电集团哈尔滨电机厂有限责任公司、哈尔滨工业大学机器人技术与系统国家重点实验室。其后，黑龙江省与广东省举行了对口合作项目签约仪式，签约合作项目76个，总签约额1114.79亿元。

9月24日，黑龙江省—广东省—俄罗斯友好省州立法机构合作视频会议在线上召开。会议借助中俄友好、和平与发展委员会地方合作理事会平台，以"营造良好法治环境，助推中俄地方合作发展"为主题，黑龙江省人大常委会副主任范宏、俄罗斯萨哈（雅库特）共和国国务委员会副主席格里戈里耶娃、广东省人大常委会副主任王衍诗、俄罗斯斯维尔德洛夫斯克州立法会议副主席亚基莫夫分别结合本地区特色和优势，就加强地方立法机构交往、拓展全方位交流合作、进一步增进传统友谊等内容进行了线上交流。黑龙江省人大常委会秘书长宋宏伟主持会议。

2021年1月

1月5日，齐齐哈尔市职业教育中心学校组织召开《黑粤两省职业教育东西协作的行动研究》子课题工作视频会，两省12所学校17个子课题组72名成员参会，总课题组通报了各子课题任务完成情况，对结题材料整理进行专题辅导，部分子课题组作研究报告分享和成果展示。

2021年2月

2月20日，牡丹江市海林市赴广东省与深圳牡丹江商会对接并举办推介活动，与深圳牡丹江商会签订合作框架协议。

2021年3月

3月，黑龙江省商务厅副厅长王显华一行赴广东省进行调研，两省商务厅就服务贸易创新发展开展深入交流。其间，黑龙江省商务厅调研组先后赴华南生物材料出入境公共服务平台、广州金域医学检验集团股份有限公司、汇丰环球客户服务（广东）有限公司进行调研。

3月2日，肇庆市和鸡西市文化体育旅游部门举行文化体育旅游对口合作项目视频研讨会。双方就利用文化体育旅游资源开展交流活动，对在互组客源、互送团队、互联线路、互推产品等方面开展合作进行了探讨。

3月7~9日，黑龙江省生态环境厅党组成员、副厅长马健带队赴广东省进行调研，与广东省生态环境厅进行深入座谈，并实地参观广州市第三资源热力电厂（广州福山循环经济产业园）、广州碳排放权交易所、状元谷电子商务园区、广东省应对气候变化研究中心等典型单位。

3 月 17 日，大庆市参加广州市南沙区金融局"十四五"专题交流会，围绕产业金融合作开展交流，以推动大庆市高新金服为窗口，吸引粤港澳资本投资大庆市。

3 月 18 日，广东省商务厅二级巡视员杨启凡在广州市会见黑龙江商务厅二级巡视员褚志辉一行，双方就两省对口合作工作开展座谈交流。

3 月 22 日，广东省发改委二级巡视员苏伟光、深圳市扶贫协作和合作交流办副主任刘大平等参加国家发改委委托中国国际工程咨询有限公司对深哈对口合作开展的评估工作。

3 月 25 日，齐齐哈尔市与佛山市成功签约秸秆热解气化处理示范项目，计划总投资 1.06 亿元，项目选址于中国一重厂区内。

3 月 28 日，佳木斯市副市长邱士林带队参加 2021 年中山市投资经贸交流会暨中山人才节开幕式，与中山市政府领导及相关部门负责同志进行交流。

3 月 28～29 日，黑龙江省住房和城乡建设厅党组书记、厅长杨春青带队赴广东省住房和城乡建设厅，就继续做好业务对口交流协作、选派干部到广东省住房和城乡建设厅调研交流等工作与广东省住建厅领导座谈交流。

3 月 28 日至 4 月 23 日，黑龙江省住房和城乡建设厅 4 名同志分别在广东省住建厅房地产处、公积金处、城建处和建筑市场监管处跟班学习，分别就促进房地产市场平稳健康发展、公租房和住房公积金规范管理、海绵城市建设进行专题学习和研究，并赴广州、深圳、潮州、珠海进行现场调研学习。

2021 年 4 月

4 月，广东省农业农村厅代表团赴哈尔滨参加黑龙江省农业农村厅承办的"舌尖上的菠萝·全球菠萝品鉴中国行"哈尔滨专场活动。

4 月 7 日，广东省委统战部副部长、省工商联党组书记雷彪与黑龙江省委统战部副部长、省工商联党组书记张成林在广州会谈，双方就以高质量非公党建推动民营经济高质量发展、深入推进两省民营经济对口合作、提高服务"两个健康"水平进行座谈交流。

4 月 11～15 日，齐齐哈尔市工商联主席、市总商会会长魏艳芹带队赴广州市考察，与广州市工商联共同召开对口合作对接座谈会，双方就进一步加强两地企业家培训学习、两地干部人才交流合作达成共识。

4 月 12 日，黑龙江伊春林业学校选派 4 位骨干教师参加广东茂名农林科技职业学院举办的线上培训活动。5 月，广东茂名农林科技职业学院选派 4 位教师与黑龙江伊春林业学校举行线上专题学术报告会，两校教师就课程设置、专业发展方向、教学科研方法、实训开展、实训耗材管理等开展交流研讨。

4月12日，广东番禺职业技术学院赴黑龙江建筑职业技术学院进行交流研讨，确定两校2021年对口合作交流项目。

4月14日，南方医科大学附属齐齐哈尔医院（齐齐哈尔市第一医院）正式挂牌成为"皮肤病专科联盟"成员单位。

4月15日，双鸭山市委书记邵国强带队赴佛山市对接考察，期间召开了双鸭山、佛山对口合作联席会议，实地走访了广东星联科技有限公司、碧桂园集团、广东米高化工有限公司及禅城区夜间经济集聚区示范点。

4月16日，"神州北极大美漠河"旅游招商推介会在广东省深圳市举行，漠河市委副书记、市长姚占军出席推介会，漠河市文旅局、商务局、部分旅行社和深圳市有关部门领导及130余家涉旅企业、20余家当地知名企业、10余家新闻媒体参加推介会。

4月16~18日，广东省委外办主任陈秋彦一行7人赴黑龙江省进行工作对接，签署两省外事部门对口协作备忘录及2021年合作计划，并赴黑河市实地调研考察黑河界河公路大桥、黑河跨江索道、中国（黑龙江）自由贸易试验区黑河片区、黑河中小企业创业中心等。

4月17~27日，大庆市市长何忠华一行赴深圳等地开展招商工作，与深圳市大庆商会进行对接洽谈，初步达成合作意向。

4月19日，哈尔滨市交通局邀请交通运输部首席专家、深圳市交通专家徐康明赴哈尔滨市交通局作《出租汽车行业利益冲突及监管套利的警示》专题讲座。

4月19~21日，北大荒集团党委书记、董事长王守聪带队赴深圳考察调研，与华侨城光明集团、深圳能源集团、华润集团等企业洽谈合作。

4月21日，大兴安岭地区行署副专员白成君陪同广东兴邦公司负责人到漠河市实地考察广东兴邦纸浆一体化项目选址。

4月22日，大兴安岭地区行署副专员孙亮带队在揭阳市召开大兴安岭地区文旅项目招商暨夏季文旅产品（潮汕地区）推介会，揭阳市副市长刘鹏参加推介活动，揭阳市、汕头市、潮州市文旅部门、重点文旅企业、旅行社、媒体代表等近100人参加，推介会上举办了大兴安岭地区特色商品展，共展出蓝莓系列、野生菌系列、玛瑙工艺品、北沉香、根雕系列等200多种产品。

4月22日，南方医科大学附属齐齐哈尔医院（齐齐哈尔市第一医院）与南方医科大学口腔医院口腔专科联盟签约，拉开了南方医科大学附属齐齐哈尔医院（齐齐哈尔市第一医院）与南方医科大学直属医院合作的序幕，标志着"院校"合作进入新发展阶段。

4 月 24 日至 5 月 21 日，黑龙江省住房和城乡建设厅 4 名同志分别在广东省住房和城乡建设厅住房发展与房地产市场监管处、节能处、住房保障处和城建处跟班学习，并赴广州市、深圳市、惠州市、佛山市、肇庆市等地住建局、城管局进行实地调研，分别学习广东省在房地产市场监管和调控、老旧小区改造、城镇既有房屋安全管理、住房保障等方面的经验和做法。

4 月 28 日，南方医院与南方医科大学附属齐齐哈尔医院（齐齐哈尔市第一医院）正式建立南北 5G 远程手术指导协作系统平台，通过远程 MDT 会诊、5G 远程手术指导等合作，双方团队在消化疾病诊疗的规范化、微创化、同质化方面建立了高水平合作关系。

2021 年 5 月

5 月 4~7 日，大庆市市长何忠华一行随黑龙江省政府代表团赴广东省开展学习考察交流活动。7 日，大庆市共有 12 个重点项目在龙粤重点合作项目签约仪式上签约，项目数列全省第 1 位；签约金额 205.8 亿元，列全省第 2 位。签约仪式上，何忠华市长与贝特瑞新材料集团股份有限公司副董事长于洪波签订了人造石墨新材料产业园项目合作协议。

5 月 5~11 日，哈尔滨市委副书记、市长孙喆，副市长栾志成一行随黑龙江省政府代表团赴广东省开展学习考察交流活动，参加广东·黑龙江对口合作工作座谈会、黑龙江（广州）重点产业合作交流推介会，11 个深哈合作项目在会上签约。两省开展经贸交流活动期间，哈尔滨市承办了黑龙江（深圳）重点产业合作交流恳谈会，并在广州、珠海分别举办推介会及"哈尔滨美食品鉴"活动，开展商品推介活动 5 场，召开经贸洽谈会 5 场，签订正式供销合同 1 份，初步达成合作意向 45 个，预计成交后年销售额可达 3.46 亿元。

5 月 5~8 日，七台河市委副书记、市长李兵一行随黑龙江省政府代表团赴广东省开展学习考察交流活动，其间，先后走访中柴（广东）能源科技有限公司、广东省民营企业家联合会、广东省保健协会、广东省制造业协会、广东省产业发展促进会等，洽谈项目并达成合作意向 8 个。总投资 3.5 亿元的年产 50 万吨高岭土及日产 20 万平方米陶瓷项目在广州重点产业合作交流推介会重点项目签约仪式上签约。

5 月 6~10 日，齐齐哈尔市委副书记、代市长王刚一行随黑龙江省政府代表团赴广东省开展学习考察交流活动，并与当地企业进行洽谈交流。7 日，齐齐哈尔市参加黑龙江（广州）重点产业合作交流推介会重点项目签约仪式，共有 5 个对口合作项目进行现场签约，签约金额达 14.74 亿元。齐齐哈尔市委副书记、代市长王刚与广东上熙科技有限公司签约上熙现代农业产业园项目。

5 月 6~9 日，绥化市随黑龙江省政府代表团赴广东省开展学习考察交流活动，其间，签约对口合作项目2个，总投资3.7亿元。

5月7日，佳木斯市参加黑龙江（广州）重点产业合作交流推介会，6个项目实现签约，并与华润集团对接沟通达成合作共识。

5月7日，大兴安岭地区参加黑龙江（广州）重点产业合作交流推介会，共签约亿元以上项目3个，签约总额4亿元，分别是投资1.5亿元的天草药业改扩建项目、投资1.5亿元的安迪医疗器械生产项目、投资1亿元的大一广公司林下资源精深加工项目。

5月7日，齐齐哈尔市科技局与建龙北满特殊钢有限公司赴华南理工大学，就"高品质模具钢关键技术研发及应用研究"合作项目开展座谈交流，推进项目实质开展。

5月7~9日，牡丹江市市长张国军带队参加黑龙江（广州）重点产业合作交流推介会。推介会上，牡丹江市与东莞市共签约项目7个，总投资额134.8亿元。

5月8日，黑龙江旅游职业技术学院30名学生赴广东科学技术职业学院商学院参加"电商618"项目实战，进行为期2个月的项目实战学习，系统接受校企双方实战培养。这标志着两省合作在高等职业教育领域深度融合，为进一步协作奠定了坚实的基础。

5月9日，双鸭山市委副书记、市长赵荣国带队随黑龙江省政府代表团赴广东省开展学习考察交流活动。活动期间，赵荣国一行赴佛山市对接考察广东碧泉食品科技有限公司、广东星联科技有限公司、佛山市中国科技开发院分院（佛山市三水高新创业中心），并分别召开座谈会。

5月9~11日，黑河市市长李世峰带队赴珠海市参加对口合作暨经贸交流活动。黑河自贸片区、市商务局、工信局、发改委、逊克县政府、爱辉区政府负责同志参加相关活动。两市在珠海市召开对口合作工作座谈会，李世峰与珠海市委副书记、市政府党组书记黄志豪就推进两市对口合作进行深入交流。会上，黑河自贸片区管委会与横琴新区管委会、逊克县政府与金湾区政府签订结对对口合作协议，黑河市金龙港建设发展有限责任公司与珠海免税集团、黑河绿农集团与珠海农控集团签订合作协议。

5月10~11日，伊春市委副书记、市长隋洪波率相关部门负责人赴广东省茂名市考察交流，双方就加强交流、互学互鉴、促进发展等进行深入探讨。

5月11日，鸡西市委副书记、市长鲁长友带队赴肇庆市开展对口合作交流活动，会见肇庆市委副书记、市长吕玉印，就深化对口合作进行深入交流。

5月12日，由华南理工大学教授、广东博士创新发展促进会会长、粤港澳大湾区金属新材料产业联盟理事长李烈军带队的粤港澳大湾区联盟"硫酸钙晶须"项目组赴齐齐哈尔市，先后走访紫金铜业、昊华化工，考察企业冶炼副产硫酸和含钙废渣、含钙废石供应情况。其间，齐齐哈尔市委常委、副市长杜崇敏主持召开"电石渣及副产硫酸资源化利用"招商项目落地会。

5月14~16日，广东省国资委党委书记、主任李成带队赴黑龙江省开展国资国企对口合作交流活动。活动期间，李成一行参观了粤海国家水中心和农投食品旗舰店。两省国资委召开"龙粤两省国资国企对口合作座谈交流会"，广东省广新控股集团、广东粤海控股集团及子公司等4家广东企业，黑龙江省国资委森工、龙煤、建投、交投、产投、农投、旅投、航运、产权交易集团及哈尔滨供水集团等10家黑龙江企业参会，初步达成22个合作意向。

5月20~21日，黑龙江省生态环境厅二级巡视员、气候处处长吴洪凯与黑龙江省产权集团碳排放权交易中心一行赴广东进行碳市场机制和企业横向合作专题调研，与广州碳排放权交易所、广东省低碳发展促进会进行交流。

5月23~25日，华侨城光明集团党委书记、董事长周子友带队赴哈尔滨考察调研，与北大荒集团下属相关单位举行座谈，双方计划在现代农业生产经营、现代农业与城镇化融合发展、现代农业高新技术合作等方面开展合作。

5月23~28日，伊春市委党校举办两期茂名市市直机关党组织专职副书记（党办主任）"学史增信、提升能力"培训班，为茂名培训市直、中央和省驻茂名有关单位党组织专职副书记（党办主任、党建工作科科长）47人。

5月24日，佳木斯市委书记王秋实带队一行5人赴深圳市华润（集团）有限公司总部，与华润电力投资有限公司签订战略合作协议，并积极探索在其他领域开展合作对接。

5月24~27日，鸡西市和肇庆市旅游部门共同参加广佛肇旅游联盟推介会（海口、福州站），推介两市旅游资源产品线路，加深区域旅游合作交流。

2021 年 6 月

6月12日，广东省组织开展"微督导"系统线上培训，由惠州市"微督导"系统编写工程师通过群课堂授课，黑龙江省组织鸡西市、鹤岗市、七台河市及所辖县（区）疾病预防控制中心（结核病防治所）、定点医院、综合医院、社区卫生服务中心（站）、乡镇卫生院及学校保健医生共计260人在线参加培训。

6月15~19日，第31届哈洽会于线上举办。展会期间黑龙江省与广东省签署协议2项，达成意向4项。

6月16~17日，哈尔滨市交通局在万达文华酒店举办"智能交通，城市公交新未来"——2021年城市公共交通与智能出行发展论坛，世行驻华代表处、黑龙江省、市项目管理部门、其他交通研究机构及哈尔滨市交通系统人员100余人参会。论坛上，交通运输部专家俞忠东、深圳市城市交通规划所设计研究中心专家游历等国内外公共交通行业专家作专题发言。

6月16日，黑龙江职业学院11名教师参加清华大学—顺德职业技术学院协作院校教师素质能力提升高级研修项目。

6月28日，大兴安岭职业学院党委副书记、院长李国兴在学院网络视频终端参加由广州科技贸易职业学院发起并举办的校校合作云签约仪式暨校长论坛，主会场设在广州科技贸易职业学院，全国8所职业院校校领导，广州市政府部门、行业企业相关领导出席会议。大兴安岭职业学院与广州科技贸易职业学院通过"云签约"签订教育合作协议。

2021 年 7 月

7月5日，华润振兴东北（佳木斯）新能源产业联盟13家成员企业组成考察调研组，赴佳木斯市就开展全方位合作进行对接洽谈，佳木斯市委常委、副市长邱士林主持召开见面会。调研组一行考察了佳木斯市电机股份有限公司、高新区双创基地等单位及中建材碲化镉弱光发电玻璃项目。

7月9日，首届"东西协作职教实验班"结业典礼在黑龙江旅游职业技术学院举办，广东科学技术职业学院党委书记黄仕初通过云端送上结业祝贺，黑龙江旅游职业技术学院党委书记倪怀江为结业典礼致辞。

7月13~16日，黑龙江省国资委党委书记、主任王智奎率哈尔滨市、大庆市国资委及黑龙江省属企业、地方国有企业主要负责人30余人赴广东省国资委、深圳市国资委开展学习考察，考察组参观了深圳智慧国资管理展示中心，实地调研深圳市深粮控股、深高速公司，并召开"龙深国企对接交流座谈会""龙粤国企对接交流座谈会"，活动期间双方企业达成合作意向27项。

7月14~21日，茂名市委党校组织47名处级干部赴伊春市委党校参加处级干部培训班。

7月19~22日，哈尔滨市常务副市长郑大泉、副市长栾志成带队赴深圳市走访企业，对接深哈合作项目，并与深圳市政府领导会晤。此次对接活动共对接企业22家，双方表达了合作意愿。

7月19日至8月19日，哈尔滨市发改委、工信局、贸促会等10家单位16名干部赴深圳市对口部门进行学习交流。

7月27日至8月3日，鹤岗市副市长陈延良带领市发改委、市经开区管委会等部门负责同志赴广西壮族自治区贺州市和广东省深圳市、广州市等地考察项目及进行招商引资。

7月27~29日，伊春市政府副秘书长郝佩林带领伊春市各结对县（市）区一行27人考察团赴广东省茂名市开展对口合作交流，结对县（市）区与茂名市的结对县（市）区签订框架协议，确定未来合作的具体方向，为今后进一步深入合作奠定了基础。

7月30日，华润（集团）有限公司副总经理、华润电力、华润燃气董事局主席王传栋，华润电力控股有限公司党委书记、总裁唐勇带队赴佳木斯市出席2021年佳木斯市央企合作暨重点合作项目签约活动。佳木斯市委书记王秋实，市委副书记、市长丛丽及相关部门负责同志进行对接签约。佳木斯市与华润三九签署战略合作协议，双方围绕依托佳木斯市本地及周边中草药资源优势，借助华润三九知名品牌和市场销售渠道，建设以中草药饮片、配方颗粒为主打产品的黑龙江（华润）医药产业园区，打造东北地区配方颗粒加工生产中心，培育华润三九"龙药"道地品牌进行了深入探讨并达成初步共识。

2021 年 8 月

8月1日，《广东省黑龙江省对口合作工作报告（2020）》由经济管理出版社出版。

8月1~3日，华侨城光明集团总经理胡弘带队赴哈尔滨，对北大荒集团下属相关单位进行实地调研。

8月24日，佳木斯市与华润电力股份有限公司、中车株洲电力机车研究所有限公司在华润集团总部举行战略合作签约仪式。佳木斯市委副书记、市长丛丽赴深圳华润集团总部与华润集团董事长王祥明等企业高层进行洽谈对接，双方就进一步推动新能源产业园区、医药产业园区、食品产业园区等领域合作进行深入交流。

8月29日，黑龙江旅游职业技术学院40名空中乘务专业学生赴广东科学技术职业学院开展为期两年的交流学习。

8月31日至9月3日，广东省物流行业协会赴黑龙江省哈尔滨市、齐齐哈尔市、黑河市、安达市调研交流。

2021 年 9 月

9月5~7日，哈尔滨市副市长栾志成率队赴广东省开展考察对接，考察广州市项目，与项目方进行沟通对接，夯实合作基础。

9月6~7日，绥化市市长孙飚率队赴广州市、深圳市，分别与广新集团、中财城市投资公司、伊斯特莱科航空科技公司进行洽谈对接，筹划对口合作项目2项。

9月10~12日，茂名市市长庄悦群一行19人赴伊春市考察并开展交流活动。11日，伊春市与茂名市举行对口城市合作交流座谈会，就两市创新合作方式、合作领域展开探讨交流。

9月10~11日，绥化市委副书记、市长孙飚会见湛江市政府考察团一行，并与湛江市委副书记、市长曾进泽就进一步加深合作层次、拓展合作领域、扩大合作成果展开深入交流，签订了《黑龙江省绥化市与广东省湛江市深化对口合作协议》。

9月10日，第二届"东西协作职教实验班"开班，216名来自广东科学技术职业学院大一新生进入黑龙江旅游职业技术学院。

9月11日，牡丹江市与东莞市对口合作工作座谈会在牡丹江市举行。东莞市委副书记、市长吕成蹊，牡丹江市委副书记、市长张国军，市委常委、副市长韩雪松，副市长齐忠彦出席会议。

9月11~12日，深圳市委常委、常务副市长黄敏一行到哈尔滨市调研，走访深哈产业园、哈尔滨工业大学等项目单位，并考察哈尔滨市城市建设情况。

9月11~13日，广东省粮食和储备局局长肖晓光随同广东省政府代表团赴黑龙江省开展考察调研，并率队与黑龙江省粮食局对接粮食对口合作工作。其间，两省联合召开粮食对口合作协调小组会议，实地调研广东省省级储备粮（黑龙江）异地储备承储库点呼兰康金粮库，进一步强化两省产销合作事宜，系统谋划下一阶段工作。

9月12日，江门市与七台河市对口合作座谈会在哈尔滨市召开。七台河市委书记王文力，江门市委副书记、市长吴晓晖，七台河市委副书记、市长李兵出席座谈会并讲话，双方就推动产业互补、加强人才交流、健全对口合作机制等达成共识。

9月12日，汕头市委副书记、市长曾凤保与鹤岗市委副书记、市长李洪国在哈尔滨市会晤。

9月12日，双鸭山市委副书记、市长赵荣国带队赴哈尔滨市参加广东省政府代表团赴黑龙江省考察调研活动及黑龙江省与广东省对口合作项目签约仪式，签约仪式上，双鸭山市与佛山市企业分别签署了"全回收"地膜加工项目、新友谊站集装箱物流公共场站项目、年产8万吨高效钾肥原料成品库项目合作协议。

9月12日，大庆市市长李岩松带队参加在哈尔滨市举办的黑龙江省与广东省对口合作项目签约仪式，其中大庆市签约项目7个，签约总金额42.5亿元。

9月12日，牡丹江市市长张国军率市政府代表团赴哈尔滨市参加黑龙江省与广东省对口合作项目签约仪式，共签约项目5个，总投资额28亿元。

9月12日，绥化市在哈尔滨市签署生物大健康基地建设项目、通用航空产业园项目两项对口合作协议，总投资30亿元。

9月12~13日，广州市政府代表团赴齐齐哈尔市考察调研。齐齐哈尔市委书记李玉刚，市委副书记、市长王刚会见了广州市委副书记、市长温国辉一行。双方就进一步推动两市全方位、深层次开展对口合作进行了深入交流。其间，温国辉一行在王刚市长陪同下先后走访中车齐车集团有限公司、齐齐哈尔第一医院南院、高新智谷等地，实地了解齐齐哈尔市企业生产研发、医疗事业改革发展、高新技术创新以及中小企业孵化等情况。

9月12~13日，珠海市政府代表团赴黑河市，就进一步加强两市对口合作进行考察调研。黑河市委书记李锡文，市委副书记、代市长王玉升会见珠海市委副书记、市长黄志豪一行，并召开座谈会。

9月12~13日，中山市委副书记、市长肖展欣带领中山市发改局赴佳木斯市对接调研，佳木斯市委书记王秋实，市委常委、副市长邱士林，市委常委、秘书长高志军及相关部门负责同志陪同调研会见，双方围绕健全联系机制、搭建合作平台、创新共建模式、实现互利共赢等深入开展交流，就合资共建园区进行深入探讨并达成初步共识。

9月12~14日，肇庆市委副书记、市长许晓雄带队赴鸡西市开展对口合作考察调研活动，鸡西市委副书记鲁长友陪同调研。两市就进一步完善交流机制、加强招商合作、深化石墨新材料产业合作、深化农副产品精深加工产业合作、深化生物医药产业合作、深化旅游业合作、深化人才合作达成了具体可操作的合作意见。

9月12~14日，佛山市委副书记、市长郭文海带领佛山市政企考察团45人赴双鸭山市开展对接交流活动，实地考察了双鸭山市城市科技馆项目、四方台区紫云岭公益性公园及科普园项目、四方台区双佛路、友谊县北大荒农机博览园、友谊万亩良田农业现代化示范区。

9月13日，揭阳市委副书记、市长支光南率揭阳市政府考察团赴大兴安岭地区考察调研，地委副书记、行署专员徐向国，行署副专员姜蒙红一同考察调研，并召开了大兴安岭地区与揭阳市对口合作工作座谈会。

9月16日，大庆市参加活力广东现代湾区旅游联合推介会，大庆与惠州两市旅游协会签订旅游战略合作协议，双方就资源共享、旅游互送、目的地互推等合作达成一致。

9月17日，由茂名市文化广电旅游体育局、伊春市文化广电和旅游局主办的"山海并'茂'·'伊'见倾心"伊春茂名联合旅游推介会在茂名熹龙国际大酒店成功举办。推介会上伊春市文广旅局做主旨推介，汤旺河林海奇石景区、宝宇（天沐）森林生态小镇、九峰山养心谷等景区代表分别进行现场推介，伊春招商国际旅行社与茂名国旅现场签约。

9月19~22日，绥化市参加第十七届中国（广州）国际中小企业博览会。绥棱县委常委、统战部部长阚生波带领工信局领导，上善河米业、永吉米业、锦辉米业等企业负责人携展品参展，并分别与河南濮阳国际贸易市场、深圳客商、广东江门义乌小商品城签约。

2021 年 10 月

10月8日，黑龙江建筑职业技术学院与广东番禺职业技术学院根据人才培养方案教学安排，针对互派交换生项目交流意见，达成交换意向。

10月10日，大兴安岭地区地委副书记、行署专员徐向国一行赴广州，与广州电子五所、宇晟投资有限公司进行项目洽谈，与中国联合健康产业集团、暨南大学三方就天然生物活性分子与创新药物国家实验项目深入洽谈并达成战略合作框架协议。

10月10~12日，大兴安岭地区地委副书记、行署专员徐向国带队，地区发改委、商务局、工信局、文旅局、农业农村局、绿产局参加的考察调研组赴揭阳市考察调研、洽谈交流。座谈会上揭阳市发改局和大兴安岭地区发改委签订碳汇交易框架协议、揭阳市商务局和大兴安岭地区商务局签订电子商务领域战略合作框架协议、揭阳市旅游协会和大兴安岭地区旅游协会签订战略合作框架协议，大兴安岭地区推介了招商项目6大类（生态旅游、林农产品、矿产开发、生物医药、物流仓储、电商经济）41个，项目总投资44.67亿元。

10月18~31日，齐齐哈尔市政府一级巡视员刘艳芳与齐齐哈尔市第一医院党委书记张永刚等一行10人赴南方医科大学进行考察交流，深入南方医科大学临床科室交流学习，就急诊急救、疑难重症救治等工作进行考察。考察期间，刘艳芳一行受邀参加南方医科大学建校70周年南方医院建院80周年大会，并与南方医科大学校党委书记陈敏生会晤。

10月20~21日，七台河市委常委、副市长安虎贲带队赴广东省肇庆市，实地考察广东风华高新科技股份有限公司和肇庆市星湖制药厂，并就七台河市石墨烯相关企业、勃利县中草药企业与肇庆市企业对接合作达成初步意向。

10月21~25日，鸡西市与肇庆市联袂参加2021年中国大连国际文化旅游产业交易博览会并在大连星海国际会展中心举办"鸡西肇庆旅游（大连）推介会"。

10月22~24日，七台河市副市长陈志带队赴江门市参加第二届粤港澳大湾区（江门）名特优新农产品博览会，25家农业企业携41个产品参展。活动期间，博览会组委会授予七台河市农业农村局优秀组织奖。

10月27日，中山市党组成员张会洋率中山市政企代表团赴佳木斯市考察调研，佳木斯市常务副市长邱士林及相关部门负责同志陪同调研。代表团结合对口合作工作，分为中佳产业园、粮食异地代储、经贸合作、农产品产销四个调研组，先后对北大荒绿色食品、多多药业、佳星玻璃原片玻璃、薄膜玻璃生产线、诺普医药产业园等进行实地踏查，双方围绕合资共建园区进行深入探讨并达成共识。

2021年11月

11月下旬，黑龙江省工信厅参加全省现代服务业项目招商专班，赴深圳组织开展招商培训会、项目合作恳谈会、上门招商对接企业等系列招商活动。

11月22~26日，哈尔滨市道里区、道外区、市委办公厅、市发改委等21家单位推报

49 名干部赴深圳市参加专题培训班。

11 月 24 日，黑龙江省粮食局与省农投集团赴广东考察，会同广东省粮食和物资储备局，协调推进渠道项目建设。

11 月 24~26 日，广州市广药集团、王老吉药业公司、广州采芝林药业公司赴齐齐哈尔市考察调研沙果、蓝靛果及中药材项目。

11 月 25 日至 12 月 25 日，哈尔滨市发改委、市财政局等 14 个市直相关部门推报 20 名干部赴深圳市对口部门跟岗学习。

11 月 26 日，绥化市劳动就业服务中心与湛江市就业服务中心举行"绥化—湛江首场劳务协作线上招聘会"，直播招聘会平台观看人数达 1675 人，提交求职简历 438 份，邀请面试 36 人次，签订就业意向 10 人。

11 月 29 日，黑龙江省文旅厅在广州市举办 2021 年冬季旅游产品发布会，会上发布《中国·黑龙江冰雪旅游产业发展指数报告（2021）》，黑龙江省文旅厅携哈尔滨、牡丹江、大庆、伊春市等地市分别做冬季旅游产品线路推介，30 余家广州主流媒体代表参加发布会。

11 月 30 日，哈尔滨市与深圳市共同召开深哈对口合作第六次联席会议，会议听取 2021 年深哈两市对口合作工作开展情况，审议 2022 年合作工作要点，并通报了深圳（哈尔滨）产业园区工作开展情况。

2021 年 12 月

12 月 1 日，哈尔滨市代表团与深圳市企业家举办恳谈会。会议以"开放合作创新先行，深哈联动共建共赢"为主题，市科技局、哈尔滨新区、市文广旅游局、太阳岛集团在会上对哈尔滨市进行宣传推介。

12 月 1~5 日，鹤岗市市长王兴柱带领相关部门负责同志先后赴汕头市、深圳市进行对口合作洽谈和考察招商，就相关合作项目与华润集团有限公司、比亚迪集团有限公司、贝瑞特新能源材料股份有限公司等企业进行对接和洽谈。

12 月 8 日，广东省商务厅邀请广东企业参加由黑龙江省商务厅牵头组织的俄罗斯远东能源矿产推介会，与黑龙江和俄罗斯远东地区能源矿产企业开展交流对接。

12 月 23 日，黑龙江省商务厅一级巡视员赵武君、黑龙江省发改委对外合作处处长王希君、黑龙江省教育厅职成处处长李海涛、广东省教育厅二级巡视员朱俊文、广东省发改委对口支援合作二处副处长尤洪文出席龙粤职业教育协同发展联盟成立大会，会议宣布联盟首批成员名单，审议通过了联盟章程、联盟建设实施方案及联盟理事会机构组成名单，并一一授牌。